U0691473

中國
文學與文化
研究叢書

中國文學與文化研究叢書

余心有寄

——楊明照先生未刊發論著選編

楊明照 著

楊珣 王恩平 編

四川大學出版社
SICHUAN UNIVERSITY PRESS

图书在版编目（CIP）数据

余心有寄 ：杨明照先生未刊发论著选编 / 杨明照著
. — 2 版. — 成都 ：四川大学出版社，2024.3
（中国文学与文化研究丛书）
ISBN 978-7-5690-6618-0

Ⅰ. ①余… Ⅱ. ①杨… Ⅲ. ①中国文学—古典文学研究—文集 Ⅳ. ①I206.2-53

中国国家版本馆 CIP 数据核字（2024）第 051623 号

书　　名：余心有寄——杨明照先生未刊发论著选编
　　　　　Yuxinyouji——Yang Mingzhao Xiansheng Weikanfa Lunzhu Xuanbian
著　　者：杨明照
编　　者：杨　珣　王恩平
丛 书 名：中国文学与文化研究丛书

丛书策划：张宏辉　欧风偃
选题策划：黄蕴婷
责任编辑：欧风偃
责任校对：吴　丹
装帧设计：李　野
责任印制：王　炜

出版发行：四川大学出版社有限责任公司
　　　　　地址：成都市一环路南一段 24 号（610065）
　　　　　电话：（028）85408311（发行部）、85400276（总编室）
　　　　　电子邮箱：scupress@vip.163.com
　　　　　网址：https://press.scu.edu.cn
印前制作：四川胜翔数码印务设计有限公司
印刷装订：成都金阳印务有限责任公司

成品尺寸：210mm×285mm
印　　张：25
插　　页：4
字　　数：215 千字

版　　次：2019 年 11 月 第 1 版
　　　　　2024 年 3 月 第 2 版
印　　次：2024 年 3 月 第 1 次印刷
定　　价：98.00 元

四川大学出版社
微信公众号

先生為新中國第一批『博士生導師』。楊門弟子，個個均是傑出人才，更有項楚、曹順慶等『頂天立地』的學術人物。

作為人生的導師，先生將小女楊瑩培養指導為乒乓球世界冠軍，亦不愧為『博導』之名。對學術的嚴肅，和人生的幽默、風趣，造就了先生的全部精彩人生，此乃為人的高級境界。

此照，正是他『詼諧性格』的真實寫照。

先生自己在此照片背面，曾經題字：『他們畢業了，我也畢業了。』

此爲先生一九三六年在燕京大學讀碩時的學生證照片，時年二十六歲。

『只知豬肉香，不知豬糞臭』，可能是愛喫豬肉者的通病。

先生自號『豢翁』，一生喫下的豬肉，恐怕要用火車皮裝載。

正是在那個動亂的時代，他有幸當了三個月的『豬倌』，與豬隻同棚而作，深得其中奧妙，並為此寫下了『從雕龍到養豬』的風趣文章，因此而『廣得地氣』，有利於他的進一步成長。

萬望此照作者現身，以表家人的誠摯謝意。

与老伴合影（相濡以沫七十載）。夫人徐孝娭爲武漢大收藏家徐行可先生之女，逝於二〇〇七年，享年九十七歲。

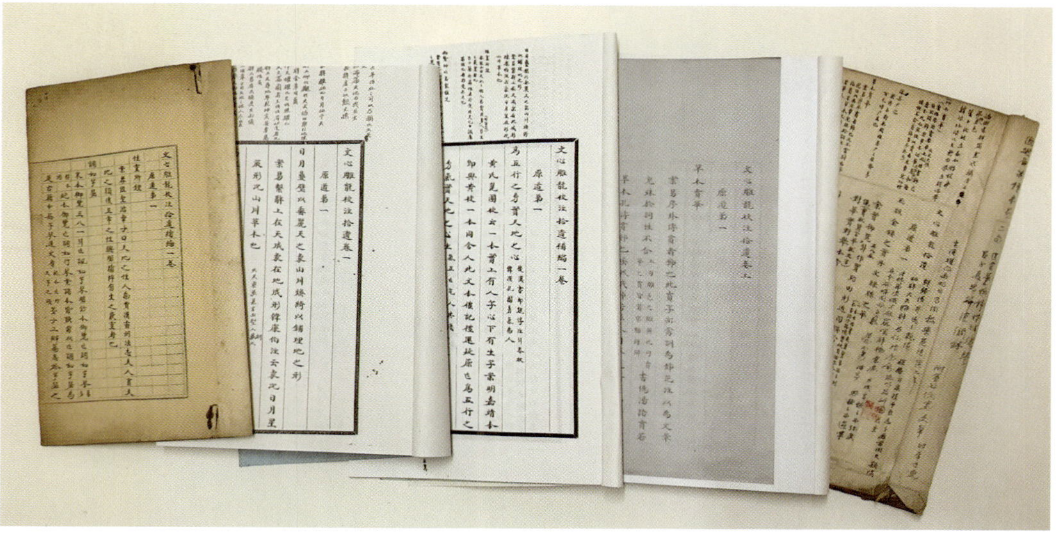

杨明照先生《文心雕龙校注》未刊手稿汇总照，共五册。

目 錄

編者的話

大家知道，清代所編的《四庫全書》，對中國歷代的經、史、子、集名著，均一一收入，成為中華文化的一個瑰寶。但是，出於歷史的原因，該書仍有遺漏。上世紀九十年代，國家曾組織一大批專家，將未收入的資料，編輯成了《四庫未收書目錄》，用以補足該遺憾。楊明照先生為該書的學術顧問之一。

《楊明照文集》的編錄，亦有類似，它以集成先生的學術思想成果為宗旨，收入了他的主要著作與許多單篇論文和雜著，基本反映了先生的學術思想。我們為此深表祝賀與謝忱。

參天大樹，並非一朝一夕所成，在肥沃的學術土壤中汲取營養，也必經風霜雨雪的歷練，方能從青澀而到成熟。本書為《楊明照文集》所未收入的少許論著、講義和其他資料的選編，用以補足先生的學術成長過程，以利於學界對他的進一步研究。

我們將此選編公佈於世，以求方家指教，書中的不是，皆由編者負責。

萬望知無不言、言無不盡！

寫首打油詩，以表編者心意：

跨界追夢

縱使白頭不敢閑，提筆端硯入書山。學海泛舟理舊董，泰斗文心再現天。

楊明照先生遺留手稿整理雜記

二〇〇三年十二月六日，四川大學終身教授、被學界公推為『龍學泰斗』的楊明照先生駕鶴西行，屈指算來，已經過去十六個年頭了。

今年，四川大學擬搜集整理先生各類學術著作，以《楊明照文集》形式，紀念先生誕辰一百一十週年。我們受命整理他的各類遺留手稿及未發表的著作，以盡力增補《文集》的少許空白。時日不再，我們也年近耄耋，面對多個紙箱的各類手跡，很難有個明確的思路，衹能盡微薄之力，全力配合學院，完成這一工作。

下面，是我們在整理中的許多雜亂思緒，簡要地給大家彙報。

一、整理手稿的指導思想

楊明照先生一生教書育人，著作等身，尤其以在古典文獻學方面的貢獻，被人尊稱為『蜀學』的最後一位大家，給學界留下了一大批極具學術價值的文獻資料。

他留下的大量著作與文稿，急需搶救性發掘、整理、歸類、保存。

這些資料包括以下幾個部分。

第一，公開發表的著作：

《文心雕龍校注》、《文心雕龍校注拾遺》、《增訂文心雕龍校注》、《文心雕龍校注拾遺補正》。

《抱朴子外篇校箋》上、下冊。

《學不已齋雜著》一冊。

《劉子校注》及《增訂劉子校注未完成手稿》二冊。

第二，公開發表的講話、單篇論文、序言、評論、回憶、自傳、履歷等部分文字。

第三，留底的大量課堂講義。

第四，公開發表的隨筆、題詞（也有未發表的，如《辭源舉正》）。

第五，各類書信及信件底稿（主要是與出版社的聯繫、給家人的信稿）。

第六，科研申請書底稿，博士、碩士考研命題及博士、碩士論文評語。

第七，其他雜件，如『楊明照獎學金』設立函、給黨委的辭職信、評審教授著作評語，等等。

以上各類合在一起，便是先生的學術人生、基本學術思想。可是這幾百萬字的文獻，讀來十分費勁，有時也難於抓住要點。因此我們特寫出此『整理雜記』，以幫助大家較快地、較深入地去理解認識這位學界前輩。

楊先生的學術思想，總起來可以用兩句話來概括：咬文嚼字，尋根究底；涉獵廣博，博古通今。學術人生則可濃縮為：嚴於律己，寬以待人。

大量的古籍，因傳承千年以上時間，多經轉抄及刻印，可能出現的殘、缺、漏、錯，讓當代讀者讀起來不明就裏。如《文心雕龍》中許多錯字與漏字，就是先生用畢生精力去解決的。正因如此，學者們把他的《文心雕龍校注》視為『研究《文心》的百科全書』，具有極大的學術價值，對於後學們進一步研究這部『體大慮周』的巨著，從中去理解中華歷史上的文學評論水準，是有一定幫助的。

又如，他所涉獵的古籍範圍，從《漢魏六朝文學》、《呂氏春秋校證》、《莊子校證》、《劉子校注》、《九鼎考略》、《五霸考》、《漢書顏注發覆》、《太史公書稱史記考》、《史通通譯釋補》等著作可見一斑。研究得最深入，成果也最大的，公推為《文心雕龍》、《抱朴子外篇》和《劉子》。其中，留下的最大遺憾是《文選》的研究尚未來得及成文發表（僅存一部早期的研究文稿）。

從這些已經發表的文章來看，他不僅對相關的古典文獻極為熟悉，並且能在研讀過程中去發現問題，找出不合理的部分並盡力進行校勘，這是一種什麼思維狀態？用當代最流行的話說，就是『以己之長，糾人之短，以利後人』。而這種學術思維都是建立在其博大精深的古典文獻學、校勘學基礎之上的。

讀書人讀書，是天經地義的正事，幾乎所有人讀書都是抱著到書中去尋求知識充實自己的目的。特別是專業書籍，學問的發展史，書中的公式、推論、分析、原理和結論，都是手捧書籍所希望得到的知識。這應該就是『開卷有益』的共識。《南史・劉穆之傳》：『邕性嗜食瘡痂，以為味似鰒魚。』其後『嗜痂之癖』成為成語，專指人的特殊嗜好。老人之校理典籍，便如他自己所言，『具嗜痂之癖』。他在讀書中除對內容要做深刻的理解外，對許多古籍都有背誦的癖好（如《文心雕龍》原文），並常常『移花接木』，將甲書中的論述用於乙書中的注解，這就一定要具有特別的記憶能力。哪本書，哪個版本，作者是誰，哪個朝代，等等，常人極感頭痛的書外知識，都必須一一牢記，否則再去找就很困難了。（正因為如此，老人才留下了大量的讀書筆記和許多的典籍摘抄手跡。）另一個特點是背誦，如老人的發蒙讀物《龍文鞭影》，本是明代神童蕭良有所撰，書內的兩千多個典故都用四字一句寫成，讀起來朗朗上口，容易背誦。什麼『重華大孝、武穆精忠、堯眉八彩、舜目重瞳』；什麼『太宗懷鷂、桓典乘驄、嘉賓賦雪、聖祖吟虹』；什麼『王倫使虜、魏絳和戎、恂留河內、何守關中』……它以一東、二冬、三江、四支、五微、六魚、七虞、八齊、九佳、十灰等等按韻分類，確實是孩童的啟蒙讀物。

老人幾歲讀過、背過這部書，竟然在他七十至八十歲寫自傳時尚能隨口背來（他在以後的學業中對這兩千多個典故大多是知道詳情的，可見兒時讀書多麼重要）。近來，電視上出了個小神童王恒屹，四歲多竟能認得三千多漢字和背得三百多首古詩詞，而且能知道詩詞中的部分含義。如李白《月下獨酌》中的『對影成三人』，他知道第三人是月亮。可見兒童的啟蒙教育是多麼重要。老人真的要感恩出生於這個儒醫世家，有如此嚴格的父親，指引他走上了熟悉古籍並為之校勘之路。

說到此我們十分感慨：這麼好的中國文化讀物，當今的學生、學者、文化界名人、市民們，有幾個讀過、記過？還可以隨口背出的，可能更是要用顯微鏡去發現了！為什麼？為什麼？筆者真的好想知道答案！可能只用『時代發展，信息量爆炸』去解釋，是不能說服人的！

老人點校古籍的『嗜痂之癖』一直沿襲到晚年，而且，學風端正嚴格。直至二〇〇一年，他在《增訂劉子校注》中，仍將多條須補充的內容增加到新書之中。遺憾的是『時不假我』，先生因病而未完成全書！

二、為什麼遺留物整理工作一推再推？

二〇〇三年十二月老爸走後我們忙於辦喪事，直到十二月十日在成都北郊火葬場火化。其間關於墓地的選擇、安葬的儀式等等十分繁亂的事一直壓在心頭。最不幸的是老媽在老爸走後的第六天在家摔斷了右股骨頸。當時她已九十三歲，全身狀況較差，治療方案的選擇就是頭等大事。於是跑醫院、找專家、朋友會診、照X片等等工作持續到二〇〇四年春節，這才決定用『保守療法』讓其能緩慢地自主恢復。老媽的傷後照料主要由我倆負責。生活照料、心理護理、醫療護理等等一系列的雜事，讓我們沒有時間和精力去想如何整理老爸的遺留物。

二〇〇七年十月老媽過世，我倆在護理的近四年中所透支的健康問題一併地爆發出來，二〇〇八年—二〇〇九年一年之間，我們就在多家醫院住院治療。好不容易剛剛略為平靜，又正遇華西口腔醫院新大樓落成，有意特召極少有成就的學生回校工作。於是二〇〇九年四月，恩平在經過華西的嚴格甄別後，回到口腔醫院『名老專家門診』工作（當時，這個政策衹有兩名學生『達標』。因此不願放棄！需要說明的是：華西口腔醫學院特聘客座教授回校工作是十分嚴格謹慎的。就我所知，當年返聘兩名『老學生』回校工作一事，是空前絕後的），直到二〇一三年因衛生部下文，不能成立『名老專家門診』而被終止。

直到二〇一三年，我們才重提整理遺物之事，遇到的困難不勝枚舉。突出的是：資料太多、太亂、太雜，且學術性太強，加之我們對古典文獻學的陌生，很長一段時間，完全不知從何下手。

二〇一四年發生了一個突發事件：楊珣因腰傷住華西四院治療，歷經一月。同時學校住建科通知，要我們清退老人的舊居，我們才意識到在有生之年必須將老人的遺留物歸類、清理，否則既對不起老人一生的默默耕耘，也對不起老人保存下來的各類資料，對學界將是無可挽回的損失。於是我們才進入『搶救性』的整理工作。

可是這些資料作何處置？怎麼取捨？出於能力和學識的有限，實在讓人無所適從。

這段時間，整理工作因楊珣的腰傷和恩平的『慢阻肺』和髖關節病變，進展很慢，常常是有心而無力，直到二〇一六年方才理出個頭緒：給老人寫個『人物介紹』式的冊子，從學術以外的『人品』、『性格』、『求精』、『事業心』等方面以及介紹過世後的各種際遇，這樣來推出『先生其人』這個主題。

二〇一六年四月，我們在寫作中遇到許多問題都難於解決，決定給四川大學文新學院彙報。誰知竟然一拍即合：當年，是四川大學建校一百二十週年，學院正有出專集，以推出老專家、學者治學特色之意。於是寫回憶録的工作從『私下』變為『公辦』，不僅學院答應此書在川大出版社出版，還由曹順慶院長特派一名在讀博士生協助工作，曹院長親自為此書寫序。

正是由於學院的大力支持，這本六十萬字的《弢翁外傳》終於在一百二十週年校慶的前一天問世。先生的為人、求學、治學與嚴謹的科研精神等等終見天日、廣示天下了。

可是因為老人留下的東西太多、太雜、太無頭緒，有許多都無法載入此書，如何保存更是個難題。於是我們做了下面三件事：

二〇一七年四月二十六日，將整理中找到的先生的本科畢業論文《補編》手稿捐贈給鎮江市圖書館『中國文心雕龍資料中心』，此事得到學院的大力支持，舉辦了小型的捐贈儀式。本科畢業論文原件，老人已於一九九七年捐給了鎮江，故方有我們的續捐之事。

二〇一八年五月二十一日，經與大足中學聯繫後，我們已將『學不已齋』的陳設、書籍等一併捐給了大足中學。

二〇一八年八月，接學院通知，要我們和學校博物館（校史館）聯繫。我們已多次找到這裏的負責老師，提出了捐贈珍貴資料並設立『楊明照專室』的方案。

另外兩件『意外』事，也應該說明。二〇一八年五月初，突然接到老人家鄉——重慶市大足區拾萬鎮何書記等基層幹部的來訪，內容為家鄉要為老人搞一個主題宣傳，以突出家鄉的人文底蘊。我們立即表態：盡力給予支持！

二〇一九年元月十七日，拾萬鎮幹部拜訪曹院長後來家說了下面三件事：

一是為老人一百一十週年誕辰舉行國際學術研討會；

二是學院將為老人出《全集》；

三是將在老人的出生地大足拾萬鎮建『龍學書院』以勵後人。

從以上的拉雜敘述中可以看出：老人遺留資料的整理已刻不容緩。這才有了《文集》中的若干『秘密』曝光之事。

三、整理中的若干感悟

（一）多與少，大與小

不管是誰，找東西可能都是先注視最顯眼的，我們也一樣。楊明照先生的大部頭手稿從上世紀三十年代到本世紀初，持續了七十年。其中最有價值的《文心雕龍校注》的手稿已自行捐予鎮江，留下的便是總計二十冊的《抱朴子外篇校箋》定稿手稿，和在寫作過程中的九冊補充手稿（一九四〇、一九四一年），三大厚本《抱朴子內篇校釋補正》。前者是鋼筆謄清稿，後者是毛筆書寫，均十分工整。

《劉子校注》的手稿也是從上世紀三十年代至二〇〇一年。還有一本厚厚的《詹鍈〈文心雕龍義證〉發覆》（一百零九頁）是一九九七年完成的。

另外，大量的『講義』散佈在小冊子、筆記本和裝訂本中，我們均一一收集、歸類。它們的進一步整理與取捨要請古典文獻學的專家們去處理了。

再說『小』吧。寫字檯的抽屜裏分別裝有各種各樣的『紙飛飛』，而且這些單頁的小紙片還夾在一些書稿、雜誌、信封中。許多寶貝，如他在紙煙盒上寫的《辭源舉正》的隨筆，如他給第九次古代文論年會寫的賀信稿，如他向學校黨委提出的辭去系主任職務的報告，如他棄之不用的幾首詩……全是單張的紙片，稍一大意便可能遺失。於是我們對這些散亂的紙片作了數次反覆的清理與閱讀，稍有價值的都保存了下來。

（二）工整與潦草

老人留下的資料中，最有價值的『潦草』字出現在他於一九五八年出版的第一部《文心雕龍校注》中。（因為這本書的主體是他一九三九年燕大的碩士畢業論文，一九五八年出版後他花大精力繼續校注，一有發現便在相應部分批注，故成了現在的『亂』象！）書中幾乎每一頁都用紅筆寫下大量批注而且十分潦草，可見他自己對資料之熟悉和對增加內容的自信。第二部《校注拾遺》出版於一九八二年，中間經歷了『文革』的變故，他卻從未停手，他自己說『第二部校注拾遺與第一部相比內容增加了五分之二，都是那段時期搞出來的』。也可見，這些字跡潦草是有特殊原因的。

其他不是很有價值的東西（如資料摘抄、講義草稿等）也可以見到他的潦草字跡，可這些少少的『罪證』實在無法掩飾其字跡的工整。《抱朴子外篇校箋》上、下册共八十一萬字，抄寫得工工整整，裝訂得規規範範（綫裝），全書竟沒有一個塗改的痕跡！八十多歲的老人，一筆一畫如此認真，實在讓人感嘆！聯想到我們自己，有一篇用毛筆抄寫的歐陽修的《醉翁亭記》，連標題也才四百零四個字，可中間出現的塗改竟有三處之多。和他相比真謂天壤之别，令人羞愧難言！

我們一直奇怪，老人為何留下這麽清爽的底稿？原來他的習慣是『推倒重來』，寫錯字的頁面是一定要清除的。可是如果一頁中僅在後半部分寫錯字怎麽辦呢？原來他抽屜裏的刀、剪、膠水、尺子、三角板各種文具都是有用的——他會將錯了的部分裁去，在宫格處重新貼上乾淨的稿箋紙，再從頭來寫。在他晚年（二〇〇一年十一月）的文稿《詹鍈〈文心雕龍義證〉發覆》（二萬九千字，一百零九頁）中，我們便仔細地找到了好幾處這種修改痕跡。他的修復技巧可以騙過許多人的眼睛，稍不留意你便看不見何處是拼接的。一個學術大家，除了對教學、對科研絕對認真外，對自己的文案工作也絲毫不馬虎！也許這就是在嚴格訓練之下，養成的一絲不苟的行為準則吧！這也是成就他的秘訣之一！

（三）底稿

這次為了《文集》的編輯工作，我們儘可能地清理了他的遺留物。一九三四年寫出的第一部《文心雕龍拾遺》，一九三六年的本科論文、一九三九年的碩士論文、一九三七至一九三八年在北京發表的許多校勘、考證論文的底稿，都幾乎完整地保留了下來。同時他嚴謹治學、規範的學術思維也在他留下的許多雜件中流露無遺！不知不覺，我們竟能常常推測出他當時的心理狀態和學術目標，似乎建立起了一個『時空隧道』，讓我們和當時的他有了交流的空間。於是我們反覆地去推敲：他為何要保留這些東西？人生不過百年，他曾在九十大壽的祝壽會上自信地説希望能活到一百二十歲（可惜因疾病他只活了九十五歲），是否他的内心對這些留存的文稿和資料還有進一步的安排？他曾在晚年説過，待《增訂劉子校注》完成，要做《文選》的校注工作，可是在他留下的資料中恰好《文選》資料是最少的一類。他的學生盧仁龍先生曾提醒，先生有一本綫裝的《文選李注義疏》已經做了許多工作（盧先生曾親眼見過，於八十年代末），可在翻完他的遺留物後仍未找到這個集子，不知是哪個環節出了差錯。

老人似乎有一些『預知未來』的能力。雖然他從未提及過，但從這次資料的查找來看，他留下的這些底稿對研究他的學術思想和嚴格的科研風格、教師風格，都是有幫助的，不得不讓我們一邊整理一邊讚美，敬佩之心充滿在我們的行為之中！能夠為這麼一個學術大家做點滴零星的工作，真是滿心的自豪。我們盡力仔細，不出差錯與遺漏，以便能較為準確地給學界留下一個完整的『龍學老翁』和『古籍教授』的人生閲歷。

（四）尋常中的不尋常——關於講義

在先生遺留的手稿中，除了大部頭的著作和大量底稿、文獻摘抄以外，隨筆和單篇論文也不少。同時，還給我們留下了很多的『口義』（先生對講課稿的稱呼）。不完全統計，有如下內容：(1)《中國文學史講稿》，(2)《文獻學導讀資料》，(3)《文獻知識專題講座》，(4)《中國歷代文論選讀口義》，(5)《文選與總集》，(6)《諸子散文》，(7)《魏晉樂府歌謠所反映的社會現象》，(8)《淮南鴻烈概說口義》，(9)《法家詩歌選》，(10)《先秦的文學觀》，(11)《校勘實習漫錄》，(12)《文心雕龍研究口義》，(13)《四川古代典故及名人簡介》，(14)《校勘學專題講授口義》，(15)《校讎學口義》，(16)《校勘方法資料》，(17)《校勘實習口義》，(18)《中國文學史（先秦兩漢文學史）教學大綱》。

我們不懂古典文學，更不懂校勘學，對這些講義的進一步剖析無力而為，可是在徵求該學科的老專家和許多學子的意見後，他們給出的答案驚人地一致：對學生的求知具有重要意義，對較為深入地研究先生的學術思想，有實在的價值。正因為如此，本書方有了該部分。

瀏覽關於先生的三本專著《文心同雕集》、《歲久彌光》、《文心永寄》（均為曹順慶教授主編）中關於先生的各種說法，關於他的講課稿，都是空白。這，也給我們提醒：是該說説他的這一部分工作了。

講課稿，是教師課堂上用於給學生傳授知識內容的底稿，不同的專業、學科內容是完全不同的，教學方法也大有不同。我們不是文科生，更不是『古代文論』的學子，讀他的講稿，完全是『雲裏霧裏』一般，許多時候根本理不出頭緒，不知他所言為何。幸好有了『文字』這個東西，雖然對文言與古語不甚明瞭，但常規的白話敘述，也尚可略知一二的。

帶著問題，查查資料，對『校讎學』這個古語，有了一點點『表皮』的理解：

西漢時，劉向、劉歆父子曾是這方面的先賢。劉向在《別錄》中對『校讎』有明確的說明：『一人讀書，校其上下，得繆誤，為校；一人持本，一人讀書，若怨家相對，曰讎也。』（《文選》卷六《魏都賦》李善注引《風俗通》及《太平御覽》卷六一八引)。

宋代學者鄭樵在他的著作《通志》中，專列一篇《校讎略》，成為總結劉學、發展劉學，指導古籍整理工作的第一部專著。由此，確立了古籍整理的專門學科為『校讎學』。宋代的歐陽修、蘇軾等人均將『校讎』改稱為『校勘』。從此，關於古籍的校訂整理，既可稱前者，也可稱後者了。

用現代思維來理解，『校讎』也好，『校勘』也好，實際就是古籍整理的一種方法，就是搜集不同版本，訂正古籍流傳中產生的文字的訛、脱、衍、倒，儘量恢復古籍原貌的一種工作。

從先生留下的這一批講義目錄看，有以下幾篇是這一方面的內容：《校讎學口義》、《校勘方法資料》、《校勘學專題講授口義》、《校勘實習漫錄》、《校勘實習口義》、《文獻知識專題講授》、《文獻學導讀資料》等，佔了他的講義的五分之二。可見先生對這一方面知識的重視了。

先生的學生，南京大學教授武秀成曾有文專論先生的校讎學成就（《文心永寄·楊明照先生校讎學研究》），言：『先生在學術上的貢獻是多方面的，其最大成就，我以為還是在校讎學上，楊先生是當代當之無愧的最出色的校讎學家。』『科學的校勘模式』、『當行的校勘體式』、『校勘範圍與原則的啟示』三個方面，是先生對『最難校注』的《抱朴子外篇校箋》的功績之一。

以上幾冊講義對校勘原理、方法、注意事項等各方面，都有詳細的敘述與指導。比如，他在『校讎學口義』中，對『校讎之重要』、『校讎之難』兩大部分講述得非常細緻。對校讎之難，説了四個方面：『博』、『勤』、『慎』、『識』，即知識面的廣博、工作中的勤奮與慎重、學識上的敏鋭。他在『校讎之難』中又説了『釋文第一』、『緣起第二』、『工具第三』、『條例第四』、『學識第五』。並在『第五』中分出了九個方面來説明『之難』：『熟版本』、『精字體』、『通訓古』、『明聲韻』、『諳詞性』、『辨句讀』、『究師承』、『審故實』、『詳制度』。

僅僅這些摘抄，我們已經『頭都大了』！真不知這一學科會怎麽樣折騰學者們了！而這『折騰』的目的，卻是為了還原一部古籍的原貌，能夠將中華文化的真實傳承，展現在學者的眼前，以利於他們進一步研究古籍中的奧妙！

另一篇不屬於『校勘』的口義《文心雕龍研究口義》，用於一九六三年上下學期，有四萬字。寫作時間可能要早點。大家都知道，新中國成立後《文心》的研究曾出現熱潮。先生早在三十年代就已經對它有過校注，他的第一部《文心》校注已經於一九五八年問世。因此，他的這篇『口義』，特別不同的是：全文中除介紹《文心雕龍》本書外，加入了極多的『個人觀點』。如在講授劉勰的『出家與不婚娶』時，有這樣一小段：『我的看法是這樣，由於年歲的不同，生活遭遇的不同，學習的不同，一個人的思想不會是一成不變的，劉勰的思想，就應當作如是觀。』同時，他對劉勰寫作此文的動機和目的還作了幾個方面的探討。其中在『目的』中，他指出了當時的文壇狀況是『文體解散，將遂訛濫，去聖久遠，離本彌甚』，故劉勰『搦筆和墨，乃始論文』。『可見劉勰完全是站在儒家的立場，反對形式主義的文風，不是無的放矢，而是針對著當時整個文壇，目的是非常鮮明的，戰鬥性也很強』。

先生對《文心雕龍》的研究，一生曾有九部專著，它們是：讀本科期間的《文心雕龍拾遺》（一九三四）、《文心雕龍校注拾遺》（一九三五）、《文心雕龍校注拾遺補編》（一九三六）、《文心雕龍校注拾遺續編》（一九三七）。讀碩士期間的《文心雕龍校注》（此文增補後發表於一九五八年）、『文革』後的《文心雕龍校注拾遺》（一九八二年）、《增訂文心雕龍校注》（二〇〇〇年）和《文心雕龍校注拾遺補正》（二〇〇一年）。以上九部有關《文心雕龍》的著作，是老人一生運用校勘學原理和方法，所做出的巨大貢獻。難怪，學界將他的《文心雕龍校注》的學術成果視為『當代研究《文心》的百科全書』。這就是他的『校勘思維』的實在例子之一。

講義的其他部分，也是很精彩的，如他在《淮南鴻烈概論口義》中，就對該書的特點總結闡述為六個方面：『誦讀易』、『編著密』、『行文麗』、『篇章全』、『持論精』、『取材博』。這些特色，即使是對我們非古代文論專業的讀書人，也是具有『相當的誘惑力』的！

再如，他在《四川古代典籍及名人簡介》中，提到以下諸多故事與人物：『萇弘血化為碧』、『夏禹廟銘』、『夏禹為汶山郡人』、『李冰』、『望帝使開明治水』、『望帝使開明鑿巫峽』、『龜城』、『竹王』、『金牛』、『五婦候臺』、『五丁力士』、『楊磨』、『嚴君平』、『石豬』、『馬頭娘』、『巴蔓子』、『伏犀灘』、『鐵杵磨針』、『交讓木』、『文翁劍擊江神』、『盤古祠』、『劉易從』、『文翁穿湔江』、『章仇兼瓊』、『張天師』、『文翁石室』、『梁山伯祝英臺』、『石龍』、『石新婦神』、『李嚴』、『趙昱』、『浮山』、『火井』、『孝泉』、『龍骨』、『孝子石』、『廩君土船』、『滴水巖』、『砲石將軍』、『廖仲藥何射虎』、『海眼』、『君井山』、『沙壺觸木生子』、『青石山』、『邛池』、『金雞』、『李二郎』、『李冰治水的演變』、『司馬相如』、『女徒山』、『陰雨有哭聲』、『奇相』、『濯錦江』。

以上五十三個部分，他都有詳細的說明。在出現電子文檔之前的歷史中，要去查閱這麼五花八門的知識，並將它們一一列出，搬上講臺，可見先生在『備課』的工作中花了多少精力，查閱了多少古籍！『臺上一分鐘，臺下十年功』此話用於先生，可能沒有人會出面指摘的吧！

他在一九五四年八月，寫出的《中國古代文學史》，洋洋灑灑地寫了二百三十八頁（估計十五萬字以上），從上古的詩歌起源，一直講到鴉片戰爭為止，對華夏大地的文學發展史作了詳盡的梳理。這些內容，對於剛剛踏進中文系的學生來說，應該能起到一劑『專業思想教育』良藥的作用，對讓他們從一個普通學子，慢慢地邁進古典文學殿堂，會起到極佳的引導作用。

上面，我們用非專業的眼光去看待他的這批講義，似乎已經讓我們開始了『古典文獻學』的征程，而對於該專業的學子來說，這些講稿，不失為在他們求學道路上的一盞盞指路明燈。如是者，乃吾輩拜讀後的零丁感悟罷了。

作為學術大家，先生的研究成果令人讚歎；作為教師，這一批講稿，也將從另一個角度，無聲地給後人留下閃光的職業生涯印跡。

（五）苦出來的大家，『笨』出來的泰斗

『我人笨，反應慢，和別人比沒有啥子長處』，這是老人的『口頭禪』。可能正是這個『笨』字，成就了他的學術人生之路。常言道：笨鳥先飛，方可不落後於人。

老人這只『笨鳥』先飛的時間可以追溯到五歲的發蒙。在大約十二年的『私塾』學習中，老人接觸與背誦了大量的古典啟蒙讀物。這對他一生在古籍校勘中的敏銳性、警覺性起到了至關重要的作用。

他在讀書期間、教學期間、『文革』動亂中對古籍『不離不棄』，留下了大量的寶貴著作與文字，已如前述。他進入『老年之列』後，仍筆耕不輟，直至生命的終點。對這一時期的『勞動成果』，我們作了一個『數字化』的分析，進一步看看老人是如何使用這段可貴的時光的。

一九八九年是老人進入八十歲的紀年，他在二〇〇一年底因病不能再提筆寫字，在這十二年間，我們粗略地統計了一下，他留下的文字底稿大約如下表：

楊明照先生晚年作品一覽

類別	時間	著作名稱	字數
雜著	一九九〇年	為李建中所著《心哉美矣》作序	以上為老人雜著文章，共約十二至十五篇，共計約十萬字
	一九九〇年	文心雕龍原道篇「文之為德也」句試解	
	一九九一年	抱朴子外篇校箋前言	
	一九九二年	文心雕龍有重注的必要	
	一九九二年	歸來閣記，讀戶田浩曉《文心雕龍研究》並作序	
	一九九六年	從求學到治學	
	一九九七年	在鎮江文心雕龍座談會上的講話	
	一九九八年	緬懷導師郭紹虞先生	
	二〇〇一年	文學史上的多面手蘇軾	
整著	一九九一至一九九七年	抱朴子外篇校箋上、下冊	上冊三十六萬字，下冊四十五萬字，共計八十一萬字
	一九九五至一九九七年	詹鍈《文心雕龍義證》舉正、指瑕、發覆共三篇	約五萬字
	二〇〇〇至二〇〇一年	增訂文心雕龍校注、增訂文心雕龍校注拾遺補	六十六萬字
	二〇〇一年	增訂劉子校注課題申請、開題報告、前言及卷一全部、卷二部分	共約十萬字
總計	以上作品文字共約	一百七十二萬字	
	平均每日寫作量	共計十二年，按日計算為四千三百八十天，三百九十四字/天	

以上這一百七十二萬字的文稿全部是老人謄清稿，他用工整的顏體小楷一筆一畫地寫在稿箋紙的小格之中，每天完成三百多

字。規範、清秀、整潔、飄逸，讓人讀來感到一股子強大的書法之雅直闖心田！更加令人佩服的是，這些文字與著作均出自八十至九十二歲的老人之手，甚至令人有一種不可思議之感！

現今，高齡老人堅持撰著直到晚年之例逐步增多。馬寅初、馬識途、楊絳等百歲老人，是民眾公認的大學者與『先生』。楊明照老人雖不及百歲壽辰，但到生命的晚年仍盡力躬耕並留下讓人讚歎的手稿，不能不說也是極為鼓勵學者立志著作的實例之一。

人到晚年，精力、體力、記憶力、反應能力、操作能力等等都會發生明顯的退化，和青壯年時期是不可比擬的。可老人卻沒有停步，一筆一畫地為學界留下這麼豐厚的寶貴遺產，這不能不說確實是『苦』出來的成果，是這隻學界的『笨鳥』奮力先飛並永不言止的治學精神的客觀記錄。

那個我們衹能看見他伏案寫作背影的老父親，那個從無節假日、休息日的讀書人；那個九十多歲了還能站在高板櫈上去檢索資料的學者，至今還清晰地留在我們的記憶之中。他那可貴而難能的治學意志力，也將永遠留在學界之中，激勵後學們成長與超越。

（六）超乎尋常的視野與行為

整理老人的遺留物，諸多感慨油然而生。點點滴滴已如前述，可都未能盡興。原因便是：他的一切行為似乎都有一個指導思想，不入俗套、因人而異。既教書又育人，學術著作豐厚，為學界留下了許多寶貴遺產。這些似乎都是外界所能看見的東西。本節想來說說外界『看不見』或容易忽略的思想與行為。就算是整個整理遺物雜記的一個小結吧。

甲、小女楊瑩從五十年代末到六十年代，在川大綠楊村的水泥乒乓臺上逐步稱霸，直到六十年代橫掃川大工會乒乓界（《弢翁外傳》有敘述）。按照當時的常理，一個古典文學大教授理應將其女兒的智慧引導到學術界來。可老人一反常態，不僅將她送去成都業餘體校訓練，還不遺餘力地給予力所能及的支持（老爸一九六四年出差瀋陽，專門給小妹買了『紅雙喜』球拍），讓她的球技很快便從川大擴大到成都市進而連獲市少年女乒冠軍。

業餘愛好一般就此而止，也是常態，可老人並未收手。一九六九年，小妹進入市體委『喫專業飯』後，老人又盡全力地給予了她成長所需的各方面『營養』（遺留下來的三十多封書信稿，可以看出老人對小女的關懷、鼓勵、引導與愛護）。直至市而省，省而國，國而世界，最終小妹在一九七七年稱冠世界乒乓球界！

一個『鄰家小女孩』最終成為世界冠軍，艱辛之路不言而喻，離不開外界和家庭的諸多培養。我們暫時拋開外因來看，就老人的『內因』，一定有一股子『不到長城非好漢』的信念，並且一直將這心思灌輸給了小女（信封上的底稿便是鐵證）。反推一下：老人的這個想法與行為為什麼會如此『有悖於學界認識』？上世紀五十、六十年代，運動員給社會的感覺均是『四肢發達，頭腦簡單』，家長們是不願子女從事體育的，可老人卻反其道而行之。『七十二行，行行出狀元』一直是他的口頭禪，可見老人的眼光。除了自己的專業『埋頭於故紙堆』之外，他的思想實在是極為活躍，極為『不受干擾』的。而且從他數十年研究三部極難的古籍《文心雕龍》、《抱朴子》、《劉子》的心思看，『書山畢竟有路』也是他一貫的指導思想。引申開來，『小女在體育界亦可能有前途』可能便是對他這個行為的最佳解釋！

從他對子女的瞭解看，也能證明這一點：一九七八年次子楊瑜參加高考，立志要報考川大中文系。當時老人是川大中文系主任，兒子要報考自己的學科，無論如何都是『近水樓臺』。可老人卻完全相反，直言『你們喫不了這個苦，搞不出名堂』，將兒子拒之門外！寫到這裏真的太讓人思緒萬千了！是何原因讓他拒絕兒子？僅僅是『潔身自好』嗎？不盡然吧！多半是他對這一對兒女的全面瞭解與分析後的慎重決定！

對於這一對兒女的截然相反的態度與決定，我們從中似乎可以看見老人心中的一束光輝！因人而異、因材施教，這不能不說是老人作為學術大家，其眼光獨具的睿智與犀利！

這兩件事換作別人，可能處理上恰好是相反的！我們說老人『超乎常人的眼光』，此其一證也！

乙、一九六四年，項楚先生考入川大中文系，為龐石帚先生碩士，可龐先生很快便因病不能帶教。經研究，系上將項楚轉給老人指導。第一次見面，老人給項楚訂立個規矩：『絕慶吊之禮』。意思是希望他在讀書期間專心致志，不要因外因干擾自己的學業。項先生也不負重望，以優異的成績畢業。可正遇一九六六年『文革』，項先生被分配到軍墾農場勞動兩年後，再分配到四川阿壩州去教中學。十年動亂，項先生沒有沉寂，一邊教書一邊從事自己的研究，一九七八年終於有了一些成果問世。在老人心裏，項先生是個名副其實的學者型人才，衹有在更廣闊的天地裏才可能真正搞出成果。於是，老人向學校、向省委提出：自己需要一名科研助手，希望能將項先生調回川大。經過百般曲折、多次努力後，項先生終於以楊先生科研助手的名義調回川大。

應該說，有了項楚的相助，老人的一系列學術思想將可能得到長足的進展吧？可老人卻一反原意，拒絕了這個助手！他將項先生安排在系上的教師行列中，讓他能有充分的時間在自己的研究領域中去發展與深化。最終人們見到的項楚先生，是以『川大文科傑出教授』的身份出現在學界的敦煌學專家！當時川大授予了兩名『文科傑出教授』，另一位是哲學系的卿希泰教授（二〇〇四年）。

項楚先生具有深厚的國學根柢，熟讀佛經和四部典籍，不僅精於校勘考據，還擅長學術的融會貫通，最終成為國內研究敦煌文化的頂尖學者。

這裏，我們有理由相信：老先生的深遠眼光和對『千里馬』的認識起到了決定性的作用。如果老先生一味地將他置於自己的助手地位，對老先生自己將有莫大的幫助。可是老先生作出的決定和項先生的自由發展，其結果不得不令人讚歎：『學界的伯樂』，真的是當之無愧！此其二證也！

丙、另一個實證，便是他的『開門弟子』曹順慶先生。

一九七八年先生開始招碩士研究生，到一九八〇年教育部批准四川大學設立中文系博士點，先生可以招收古代文論的博士生了。可是他卻一而再地『不予錄取』！現在反推他當時的認識，可能是在報考的學生中還沒有出現自己所能器重的人才吧？先生選人的嚴格和教學中的嚴厲，是有目共睹的事實。

一九八〇年，曹順慶先生從復旦大學畢業，考為老人碩士生，一九八五年又報考了老人的博士。也許是老人『久旱逢甘霖』，也許是曹順慶的學術思想打動了老人的愛才之心，這新中國的第一個『古代文論』博士脫穎而出，成了老人一生中最具慧眼的驕傲！

可以追溯的歷史中，有一個實證便是老人並不是用『古籍校勘』的枷鎖去束縛學生，相反卻在與曹順慶的交往中一步步地認識到了曹順慶學術思想——中西比較文學的發展前途與重要性。

一九八六年，老人寫出了對曹順慶研究方向的支持文章：《用比較的方法研究古代文論》。

比較文學，在上世紀八十年代初是我國的一個新興學科，最初由北京大學發起，並於一九八五年成立了『中國比較文學學會』，第一任會長是大名鼎鼎的季羨林先生。學科重點是將中外的文學研究成果作出分析與比較，從中外學者們的研究中去分析世界對於文學的共識與不足，找出發展的方向。

曹順慶先生致力於這一學科，取得了長足的進步。不僅身為『長江學者』、『四川大學傑出教授』，二〇一四年被選為中國比較文學學會會長，還於二〇一八年當選歐洲科學與藝術學院院士，成為國家級、世界級的大專家，『比較文學與世界文學』專業的頂尖人物。此其三證也！

丁、一九八六年十月先生的另一篇文章《再論劉子的作者》，近來引起了人們的興趣：

在語言風格上的歧異抑或趨同，可能見仁見智，言人人殊。但詞語習慣具有強大的潛在力量，任何作家及作品都不可能違背。因此，透視文本後面的語言習慣，進而判斷作者誰屬，正成為當今大數據時代下頗具雄辯力的考證方法。先生早在二十世紀八十年代計算機技術尚未普及之時，就通過手動檢索的方式，通過對關鍵銜接詞的量化統計，分析《文心雕龍》、《劉子》二書蘊含的語言習慣，對二書為同一作者的觀點予以斷然的否認。關於這一點，包括林其錟、陳金鳳在內及後來持『劉勰說』的所有學者，均未能給與回應。［見《楊明照先生研治〈劉子〉始末考論》（暨南大學文學院・王京州），個人通訊］

這麼一大段對原文的摘抄，想說明一個問題：老先生的預見性思維，不僅表現在前述的對幾匹『千里馬』的認識上，也表現在他的文章之中——《再論〈劉子〉的作者》發表於一九八六年十月，文章用十個方面的證據說明《劉子》的作者是北齊的劉晝，絕非劉勰。對這十個方面，上述引語就在『大數據』層面給予了充分的肯定。

大家知道，『大數據』稱謂，是二十一世紀以來的一個科技新名詞、新方法。它的核心就是用數據說話，證明自己的觀點。可是早在二十多年前的一九八六年，老先生便用手動檢索的方法，用上述二書中的『習慣用語』作了統計，指出二書作者絕非同一人（劉勰）！

在文章中，圍繞自己的論點，引用有利的證據去說明，是大家的共識，可老先生卻在當今計算機技術大發展之前二十多年率先運用此法於文章論點的論證過程。二十多年過去了，學界持『劉勰說』的學者仍大有人在，可至今無人能從這十分領先的『作者習慣』的證據中找到突破，去反對學界的『劉晝說』，可見老先生的學術思想也是十分領先的。

以此，作為先生『目光深遠』的又一證據，也許並非無稽之談。

戊、這一小節，我們把結論放在最後。先看看以下的兩個論據：

其一，縱觀老人的人生軌跡：

一九三五年，由重大來成都讀書。

一九三六年，由成都往北京讀書。

一九四三年，由北京回成都教書。

一九四三——一九五三年，回成都先後住家：　桂花巷、北巷子、狀元街、新生院、璧還村、綠楊村。

一九五三——一九六六年，住綠楊村。

一九六六年，被趕至校外的破舊平房『竹林村』居住。

一九六九年，由竹林村遷至城裏親戚家。

一九七八年，遷回川大東風樓。

一九八二年，遷居川大東區專家樓，直到過世。

從以上的數據來看，老人成年後最少搬家十二次以上。

人所共知，搬家時許多無用的、過時的、破舊的物品一定是會丟棄的。『搬家如喪產』是民間共有的看法。

其二，我們現在能找到的老人自己精心保存的手稿或已發文章的鉛印稿如下：

一九三四年仲春，《文心雕龍拾遺》手稿，寫於『重慶大學西窗之下』。

一九三六年元旦，《劉子考證》手稿，約二十萬字。

一九三六年初秋，《文心雕龍校注拾遺》手稿複印件，約二十萬字。

一九三七年，《文心雕龍校注補編》手稿，寫於燕京大學。

同期，《文心雕龍校注拾遺續編》手稿複印件，約十萬字。

一九三七——一九三九年，發表的各種校勘文章鉛印件共十一種，約十萬字。

一九四〇——一九四一年，《抱朴子外篇校箋》手稿九冊，約十萬字。

同期，《劉子校注》手稿五冊，約七至八萬字。

各種講義手稿（不同時期）十八冊，共約三十萬字。

從七十年代末到九十年代末，各種散亂的文章手稿或手稿複印件三十多篇，共約八至十萬字。

一九八〇—一九八二年，《抱朴子內篇校釋補正》共四冊，約十萬字。

一九九一—一九九七年，《抱朴子外篇校箋》上下冊手稿（謄清稿）二十冊，約八十一萬字。

二〇〇〇年，《詹鍈〈文心雕龍義證〉發覆》手稿一百零九頁，約三萬字。此稿寫成於一九九七年，二〇〇〇年清寫畢。

二〇〇一年，《增訂劉子校注》前言及卷一、卷二部分手稿，約七至八萬字。

從七十年代末到去世前的各種散篇（如信件底稿、發言底稿、隨筆底稿等等）近百件。

這些二百多萬字的各類手稿，凡成套的，都是他自己用綫裝的方式裝訂得整整齊齊的。講義部分也是保存在各種大小不一的筆記本中。

這些東西已經保留了數十年，隨著蟲蛀、鼠咬的損耗，它們的自然壽命已經到了極限，眼看便會灰飛煙滅而不復存在了。可是世間萬物均有說不清的『不確定性』，就在這最為危急的時刻，四川大學文學與新聞學院作出了出版《楊明照文集》的決定。於是這一切，均重見天日而永久地保存了下來，為後人研究楊先生的學術思想和學術人生，留下了充足的實證。

這裏，我們似乎感覺到了本節的結論：

雖經歷了無數次的搬遷之苦，雖經歷了數十年的人生奮鬥與波折，老人對自己一筆一畫所寫成的文稿極為重視並精心保存下來。它們正是老人人生的軌跡，也是老人一生一絲不苟地『做學問』的有力證據。

似乎，在老人心中一直存在著一種期盼：自己的一生努力可能對後人有一定的價值，一定要儘可能地讓它們充分發揮作用！《楊明照文集》的搜集、整理、編輯與出版，正好圓滿完成了老人的這一夙願。

難道這個具有傳奇色彩的歷史過程，不正是老人那充滿睿智的眼光與行為所得到的結果嗎？

以上整理的點點滴滴感悟，不知是否能表達出我們身為家人的心境？限於能力與詞句表達的局限，寫出的這一《雜記》，僅僅是平鋪直敘的『滄海一粟』罷了。更重要的『學術傳承』及『楊明照治學理念』，衹有請諸君於《文集》中去找尋與體驗了！

楊明照先生年表

時間	主要事跡經歷
一九〇九年	農曆十月二十三日出生於四川省大足縣拾萬鎮黄木溝。父親楊謙受是當地名中醫，收有徒弟六十多名，並有八部中醫著作留世。名言是『醫病者不如醫醫者，衹有更多的好醫生，病患才受益最大』，一直是弟子們的指導思想。有如此之父親，老人從小便受到了『字正腔圓』的國學指引。
一九一四年	發蒙。在家受父親指導讀古書，及入私塾求學。讀《龍文鞭影》、『四書』、『五經』、《古文觀止》、《唐詩三百首》、《聲律啟蒙》、《論語引耑》、《四書題竅彙參》、《了凡綱鑒》、《傷寒論》、《金匱要略》和各種『歌括』等，歷十二年之久。
一九一九年	『五四』運動在北京爆發，『破舊立新』、『西學東漸』之風逐步在國内興起。
一九二一年	舉家由拾萬鎮遷居大足縣城。
一九二六年春	考入新辦大足縣簡易師範，結束了私塾之學，開啟了新學之旅。這正是老人得到的『五四』新風尚的第一份厚禮。
一九二九年	考入重慶大學文科預科。
一九三一年	由吴芳吉先生授課，接觸並喜愛上《文心雕龍》。
一九三二年	升入重慶大學本科國文系，因成績突出受到當時的校長劉湘的獎勵，發給『茂才異等』的獎章。
一九三四年春	在重慶大學，寫出了他第一部著作《文心雕龍拾遺》，本稿為他本科畢業論文的原始底稿。

時間	主要事跡經歷
一九三五年	重慶大學文科併入四川大學。寫出了第二部著作《文心雕龍校注拾遺》。
一九三六年	本科畢業論文《文心雕龍校注拾遺》完成，並完成《文心雕龍校注拾遺補編》。被當時的系主任龐石帚先生給予一百分的滿分。 注一：龐石帚（一八九五—一九六五）是當時與林山腴、向楚等齊名的國學大家，同時兼任華西協合大學中文系、成華大學中文系等多所大學中文系主任之職。對《文心雕龍》有較多的研究。遺著《養晴室遺集》有一定影響力。 注二：老人的論文原著手稿已於一九九七年由他親自捐贈給鎮江文心雕龍資料中心。《補編》手稿於二〇一六年由長女楊珣發現，遵老人遺願，亦在二〇一七年四月捐贈給該中心永久收藏。
一九三六年秋—一九三九年	考入北京燕京大學國學院讀研（碩士），師從國學大師郭紹虞教授。寫有多篇古籍校勘論文，並在相關雜誌發表。計有：《春秋左氏傳君子曰徵辭》、《劉子理惑》、《范文瀾文心雕龍注舉正》、《說文采通人說考》、《莊子校證》、《呂氏春秋校證》、《太史公書稱史記考》、《劉子校注》、《九鼎考略》、《呂氏春秋高誘訓解疏證》。
一九三九年夏	研究生畢業，論文《文心雕龍校注》深得導師讚賞，順利通過答辯。畢業後，拒絕了當時的教務長司徒雷登推薦去美國讀博的好意，留校，做國文助教。讀書期間，曾獲得司徒雷登親發的『金鑰匙』獎學金。
一九四〇年	結婚。夫人徐孝婺是當時武漢著名收藏家、古典文獻學家、金石學家徐行可先生之女。此婚緣為老人之師向宗魯先生成全。
一九四一年十一月	長女楊珣出生在北京協和醫院。
一九四一—一九四二年	執教於北京燕京大學（助教）。

時間	主要事跡經歷
一九四三年春	年初舉家返川，路途艱辛，端午節方到成都。途中因日軍轟炸，夫人頭部受傷，失血多，老人受到驚嚇，再歷強烈陽光照射，而患眼疾，視物不清。 返蓉後在陝西街『誠仁醫院』經西醫眼科治療未愈，後經其父親楊謙受用中醫方法治療數月，方完全恢復。 注：老人目力極佳，並帶有『威嚴』之意，直至九十二三歲時，尚能在稿箋紙的小字格中寫出長篇顏楷小字，晚年寫有遺著《增訂劉子校注》前言和第一、二卷謄清稿，讓人敬佩。
一九四三年秋	在成都燕京大學任教（任講師、副教授）。 開設以下四門課程：大一國文、魏漢六朝文論選讀、《文心雕龍》導讀、讀書指導。 在當時五大學雜誌《中華文化研究彙刊》上發表《抱朴子外篇舉正》、《漢書顏注發覆》。 注：當時成都燕大不是『華西壩五大學』之一，校址在成都市陝西街，但和『五大學』的國文課是『共用』的，學生均可選課。
一九四五年	到四川大學中文系任教，直至終生。 長子楊璞出生。
一九四八年左右	開始蓄鬚，保留終生。
一九四九年	次子楊瑜出生。
一九五〇年	四川大學聘任為教授。
一九五一年四月——一九五二年二月	在重慶『西南革大』研究班學習，該校當時宗旨：團結、教育、改造。
一九五四年	小女楊瑩出生。
一九五七年	發表雜著：《四川治水神話中的夏禹》。
一九五八年	出版第一部著作：《文心雕龍校注》（上海古典文學社）。

時間	主要事跡經歷
一九五九年	入黨。介紹人：毛順潮、唐正序。
一九六〇年	發表《葛洪的文學主張》。
一九六一年	發表《重申必須重視引文和注明出處》。
一九六二年	發表《漢魏六朝文學選本中幾條注釋的商榷》、《從文心雕龍原道、序志兩篇看劉勰的思想》、《劉勰論構思》、《劉勰論練意和練辭》、《讀梁書劉勰傳札記》。
一九六六年	從校内宿舍『緑楊村』遷居到校外『竹林村』。
一九六九年	再次遷居到城裏親戚家。小女楊瑩借調入成都市體委。到富順縣五七農場勞動半年。
一九七一年	以《從『雕龍』到『養豬』》為題，在川大大操場為全校師生彙報到農場勞動的多方面收穫。
一九七二年	小女楊瑩被借調到四川省體委乒乓女隊作運動員。
一九七三年	小女楊瑩調國家乒乓球女隊。
一九七七年	小女楊瑩在第三十四屆世界乒乓球錦標賽上獲女子雙打冠軍。 先生從城裏遷回四川大學校園東風樓居住。
一九七八年	二月參加成都市第九屆春節越野賽。 發表：《文心雕龍中值得商榷的幾個問題》、《劉勰卒年考》。 開始招收碩士研究生。 八月發現『無痛性血尿』，診斷為『膀胱癌』，九月八日在華西附一院手術。術後劇痛，老人竟面壁，默誦《文心雕龍》以分散注意力。
一九七九年	出任川大中文系主任。

時間	主要事跡經歷
一九八〇年	發表《文心雕龍校注拾遺前言》、《文心雕龍隱秀篇補文質疑》、《文心雕龍校注拾遺補》。 在四川省人民醫院做『疝氣修補術』。
一九八一年	發表《文心雕龍時序篇『皇齊』解》。 獲成都市勞動模範稱號。 任成都市文聯主席、省文聯副主席、《文心雕龍》學會副會長。
一九八二年	《文心雕龍校注拾遺》出版（此為老人的第二部專著）。 從東風樓遷居，住望江東區專家樓（到離世）。 發表《王明抱朴子內篇校釋舉正》、《葛洪和他的抱朴子外篇》、《龍必錕文心雕龍全譯序》、《王明抱朴子內篇校釋補正（上）》、《王明抱朴子內篇校釋補正（下）》。
一九八三年	發表《我是怎樣學習和研究文心雕龍的》。
一九八四年	《抱朴子外篇校證（上）》發表。 獲成都市優秀黨員稱號、四川省社科榮譽獎。 被聘為『李白研究學會』顧問。
一九八五年	發表《抱朴子外篇校證（下）》、《從文心雕龍看古代文論史、論、評結合的民族特色》、《水經江水注巫峽段描繪非酈道元作》。《學不已齋雜著》出版（此為老人的第三部專著）。 獲三十年教齡榮譽證書。 受聘為古典文學賞析叢書顧問。 招收第一個博士生曹順慶為開門弟子。
一九八六年	《學不已齋雜著》獲榮譽獎（省政府），獲一九八四—一九八五年度社科優秀成果獎（四川大學），獲四川省社科優秀成果獎（省政府）。 發表《運用比較文學的方法研究中國古代文論》。

時間	主要事跡經歷
一九八七年	新中國第一位古代文論博士曹順慶順利畢業，留學校工作。 《劉子校注》出版。
一九八八年	發表《培養博士生的膚淺體會》、《再論劉子的作者》、《增訂劉子校注》。
一九八九年	先生八十大壽暨執教五十週年學術研討會在川大舉行。
一九九〇年	發表《文心雕龍原道篇『文之為德也』句試解》。 為江油李白紀念館寫《歸來閣記》。 為李建中著《心哉美矣》作序。 曹順慶主編為先生賀壽論文集《文心同雕集》出版。台灣學者王更生著《歲久彌光的『龍學』家——楊明照先生在『文心雕龍學』上的貢獻》在台灣出版。 獲四川省社科事業貢獻榮譽獎。
一九九一年	獲國務院特殊津貼。 受聘為四川省社科界聯合會第三屆理事會顧問。 《抱朴子外篇校箋（上）》由中華書局出版。
一九九二年	讀戶田浩曉《文心雕龍研究》並為之作序。 捐款二萬元，作為一項獎勵基金，用以獎勵中文系古典文學學習優異的學生。此獎金已在一九九五年和一九九九年兩次發放。
一九九四年	招收最後一名博士生黃金鵬，此為老人的關門弟子。 被聘為續修四庫全書學術顧問、成都大詞典編委會顧問。

時間	主要事跡經歷
一九九五年	《文心雕龍校注拾遺補正》發表。 被聘為中國文選學研究會顧問、四庫全書存目叢書顧問。 獲全國高校人文社科優秀成果一等獎。 被評為一九九四年全國健康老人。 十一月，獲香港首屆孺子牛金球獎。
一九九六年	受聘為中國教育大辭典編委會顧問、巴蜀系列文化叢書顧問； 為建校一百週年捐款五百元。 黃金鵬博士順利畢業，從此不再招收研究生。 注：從一九七八年到一九九六年，楊先生培養的碩士生有易建賢、吳朝義、曹順慶、王鍾陵、武秀成、盧仁龍等；招收的博士生有曹順慶、李建中、孫若風、王清淮、黃金鵬。一九六四年，項楚先生被龐石帚先生招為研究生，後因龐先生生病，經學校研究，轉由楊先生指導，並於一九六六年畢業。因非楊先生直招，未計算在列，特此說明。
一九九七年	《抱朴子外篇校箋（下）》出版（中華書局），此為老人的第四部專著，上冊在一九九一年發表。發表《文心雕龍板本經眼錄》、《慶賀香港回歸》，寫作《詹鍈〈文心雕龍義證〉發覆》。 給鎮江市文心雕龍資料中心捐贈以下書稿：《文心雕龍校注拾遺》手稿，《文心雕龍校注畢業論文》手稿，《文心雕龍校注拾遺》上、下冊，《文心雕龍校注附錄》手稿、《文心雕龍板本經眼錄》（印刷品），《我和文心雕龍》（印刷品）。
一九九八年	獲四川省學術、技術帶頭人稱號，四川省教育成果二等獎，任四川省第二屆文化學會顧問。
一九九九年	再次被聘為四川大學文學與新聞學院教授。 楊明照九十大壽紀念學術會議在川大舉行。
二〇〇〇年	《增訂文心雕龍校注》上、下冊出版（中華書局）。
二〇〇一年	《增訂文心雕龍校注補正》出版（江蘇古籍出版社）。《增訂劉子校注》前言、卷一、卷二謄清。 曹順慶主編為先生賀壽論文集《歲久彌光》一書出版。

時間	主要事跡經歷
二〇〇二年	住華西附一院治療。
二〇〇三年	十二月六日過世。
二〇〇五年六月	骨灰安葬儀式在大足舉行，曹順慶教授親手將骨灰盒安放在墓中。為紀念先生對《文心雕龍》與中國古典文獻學建設的巨大貢獻，特舉辦楊明照學術思想暨《文心雕龍》國際學術研討會。
二〇〇七年三月	曹順慶主編《文心永寄——楊明照先生紀念文集》出版發行。
二〇〇九年十一月	中國古代文學理論第十六屆年會暨楊明照先生誕生一百週年紀念學術研討會在成都召開。
二〇一六年	在學院支持下，為紀念老人，《弢翁外傳》由長女、長婿主編出版。
二〇一七年	四月，遺物中《文心雕龍校注拾遺補編》手稿捐贈鎮江文心雕龍資料中心；學院舉行小型捐贈儀式。
二〇一八年	《增訂劉子校注》殘卷手稿由長女、長婿整理出版。
二〇一九年	紀念楊老誕生一百一十週年學術研討會將在川大舉行。 學不已齋重建在大足中學開館。 『龍學書院』將在大足拾萬鎮奠基。 《楊明照文集》的編輯工作正在進行。 《抱朴子外篇校箋》上下冊第八次印刷（中華書局）。 《楊明照文心雕龍校注合集》正在編輯（中華書局）。

注：本文資料來源於先生自傳，留存的各種證書、聘書及知情人士的回憶，如有錯漏，請予指正。

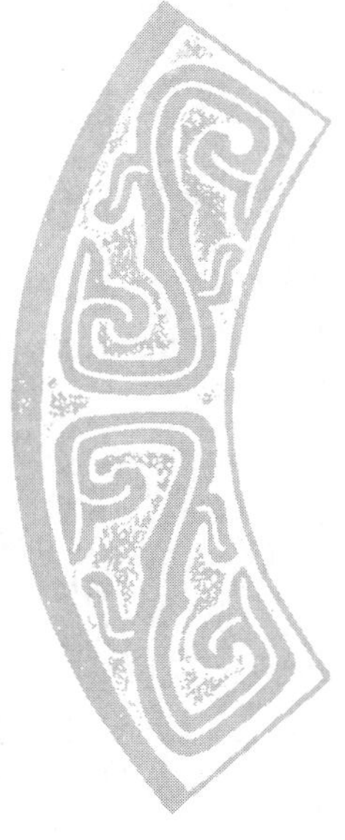

論著

文心雕龍拾遺

文心雕龍校注拾遺續編一卷

〔編者按〕關於《文心雕龍拾遺》和《文心雕龍校注拾遺續編》

先生發蒙早（五歲多）、讀書晚（十七歲上初中），在重慶大學時，方在吳芳吉、向宗魯等大家的引導下，將自己『漫天飛舞』的古典文學修養，逐步地落實到『古籍校注』的路子上。此時的他，似乎已經為自己的學術人生，預定出了一個規劃。早在他讀高中時（重大文預科），便心生了校注古籍之念。可是，我們至今未能找到他高中時留下的文稿。可能都是些『隨筆』之類的小文，也就無保留的必要了。

二〇一九年七月，我們無意翻檢他關於《文心雕龍》的多種文稿時，忽然『眼前一亮』：這一本《文心雕龍拾遺》竟然是他在重慶大學讀本科二年級時，開始寫作，並三易其稿，終於三年級年初（民國二十三年仲春於重慶大學西窗下）完成的第一本有關《文心雕龍》的校注集。

次年，重大合併到川大，他將此文進一步完成後，作為本科的畢業論文《文心雕龍校注拾遺》（約二十萬字）交給了學校，並得到龐石帚先生給的滿分。可是，他卻並不自滿，隨即寫出了《文心雕龍校注拾遺補編》的補充文稿（這本畢業論文原件和補編的原件已經捐給了鎮江文心雕龍資料中心）。

一九三六年秋，他考入燕京大學文學院讀碩士，對原作作第三次增補。《文心雕龍校注拾遺續編》由此而生。這是一九三七年的事情。

讀碩期間，他在導師郭紹虞先生的引導之下，於一九三九年，進一步增寫成了《文心雕龍校注》，順利通過了答辯。本要在《燕京學報》上發表的此文，被意外地撤稿，壓在箱底達十九年之久，方才在一九五八年作為他的第一部著作正式發表。

我們在這裏刊載的兩篇《文心雕龍》的校注，可能就是他第一階段對《文心雕龍》的全部校注了。為便於理解，我們來梳理一下：

一九三四年，《文心雕龍拾遺》（寫於重慶大學）；

一九三五年，《文心雕龍校注拾遺》（寫於重慶大學，原件已經捐給鎮江）；
一九三六年，《文心雕龍校注拾遺》（寫於川大，原件已經捐給鎮江）；
一九三六年，《文心雕龍校注拾遺補編》（寫於川大，原件已經捐給鎮江）；
一九三七年，《文心雕龍校注拾遺續編》（寫於燕大）。
以上五篇，均未發表。
一九三九年，《文心雕龍校注》（發表於一九五八年）。

楊明照先生有關《文心雕龍》的校注，共有九部，其中前五部未發表。後四部著作均已發表，最後的兩部著作也已經收入《文集》，就不贅述了。

文心雕龍拾遺

論衡書解篇星（？）武（？）鑄肖文鳳翔
鳳（四）五色
賞之此試五色而將奴印
韓詩外傳八天老白鳳五彩備舉

（艸木賁華）
（案孫詒讓詁賁若草木亂（兆民允殖）持賁飾也
與此咸飾若草木同華（民協樂和）協和語
意不北而范注以賁為文章兒似於
詞性不合（賁飾易序卦文））

誰其尸之
案詩召南采蘋誰其尸之有齊季
女毛傳尸主也

草木賁華
案易序卦賁者飾也此亦當訓為飾
范注以為文章兒殊於詞性不合孫詒讓
詁賁若草木亂持賁飾也與然咸飾
若草木同華此蓋序和語意所本
也（上句曰雕色（與此）之雕與此句賁
華之賁皆當作動詞解）

文心雕龍拾遺

原道第一

宋傳雅（？）所（？）觀（？）可（？）為（？）同（？）毅（？）果（？）范（？）注（？）定（？）二（？）年（？）

玉版金鏤之實丹文綠牒之華（一本作移寶是實寶易為之例 本書諸子篇懷寶挺秀活字本作懷賓撥移篇移寶易俗）五八五

案實御覽引作實殆由形近而誤當作實始與下句之華相儷（實猶質言華猶文言）對華實對舉本書恆見徵聖篇銜華佩實辨騷篇覽華墜實明詩篇華實異用諸子篇覽華食實章表篇華食（實）異旨書記篇有實無華鎔裁篇舒華布實事類篇華實布濩時序篇華所（實）附才略篇華實相扶程器篇務華棄實皆其證也

唐虞文章則煥乎始盛

遠及 文勝其質

記 礼記表記子曰虞夏之質殷周之文至矣虞夏之文不勝其質殷周之質不勝其文（鄭注言王者相變質文各有所多）（正義）虞夏之文不勝其質者言虞夏之時雖有其文但文少而質多故文不勝於質（殷周之質不勝其文者言殷周雖有其質亦質少而文多故不勝其文）彥和遺辭本此

九序惟歌

惟御覽五八五引作詠案彥和語本偽大禹謨當以作惟為是其作詠者蓋涉上吟詠句而誤 明詩篇及文帝盛功九序惟歌亦其證

木鐸起而千里應

起嘉靖本作啟御覽引同案啟字義長當據改啟起音近易混左傳二十五年僖晉於是始啟南陽注疏本亦誤作起也

劉詩緝頌

案說文緝績也輯車和輯也國語魯語下韋注輯成也此當作輯而訓為成詮賦篇殷人輯頌 封禪篇輯韻成頌 文義並同可證

黄叔琳校云始馮本作為案御覽五八五亦引作為徵聖篇遠稱唐世則煥乎為盛辭義與此正同可證作為是也又上文鳥跡代繩文字始炳已言文之起原下言元首載歌益稷陳謨云云正明唐虞文章煥乎為盛之故若作始盛匪特上下文意不屬且與文字始炳之始為贅肬矣

繇辭炳曜

案曜御覽五八五引作燿說文燿照也無曜字御覽作燿是也費中炳燿仁孝正作燿可證又詔策篇符命炳燿（當房御覽作采後詳）亦可證 諸子篇炳曜垂文亦當準此改作炳燿至各篇單用燿而作曜櫂（亦說文所無字）者亦當改為燿

括幽風七月序七月序七月周公作 括金縢鴟鴞周公作

括周語上時邁周公作 括劉向傳清廟周公作

玄聖炳典

黄校玄或一作元　孫校云從鈔本御覽作玄　案御覽五八五引作元以覽文證之自以元字為是

經緯區宇

案左昭二十八年傳經緯天地曰文杜注經緯相錯故織成文　區宇即天地也

研神理而設教

案易觀彖曰聖人以神道設教而天下服矣

觀天文以極變察人文以成化

案易賁彖曰觀乎天文以察時變觀乎人文以化成天下

日用而不匱

案左襄二十九年傳用而不匱

雕琢情性

孫蜀丞校云孫校見范注引御覽引情性作性情譚獻校亦作性情

案情性性情異位同義本書以性情成辭者固見數處然明詩篇持人情性體性篇情性所鑠莫非情性采篇本於情性吟詠情性正以情性成辭固不可是彼非此也

發揮事業

黄校云輝疑作揮孫亦校云作揮御覽引作揮當據正案作揮是也程器篇君子藏器待時而動發揮事業正作揮是其實證（事類篇表裏）其作輝者乃聲近之誤事類篇表裏發揮嘉靖本亦誤輝（發揮亦可證）作輝也

胥以傚

睿倚心足周弓冶之教英民胥傚英

龍圖獻體龜書呈兒

睿孝經緯援神契德至淵泉則河出龍

圖洛出龜書（禮記禮運正義引）

旁通而無滯日用而不匱

黃校云滯一作涯從御覽改孫校云無涯與不匱義近不當改作滯也御覽引此文亦作涯不作滯未知所據當從孫說是也時序篇應對固無方（無方猶無涯也）篇章亦不匱與此相同可證明嘉靖本亦作涯

徵聖第二

先王聖化布在方冊

趙萬里校云（趙校見清華學報第三卷第一期）聖化唐寫本作聲教案唐本是也練字篇先王聲教書必同文與此句法一例可證

妙極機神

黃校云機疑作幾案易繫辭上唯幾也故能成天下之務釋文幾本作機彥和多用幾字此其一也論說篇鋭思於機神之區（此據嘉靖本）尤爲實證

韓康伯下繫注夬決也書契所以決斷萬事也

易上繫正義引莊氏曰四象謂六十四卦之中有實象有假象有義象有用象爲四象也

（喪服舉輕以包重）

（趙校云包唐寫本作苞案包與苞通書禹貢草木漸包說文引作蕲苞是其證章表篇表體多包御覽作苞序志篇苞會通黃校一作包）

曾子問曰相識有喪服可以與於祭乎孔子曰緦不祭又何助於人 正義言身有緦服尚不得自祭己家宗廟何得助於他人祭乎

文章昭晰以象離

趙校云象唐寫本作効案効効當作效本書作效之字唐寫本均作効字是上文褒貶包重積句繁辭下文曲隱婉晦皆異字對文若作象離既與上下不（倫）類且與象夬之象重出矣

變通會適

趙校云會適唐寫本作適會案作適會是章句篇隨變適會

練字篇詩騷適會養氣篇優柔適會是其證(范文瀾注引易上繫唯變所適韓康伯注曰變動貴於適時趣舍存乎其會云云以證作適會是殊為辭費)

(書云辭尚體要弗惟好異)

(趙校云弗唯唐寫本作不唯案弗作不與僞畢命合凡本書今作弗者唐本或御覽均作不本篇弗可得已唐本作不可辨騷篇鑒而弗精唐本作不精史傳篇録而弗敘御覽作不敘此例甚多不勝枚舉蓋後人改也惟唯通用畢命作惟)

辭立有斷辭之義

趙校云義唐寫本作美案美尤相對為文此作美始與上對

(天道難聞云云 [illegible])

(論語公冶長篇夫子之文章可得而聞也夫子之言性與天道不可得而聞也)

(鑽仰見子罕篇)

王叔岷班固防御之阻則天下之奧區焉
作奧區顏延之曲水詩序揭地奧區之湊并

宗經第三

三極彝訓其書言經

趙校云言唐寫本作曰御覽六百八引亦作曰案曰字是論說篇聖哲彝訓曰經總術篇常道曰經是其證也（史通敘事篇自聖賢述作是曰經典亦可證博物志文籍考聖人制作曰經亦其旁證）

洞性靈之奧區

趙校云奧區唐寫本作區奧案唐本誤倒贊中奧府（文章奧府文物色篇實文思之奧府）與此奧區同意可證張衡西京賦寔惟地之奧區神皋蕭彥和所本又事類篇贊羣言之奧區亦可證

唐本極上挺御覽六百八引上挺
以下句匠之幾之上挺是 挺和
上也

陳左海尚書大傳本無代字
韓詩外傳二論語崇 代日作光明
離之作燎之

仰山鑄銅煮海為鹽
趙校云仰唐寫本作即案史記吳王濞
傳孝景帝即位錯為御史大夫說上
曰今吳王乃益驕溢即山鑄錢煮海
水(漢書無水字)為鹽(索隱即者就也)
(顏注漢書同)此彥和所本則作仰
者乃形誤也(李氏引濞傳吳有豫章
銅山濞則招致天下亡命益鑄錢煮海
水為鹽云云范氏引漢書貨殖傳即
鐵山鼓鑄云云均不如此之合)

故能開學養正

案易蒙象曰蒙以養正聖功也彥和語蓋本此則學係蒙之形(近而)誤作學不成辭矣

子夏歎書昭若日月之明離離如星辰之行

趙校云唐寫本明上有代字行上有錯字案彥和此語本尚書大傳(韓詩外傳二孔叢子論書篇亦有之略說)而大傳原有代錯二字(韓詩外傳孔叢子同)據增又禮記中庸辟如四時之錯行如日月之代明亦其證

此聖人之殊致

趙校云人唐寫本作文案文字是(徵聖篇則聖文之雅麗)史傳篇贊聖文之羽翮與

枝葉峻茂

（楚辭離騷篇枝葉之峻茂兮王逸注冀幸也）峻長也

（卬山鑄銅煮海為鹽）

（趙校云卬唐寫本作即案漢書吳王濞傳鼂錯説景帝曰今吳王即山鑄錢煮海為鹽齊和此本此（李詳注引史記吳王濞傳范注引漢書貨殖傳並不如引此為洽）可證唐本亦作即為是）

（景帝即位錯為御史大夫説上曰今吳王即山鑄錢煮海為鹽師古注即就也

（史記吳王濞傳孝景帝即位錯為御史大夫説上曰今吳王乃益驕溢即山鑄錢煮海水為鹽索隱即山山名又即者就也）

羣言之祖

羣法言孝至篇或問羣言之長曰群言之長德言也

文章奥府

書書鈔九五御覽五九九又六百八引傅子詩之所頌書之典漢文質足以相副玩之若近尋之若遠陳之若肆研之若□俾之守其文章之淵府也

此相同可證

故論説辭序則易統其首

黃校云首一作旨案下文發其源立其本總其端為其根各本作為根以上四句語法例之似當有其字後人求其句整而删之末一字均當有首意一作旨者蓋因形近而誤耳

四則義直而不回

趙校云直唐寫本作貞案唐本是也明詩篇辭譎義貞御覽引作具沭論説篇必使時利而義貞可證辨騷篇酌奇而不失其真趙亦校云真唐本作貞是亦當據改

人不雜布帛乃成
案亂紀亂運治其（絲麻）以為布帛

通儒討覈謂起哀平
趙校云唐寫本儒下有僞字案唐本是也書洪範正義偉假之書不知誰作通人討覈謂僞起哀平孔氏即用彥和語正有僞字後人蓋求其句整而刪耳（黃注引洪範正義而無僞字者蓋亦求其相同而刪）玉海六十三引作謂為起哀平亦足為原有僞字之證唯脫其亻旁耳）訛僞為為耳

東序秘寶
案班固典引御東序之秘寶以流其占
案漢書李尋傳哀帝之延中尋說王根曰五經六緯尊術顯士則知哀帝朝已有緯名矣

有命自天
案詩大雅大明有命自天命此文王

正緯第四

今經正緯奇倍摘千里其僞一矣

范注云矣顧校作也案說文矣語已詞也玉篇也所以窮上成文也矣也一聲之轉矣可訓為也也亦可訓為矣經傳釋詞云矣猶也也詩車攻允矣君子展也大成允矣與允也同禮記緇衣引作允也君子長發曰允也天子論語里仁篇惡不仁者其為仁矣不使不仁者加乎其身其為仁矣即其為仁也又漢書張良傳良借前箸以籌八不可而每不可均用矣字收尾史記留侯世家三也字五矣字則矣也互通顧氏何煩改字下三矣字顧均校作也非

符讖八十一篇皆託於孔子
慧林引桓譚語非讖出河圖洛書但有朕
兆而不可知後人妄復加增依託稱是孔
丘誤之甚也

光武之世篤信斯術
案後漢書方術傳序漢自武帝頗好方術
後王莽矯用符命及光武尤信讖言士之
赴趣時宜者皆馳騁穿鑿爭談之也故王梁孫咸名應圖籙越登槐鼎之任
鄭興賈逵以附同稱顯桓譚尹敏以乖
忤淪敗自是習為內學尚奇文貴異數
不乏於時矣又賈逵傳論桓譚以不善讖流亡鄭興以遜辭僅免賈逵能附會
文致最差貴顯

蟲篆成字
案葉廷珪海錄碎事九上引蟲作虫
非是蟲虫二字義別蓋沿俗誤以虫
為蟲之省耳（嘉靖本亦作虫）

光武之世篤信斯術凡此所靡學者比肩
案後漢書方術傳序偉候之部光武尤
信讖言王梁孫咸名應圖籙越登槐鼎
之任鄭興賈逵以附同稱顯桓譚尹敏
以乖忤淪敗自是習為內學尚奇文
貴異數

經足訓矣緯何豫焉
趙校云豫唐寫本作預案預字說文所無（新附有預）說文豫下云象之大者段注云此豫之本義故其字从象又云借為與字如儀禮古文與作豫儀禮鄉射禮賓不與聘禮介皆與注云古文與作豫又禮記曲禮定猶豫釋文與本作豫是也據此緯何豫焉即緯何與焉唐本於此作預於祝盟篇祝（嘉靖本作呪非）何預（嘉靖本如此）焉作豫辭語相同彼此各異蓋一為正字一為俗字也

東觀記載讖文曰孫咸征狄　用咸為平狄大將軍　見景丹傳

王梁　赤伏符曰王梁主衛作玄武　帝以野王衛之所徙玄武水神之名司空水土之官也於是拜梁為大司空

是以後來辭人
趙校云後唐寫本作古案唐本是也彥和自其身世以前言

李豐奇偉辭富膏腴無益經典而有助文章
案文章流別論（見嚴輯）圖讖之屬雖非正文之制然以取其縱横有義反覆成章

風尺寢聲
靈姬孟里兩都賦序昔成康没而頌聲寢

之故云爾又明詩篇所以李陵班婕唐本及御覽刪好字見疑於前玉海五九卷作後嘉靖本作後孫校云御覽作前代也亦然後人不明其指而均改為後即文雖通卽元意則失矣

採摭英華

趙校云採唐寫本作捃案捃字是事類篇捃摭經史捃摭嘉靖本作理黄本同黄校云一作摭須覈是其證

辨騷第五

郭璞山海經注羿射十日中其九離騷所謂羿焉射日烏焉解羽

崑崙懸圃

黄校云懸一作玄趙校云唐寫本作玄又云懸玄古通楚辭天

（説圖以為与左氏不合）
（書圖學紀聞卷六及十七劉勰辨騷依圖以為羿澆二姚与左氏不合湯慶善回離騷用羿澆事与左氏合並是所出惟劉晏沈耳）
楚辭王襃九懷通路徑觀兮玄圃
類聚王七月辰衡七辯邪睨玄圃
類聚九八引劉劭嘉瑞賦方將收麒麟于玄圃
抱朴子博喻篇閬風玄圃不借高於丘垤

（駟虬乘翳）誤
（書翳並作鷖 按与王逸楚辭章句叙及離騷合宋本楚辭載此文正作鷖）

稱湯武之祗敬
趙校云唐寫本作禹湯 案楚辭載此文亦作禹湯

苑其鴻裁
趙校云苑唐寫本作菀 案楚辭因

而不失其真
趙校云唐寫本訛作居貞 案君子回沈貞列本臣宋本楚辭亦作貞

淫哉
唐寫本作淫假 案唐本是也 所辨篇淫而無以正以淫假連文

問淮南地形訓均作懸圃自以作懸為是 案趙氏謂懸懸俗字當作縣玄古通閬是謂以作懸為是則非淮南墜形篇或上倍之是謂縣圃水經河水注引作玄圃張衡東京賦右睨玄圃李善注云淮南子曰（墜形篇語）懸圃在崑崙閶闔之中（淮南墜形篇語）玄與縣古字通是縣圃可作玄圃之證 抱朴子應嘲篇登玄圃者悟丘阜之卑 喻蔽篇玄圃之下 正郭篇未得玄圃之棲禽

洪興祖楚辭補注縣音玄 東方朔十洲記崑崙山有三角其一角正西名曰玄圃臺 玄與縣古字通

體慢於三代 淮南本經堯之時羿仰射十日中其九日日中九烏皆死

案翳与鷖同 王逸離騷注鷖一作翳

黃校云慢元作憲朱據宋本楚辭改趙校云唐寫本作憲 案詔策篇體憲風流與此辭語相類當以作憲為是

雖取鎔經意亦自鑄偉辭 玉海二百四作取鎔經意自鑄偉辭

左傳二十八年信君馮軾而觀之

欬唾

莊子漁父篇孔子曰幸聞咳唾之音

夷羿彃日

黃校云彃元作蔽扣改趙校云唐寫本作斃案楚辭天問羿焉彃日王注彃一作斃是彥和原作斃也宋本楚辭載此文作斃嘉靖本作蔽皆音同形近之誤又諸子篇羿斃十日嘉靖本正作斃

揚雄沉味之言辭因詩雅

范注云揚雄語未詳所出意王逸楚辭天問後敘昔屈原所作凡二十五篇世相教傳而莫敢改天問以其文義不次又多奇怪之事自太史公曰論道之多所不逮至於劉向揚雄援引傳記(一作經傳)以解說之彥和(雅)沉(雅)言辭同詩人者殆即王敍援引傳記以解說之之意(獻)(故)敍又云今則稽之舊章合之經傳以相發明為之符驗既言合經傳以相發明則子雲之沉味楚辭(如)則子雲之沉味楚騷而言辭同詩正者於此可見一斑

士女雜坐亂蕭淫之意也

案楚辭辨騷洪注此皆宋玉之詞非屈原意自漢以來靡麗之賦勸百而諷一其至於奇晷而極矣皆自宋玉唱之

趙校云偉唐寫本作緯又云緯辭與上句經意相對成文緯譌作偉則文不成義矣案偉辭猶奇辭也說文偉奇也此云偉辭上云奇文首段第三句奇文鬱起意本相承義亦可通唐本蓋因經緯之相對舉而誤趙氏泥古立論似非宋本楚辭正作偉嘉靖本亦作偉

豔溢錙毫

(趙校云溢唐寫本作逸乃聲近之訛案唐本作逸是也定勢篇效騷命篇者必歸豔逸之華即其實證才略篇景純豔逸亦可證趙氏謂為聲近之譌恐非)

舜造南風之詩
舜御覽五八六引作虞案上言堯此言虞非其比矣玉海二九及一百六引並作舜不誤嘉靖本同

自玉牒珍瑞
案御覽五八六引珍作彌蓋俗書彌作弥与俗書珍作㻺形近故誤

（李陵班婕見疑後代）
（案顏延之庭誥述李陵眾作總雜不類是假托非盡陵制）

應璩百一
趙校云一唐寫本作壹案才略篇休璉風情則百壹標其志是此原作百壹後人或据（文選）改之已

獨立不懼亦魏之遺直也
案易大過象辭君子以獨立不懼左昭十四年傳仲尼曰叔向古之遺直也

明詩第六

子夏監絢素之章子貢悟琢磨之句故商賜二子可與言詩

孫校云與御覽作以案此數句本於論語一本學而篇一本八佾篇而論語竝作可與言詩此不當作以與以義迴殊御覽所引非是

暨建安之初五言騰踊玉海五九卷作踴御覽五八六引作踴

趙校云踊唐寫本作躍案唐本是也宗經篇百家騰躍總術篇義味騰躍而生可證（若作踊則不成義矣）騰躍連文最早者見史記平準書

所以景純仙篇挺拔而為俊矣

趙校云俊唐寫本作儁案俊說文俊材過千人也與儁儁俗體通左莊十

玄鳥在曲黄帝雲門理不

左傳二十八）云玄作紘趙校云天氏云三字庚〻斗均無綺作紘又云当作昔啚天樂辭玄鳥在曲方与下文理不空倚相對成文今本衍氏字云字唐本奪天字案趙说是也玉海一百六卑作昔葛天樂辭（原作鈞乃与前行月樂府篇鈞天九奏〻鈞互誤）玄鳥在曲黄帝雲门理不空紘（氏字蓋後人加注誤入正文云字涉下玄字誤衍倚字形誤𠀤字误衍如詮賦篇劉向明不歌而頌向下〻衍云字也）

有娀謠乎飛燕

案乎字以上下文例〻當作於玉海一百六引正作于蓋初由於作于從乃訛作乎也

樂盲被律

黄校云盲元作育許改趙校云唐寫本作瞽案玉海一百六引作瞽周礼春官大司樂大胥中士四人小胥下士八人礼記王制小胥大胥鄭注樂官屬也（又王世子大胥贊〻注同）尚書大傳瞽与就膳徹鄭注瞽樂官也瞽訛為育因不可解乃改為盲尤非要当校正（尚書大傳畧说）

一年傳得雋曰克釋文雋本作俊是也又章表篇張華為雋正作雋與此唐本合

莊老告退而山水方滋

御覽引

趙校云莊唐寫本作嚴案漢避顯宗諱改莊為嚴如莊助之為嚴助莊光之為嚴光是也此猶作嚴者蓋涉漢諱而誤耳

隨性適分鮮能通圓

趙校云唐寫本作圓通案唐本是也論說篇義貴圓通封禪篇辭貫圓通可證 史通自敘篇後來祖述識昧圓通亦以圓通連文

樂府第七

有娀謠乎飛燕
章乎字以上下文例之當作於（於乎二字本書多互誤）
殷整思于西河西音以興
案（殷位山竹書紀年帝廑四年作西音箋云呂氏春秋曰殷整甲徙宅西河猶思故處實始作為西音今據竹書殷王河亶甲名整自相違異蓋西河作西音之日惟夏胤甲即位元年居西河四年作西音而呂氏誤記殷整甲也是彥和沿誤又沿呂氏也若劉晝新論辯樂篇殷辛作靡靡之樂始為北聲乃誤中之誤同無識焉

（叔孫定其容與）誤
（案與字不可解當典之形誤後漢書曹褒傳論漢初天下創定朝制無文叔孫通頗採經禮參酌秦法雖適物觀時有救崩弊然先王之容典蓋多闕矣章懷注容禮容也典法則也訂引禮威儀俯仰之容貌也彥和所評定其容典者豈指是歟（范注容與猶言禮儀篇奏似當望文生訓）唐寫本正作容典

樂盲被律

黃校云盲元作育許改趙校云唐寫本作瞽案國語周語上亦作瞽禮記王制大瞽小瞽鄭注皆樂官屬也尚書大傳瞽𠯑䟽膳徹注瞽樂師也是樂瞽即樂官名瞽既誤為育固不可解則改為盲尤屬無謂當校正部公曰故天子聽政使公卿至於列士獻詩瞽獻曲韋注云無目曰瞽此云樂盲被律即瞽獻曲之意下文瞽師務調其器正中此句而言似當以作樂盲為是）玉海一百六引

暨武帝崇禮始立樂府

趙校云禮唐寫本作祀又云漢書禮樂志云武帝定郊祀之禮乃立樂府則當以作祀於義為長范注亦云禮唐寫本作祀義亦通竝引宋書樂志一以為作崇祀之證案彥和是語

左傳二十九年 此雅章辭雖無文而律亦

後漢書曹褒傳論且案非夔襄而新

音代起

杜夔調律音奏舒雅荀勗改懸声節哀

急故阮咸譏其離声从人聽其鈍尺

趙校云声息寫本作磬書世說術解篇注

引晉諸公贊 散騎侍郎阮咸知勗所造

声高〻則悲夫亡國之音哀以思其民困今

声不合雅懼非德政中和之音必是古今

尺有長短所致也今鐘磬是魏時杜

夔所造不與勗律相應音声舒雅而久

不知夔所造時人為之不足改易後得

地中古銅尺校度勗今尺短四分方明咸

果解音然無能正者

孔明堂位叔之離磬 正義

叔之所作編離之磬 又云言

編磬之時其磬希疏相離

塙本班氏禮樂志此篇多襲禮樂志語既云定郊祀之禮乃立樂府則郊祀自在定禮之中崇禮實足以賓即事不愆於理無爽胡為趙氏云作祀為長范注言作祀亦通耶是皆泥古之咎也禮古文作祀俗作礼與祀形近故誤(為祀耳)又班固兩都賦序至於武宣之世乃崇禮官考文章內設金馬石渠之署外興樂府協律之事亦可證作崇禮為是

故知季札觀辭不直聽聲而已

案左襄二十九年傳吳公子札來聘請觀於周樂據此則當作觀樂矣若作觀辭匪特與下句不直聽聲不屬且與贊中

不直聽聲 禮記樂記 君子之聽聲，非聽其鏗鏘而已

職競 詩小雅十月之交 職競由人 毛傳 職主也

豈惟觀樂於焉識禮 案此二語指季札言 禮記檀弓下 孔子曰 延陵季子吳之習於禮者也

豈惟觀樂亦不相侔

凡樂辭曰詩詩聲曰歌

趙校云 詩聲唐寫本作詠聲 案唐本是也 漢書藝文志 誦其言謂之詩 詠其聲謂之歌 彥和是語似本此 轉寫者涉上詩字而誤耳 玉海五九卷一百六卷並誤作詩聲

繆襲所致

紀昀評云 致當作制 案（致）可訓為至 儀禮聘禮 卿致館 禮記中庸 其次致曲 鄭注並云 致至也 於此固通 然頌讚篇 周公所制 此句唐寫本嘉靖〔汪〕本作製 誄碑篇 傳毅所制 哀弔篇 仲宣所制 史傳篇 袁張所制 此句嘉靖〔汪〕本黃本誤作製 興

左卷二

和 端 循語子罕篇：我叩其兩端而竭焉。邢昺疏：叩，發動也。

亂 以理篇 王逸楚詞注：亂，理也。所以發理詞指，總撮其要也（見離騷注）。

此句法一例，當從紀說。誄碑篇「此碑之制也」，御覽五八九亡引作「制致」，是「制致」易誤之證。

詮賦第八

遂客主以首引，極聲貌以窮文

黃校云：「聲，元脫，曹補。」趙校云：「聲，唐寫本作形。」案上文「始廣聲貌」，下文「窮變於聲貌」，此補作「聲」極是。唐本作「形」，似覺不倫。御覽五八七正作「聲」。

既履端於倡序

孫校云：「唐寫本作唱序，御覽同。」案說文：「唱，導也；倡，樂也。」書以作「唱」為是。又上文「靈均唱騷」，封禪篇「蔚為唱首」，章句篇「發端之首唱」，皆作「唱」，可證。嘉靖本作「唱」，不知黃本何由致誤。

擬諸形容象其物宜
周易繫辭上聖人有以見天下之賾而擬諸形容象其物宜是故謂之象

故乘兔園
趙校云唐寫本作菟園御覽同書古玉海五十九引文苑正作菟園（章注菟園苑名）左傳魯有菟裘衡有菟園）此與篇亦作菟園（文選謝惠連雪賦作兔園）

（故知殷人輯頌）御覽五八七引亦已有迭字

（趙校云輯唐寫本作緝案說文緝績也輯車和輯也當序唐唐本作緝為是原道篇制詩緝頌正作緝是其證也封禪篇輯韻成頌之輯亦當準此作緝）

彥伯梗概

趙校云唐寫本作概梗案唐本誤倒張衡東京賦其梗概如此校概運文以此最早正作梗概又時序篇故梗概而多氣也亦作梗概皆其證也玉海五十九作梗槩

後漢書文苑杜篤傳故略其梗概文選左思吳都賦略舉其梗概又劉峻重答劉秣陵沼書故存其梗槩並作梗概

原夫登高之旨蓋覩物興情情以物興故義必明雅物以情觀

色雖糅而有本
黄校云本一作儀趙校云唐寫本作義御覽作儀案玉海五十九引亦作儀本字涉下文義章其本而誤

無貴風軌
趙校云貴唐寫本作賁案唐本是也御覽五八七引作貫乃脫其上耳而此作貴者又涉貫之誤也德術篇九變之貫匪窮一本誤貫為賁是其證也

民各有心
案詩大雅抑文

四始之至
毛詩序是謂四始詩之至也頌居風雅之末故云居其極

故詞必巧麗

趙校云觀唐寫本作覿案唐本是也上云覿物興情故承之曰情以物興此當作物以情覿始將上句文意完足（玉海五九亦誤作觀）

文雖新而有質（色雖糅而有本）

趙校云新唐寫本作雜案唐本是也說文襍五彩相合（雜俗字）淮南本經篇故不得雜焉高注雜糅也廣雅釋詁一糅雜也此云雜下云糅文本相對若作新則不倫矣（玉海五九亦誤作新）

頌讚第九

直言不詠短辭以諷

馬融之廣成上林見而忸賦 玉海六十

黄校云上林疑作東巡案類聚五六御覽五八八引摯虞文章流別論若馬融廣成上林之屬純爲今賦之體而謂之頌失之遠矣(帝)和治意似專於此則廣成上林並稱始於仲治不得以上林不可從而疑改爲東巡也)則廣成上林並稱始於仲治彦和沿用其文(語)想及見上林之文黄氏何得以(其文佚)今無其文而疑作東巡乎

子雲之表充國孟堅之序戴侯武仲之美顯宗史岑之述熹后或擬清廟或範駉那雖淺深不同詳略各異其褒德顯容典章一也 玉海六十

案類聚五六御覽五八八引摯虞文章流別論昔班固爲安豐戴侯頌史岑爲出師頌和熹鄧后頌與魯頌體意相類而文辭之異古今之變也揚雄趙充國頌之而似雅傅毅顯宗頌文與周頌相似而雜以風雅之意彦和所謂擬清廟者即仲治與(魯)周頌相似(之)意(清廟周頌之首篇)範駉那者即仲治與魯頌體意相類也(那屬商頌)

大抵所歸其頌家之細條乎

案治要引桓範世要論頌贊之所作所以昭述勳德思詠政惠兆蓋詩頌之末流矣(治要十七引桓範政要論)

趙校云言不唐寫本作不言案直言不詠短辭以諷文本相對若作直不言詠於義雖通則下句當作短以辭諷不成辭矣唐本蓋誤倒耳

讚者明也助也

黄校云助也二字從御覽增譚校云御覽有助也二字黄本從之似不必有范注云譚說非唐寫本亦有助也二字案本書釋名概舉一義如明詩篇之詩者持也詮賦篇之賦者鋪也本篇之頌者容也（此例甚多不勝枚舉）皆是又論說篇贊（說文本無讚字然古多通用不別）者明意即與此同意蓋明助二字形近誤衍或涉下

未蔵

[illegible]咸有一德伊 贊于巫咸作咸乂四篇
[illegible]信贊告也巫咸臣名皆止
此信言於四字之句云去
案玉海二百四引李充翰林論贊宜辭簡
而義正（見余嚴財佚）

天地定位
案易說卦傳文

識壯豈惟豐本於明德（至治馨香感于神明）
案僞孔傳君陳篇黍稷非馨明德惟馨

祝史陳信資乎文辭
案左襄二十七年傳趙孟曰其祝史陳
信於鬼神無愧辭

三望
案穀梁僖三十一年傳夏四月四卜郊不從乃
免牲猶三望范注鄭君曰望者祭山川之名
也會稽也望也淮也亦知上云古宋氏云三望
皆實有所指其說並以左氏以注求是
公羊僖三十一年傳三望者何望祭也然則曷
祭祭泰山河海

造次顛沛 君子無終食之間違仁
案論語里仁篇造次必於是顛沛必於是
何晏集解引馬曰造次急遽顛沛僵仆雖
迎川鄭玄云倉卒也皆迫促不暇之意

文體言明事嗟嘆助辭而安增耳

祝盟第十

所以寅虔於神祇嚴恭於宗廟也

黃校云虔許補（案嘉靖本元作處不知黃氏何云許補也）趙校云唐寫本〃虔素

書無逸肯在殷王中宗嚴恭寅畏（天命自度）（唐寫善文選注倪句）彥和語似本此故上云寅

畏下言嚴恭也（班固典引蓋用此明寅畏亦其證）轉寫者不揣其本輒一為

虔（嘉靖本作處又由虔之形誤）豈彥和之本面目哉然其誤已久今也據

改

可謂祝辭之組纚也

案芬芳非黍
稷之氣乃明德
之馨正義表
稷飲食之也非
馨香也明德
之兩違反乃為
惟為馨矣

祈禱之式必誠以敬

案禮記曲禮上禱祠祭祀供給鬼神非禮不誠不莊鄭注莊敬也

宜類社禡莫不有文

案各家注皆僅引禮記王制以釋宜類社禡之名而於(周)禮有文之說則未及周禮春官大祝大師宜于社造于祖設軍社類上帝國將有事于四望及軍歸獻于社則前祝鄭注前祝者王出也歸也將有事於此神大祝居前先以祝辭告之彦和所云有文者即指祝辭也

甘雨和風是生黍稷兆民所仰美報興焉

案周禮春官小祝掌小祭祀將事侯禳禱祠之祝號以祈福祥順豐年逆時雨寧風旱鄭注侯之言候也候嘉慶祈福祥之屬禳之卻也卻凶咎寧風旱之屬順豐年而順為之祝辭

春秋已下黷祀諂祭

案穀梁桓八年傳夏五月丁丑烝傳烝冬事也春夏興之黷祀也志不敬也

趙校云纚唐寫本作麗案唐本是也法言吾子篇或曰霧縠之組麗此蓋彦和所本

修辭立誠在於無媿

趙校云媿唐寫本作愧案說文媿慙也重文作愧(二字均可)

崇替在人

趙校云替(嘉靖本如此)唐寫本作替又云唐本是也與黄本正同

案說文普廢也重文作替替即替之俗體也趙氏不審其正俗而謂唐本為是誤矣

故知信不由衷盟無益也

指九天以為正（■此作九野）

離騷指九天以為正兮王逸注指語已九天謂中央八方也正平也洪興祖補注九章云所作忠而言之兮指蒼天以為正淮南子九天中央鈞天東方蒼天東北變天北方玄天西北幽天西方昊天西南朱天南方炎天東南陽天又廣雅九天東方皞天南方赤天西方成天餘同（呂氏有始覽同）朱子集註九天天有九重也与王洪说異

奠祭之恭哀也　此外

案奠祭當作祭奠上文所稱之式必誠以致祭奠之禮恭且哀之句

趙校云不由唐寫本作由不案左隱三年傳君子曰信不由中中與衷通國語楚語又能齊肅衷正周禮序官注作中正是也質無益也盟無益也句本左桓十二年傳彥和語似本此當以作不由為是辭語亦較勝唐本蓋誤倒耳

立誠在肅修辭必甘

范注云顧校立作意案顧校非是立誠二字篇中兩見且與修辭相對修辭立誠語出易乾文言故此句下亦以修辭為對且立誠在肅即肅有意誠之義何煩改字

季代彌飾

案代當作世唐避太宗諱改而未校復者季世二字出左昭三年傳晏子曰此

仲尼革容於欹器
案仲尼觀欹器事互見各書早者自屬荀子宥
和革容之文則本淮南道應篇也（上言據言
故此以革容對）

豈以有萬里之遠
案御覽五九十月作識沈文編引上
達已無謚字（見段注）誄碑篇讀誄定
謚哀弔篇君子令修定謚議對篇
奉貴定貴光之遠御覽五八月作謚
靖本四

季世也

時序篇前史以為運涉季世益校復者也

神之來格所貴無慚

范注云顧校貴作責案篇中凡羣言發華而降神務實修辭立誠在於無媿云云即神之來格所貴無慚之意似不必改貴為責也

銘箴第十一

則先聖鑒戒其來久矣

趙校云唐寫本則字無先作列案唐本是也益則為列之形誤又因則聖鑒戒於辭文不順辭乃增先字耳封禪篇騰休明於列聖之上正以列聖連文。

李尤積篇義儉辭碎
案御覽五九六引摯虞文章流別論李尤為銘自山河都邑至于刀筆平契無不有銘而文多穢病討論潤色言可采錄（玉海二十引文末二句略同）

銘者名也觀器必也正名審用貴乎盛德
趙校云必也唐寫本作必名焉盛作慎又云據唐本當則此文當於焉字用字處斷句案趙說是也（今本）作觀器必也正名者蓋傳寫者涉論語必也正名乎之文而誤從遂以於名字下為句盛玉海六十引作慎與唐本及御覽均合（餘同今本）（當）以作慎為是法言修身篇或問銘曰銘哉銘哉有意於慎也是銘之用實在慎德當據改（頌讚篇敬慎如銘亦可證）

獨冠古今
紀校云御覽作思獨古今案御覽非是章表篇陳思之表獨冠群才與此句法正同

銘發幽石吁可怪矣
趙校云吁唐寫本作噫案說文吁驚也噫飽出息也則讚嘆字當作吁惟古多段噫為之唐本作噫固是然於下文吁可笑矣之吁程器篇吁可悲矣之吁之謂何似不宜彼此差池而作噫也

箴者所以攻疾防患喻鍼石也
趙校云唐寫本箴者下有針也二字案本書釋名概繫二字以訓此應有唐本增

楚子訓民於在勤

王濟國子引廣事雜
趙校云一作引多事寡趙校云唐寫本作
引多而事寡御覽同案玉海五十九引作
文多事寡唯文字有異

楚辭九章思美人遂萎絕而離異
王逸注萎病也絕落也洪興祖補注萎
草木枯死也

趙校云民唐寫本作人案此避唐太宗諱改左宣十二年傳楚自克庸以來其君無日不討國人而訓之箴之曰民生在勤勤則不匱

箴文委絕

趙校云委唐寫本作萎案唐本是也離騷雖萎絕其何傷正作萎夸飾篇言在萎絕亦作萎可證

指事配位鞶鑑可徵信所謂追清風於前古攀辛甲於後代者也

趙校云可唐寫本作有所作可信字無御覽同案唐本是也左昭八年傳叔向曰君子之言信而有徵此蓋彥和有徵之所本議

無鑒於水
尚書酒誥古人有言曰人無於水監當於民監又
國語吳語申胥曰王其無監於水而監於人也
鑑於水韋注鑑鏡也以人為鏡見成敗
以水為鏡見形而已

夏商已前其詳靡聞
趙校云詳唐寫本作詞案御覽五九六引（唐寫本作詳是也）
摯虞文章流別論詩頌箴銘之篇皆有
往古成文可放依而作惟誄無定制故
作者多異焉見于典籍者左傳有魯
哀公為孔子誄彥和所謂其詳靡聞者
即於誄無定制之意[illegible]
[illegible]
[illegible]
[illegible]
孔為同字即云周世盛德有銘誄之文則
夏商之前其詞靡聞不言自喻矣

對篇信有徵矣總術篇蓋有徵矣更爲實證作可者蓋涉下
句可謂而誤耳
故文資确切
黄校云元作確朱改趙校云唐寫本作确案确字是奏啓篇
表奏确切即其證也
誄碑第十二
誄者累也
孫校云御覽無累也二字案嵩有此二字始與本書釋名例
符御覽蓋偶脱耳

孔傳視水見己形
視民行知吉凶

（孝山崔瑗）

（趙校云孝山唐寫本作蘇順書唐本是也始與崔瑗相比仍寫者蓋涉下句師孝山句而改耳）

在蜀衆則稱天以誄之

趙校云唐寫本在上有其字案唐本是也當作其字他可徵檄移篇其在金革則逆黨用檄章表篇其在文物赤白曰章其在器式揆景曰表句法與此均同詔策篇其在三代事兼誥誓

宋書禮志二漢以後天下送死奢靡多作石室石獸碑銘等物

宋文帝碑跋余家集古所錄三代以來鐘鼎彝盤銘刻備有至後漢以來始有碑文欲求前漢時碑碣卒不可得是則墓碣墓碑自後漢以來始有也

安有累德述尊而闕略四句乎

孫校云累明鈔本御覽作誄案誄字固通然以上文累其德行例之似當以作累為是嘉靖本正作累

所以隔代相望能徵厥聲者也

趙校云徵唐寫本作徽案書堯典慎徽五典孔傳詩角弓君子有徽猷毛傳竝云徽美也此亦當以唐本作徽而訓為美即謂岳師孝山巧於序悲易入新切隔代相望能美厥聲也與才略篇瑗寔踵武能世世猶繼也古謂父子相繼曰世厥風之意正同徽徵形近故誤（代字亦避諱改而未校復者才略篇隔世相望則未校者復也）

示古碑之意也
古嘉靖本作石趙校云唐寫本石字無案
唐本是也玉海六十正無石字嘉靖本作石
者乃涉上句而衍黃氏遂肌改為右耳
後代用碑以石代金同乎不朽自廟徂墳
猶封墓也
事文章流别論（見嚴輯）古有宗廟之碑
後世立碑于墓顯之衢路其所載者
銘辭也
宗廟有碑樹之兩楹事止麗牲未勤勳績
案禮記祭義祭之日君牽牲穆答君卿大
夫序從既入廟門麗于碑鄭注麗猶繫
也正義君牽牲入廟门繫著中庭碑也王
肅云以紖貫碑中君從此待之也

論其人也曖乎若可覿
案曖字說文無疑當作僾說文僾仿佛也引詩曰僾而不見
禮記祭法祭之日（沈兗修文留亦有此條小異）入室僾然必有見乎其位 釋文僾微見皃 正義僾髣髴見也
此蓋彥和所本也 離騷時曖曖其將罷兮王注曖闇昧皃文選宋孝武宣貴妃誄注曖不明也 均不恰
事止麗牲
黃校云止元作正趙校云唐寫本作止案止字是祝盟篇事止告饗與此相同可證 御覽五八九玉海六十並引作止
銘德慕行
趙校云慕唐寫本作纂案纂字是因形近而誤練字篇爾雅

說苑祭〻曰將入戶僾然若有見乎其容

類影豈忒

趙校云忒唐寫本作戢案唐本是也本贊作用脩韵（文集泣戢扆韵悉入脩韵且係獨用）若作忒則只其韵矣

賦憲之謚

黃校云賦憲紀云當作議德紀云賦憲之字出汲冢周書王伯厚困學紀聞已有考證不得妄改為議德案盧文弨抱經堂文集十四文心雕龍輯注書後哀弔篇首云賦憲之謚此出周書謚法解妖賦憲受臚於牧之野乃制作謚今所傳周書文多脫誤惟困學紀聞之所引尚有此語此於賦憲下引舊人校云當作議德失之不考也

哀辭大體情主於痛傷而辭窮乎愛惜

纂御覽五九六引文章流別論哀辭之體以哀痛為主緣以歎息之辭（史疑作之詮賦篇原夫登高之旨史傳篇原夫載籍之作章表篇原夫章表之為用也句法與此並同可證御覽五九六引文章流別論云云即彥和所本也

者孔徒之所纂嘉靖本亦誤作慕可證法言問明篇或人何慕

哀弔第十三

及潘岳繼作實踵其美

趙校云踵唐寫本作鍾案唐本是也才略篇潘岳敏給辭自和暢鍾美於西征賈餘於哀誄與此相符可證左昭二十八年傳天鍾美於是杜注鍾聚也彥和鍾美語蓋本此

幼未成德故譽止於察惠弱不勝務故悼加乎膚色

黃校云譽字御覽作與言孫校云御覽作與言二字悼字下御覽有惜字膚一作容孫校云御覽作容案譽下疑脫言字與言未若譽言為長因轉寫

昭德而塞違
案左桓二年傳臧哀伯曰君人者將昭德塞違正義昭德謂昭明善德使德益章聞也塞違謂閉塞違邪使違命止息也

者誤將譽字分而為二遂以原有言字為衍而去之耳徵聖銘箴篇警乎立履各本誤警為敬言二字篇雖欲訾聖嘉靖本誤訾為此言二字即其證也若止作譽字則悼下之惜字無所依歸矣胥字當從御覽作咨

然則胡阮嘉其清王子傷其隘各志也

黃校云一本各下有其字趙校云唐寫本有其字案當有其字文意始足奏啓篇各其志也即其證

雜文第十四

腴辭雲搆

孫校云搆御覽作構案搆俗字說文構蓋也段注云此與冓

尚書大傳有別風淮雨

陳壽祺尚書大傳輯校云劉勰文心雕龍云尚書大傳有別風淮雨帝王世紀作列風淫雨淫列義當而不奇淮別理乖而新異乃知大傳字作別淮後御覽先引尚書沈曰淮雨注淮暴雨之名也下文又引尚書大傳曰久矣天之無烈風澍雨注暴雨也兩書兩注各不同則尚書沈非伏氏大傳而大傳作澍不作淮明矣御覽四夷部六又引作注字此寫誤也藝文類聚天部引作列風迅雨亦非而烈字諸書不異鄭君亦無注則大傳作烈不作別又明矣恐彥和適見誤本大傳挽以為沈未可據也尚書舜典正義毛詩蓼蕭序周頌譜正義並作烈風淫雨則唐人固彥和之語改從帝王世紀並易澍為淫耳

王壬秋補注云御覽引大傳作烈風澍雨又引尚書沈作淮雨案劉彥和云大傳別淮帝王世紀作列淫令以注論之作淮乃須注作淫不須注作澍者宋人所改猶類聚改為迅耳蓋鄭時猶有淮雨之名後乃失其沈耳別風今海中颶風風四面至者俗又改颶為具矣淮雨匯雨俄頃會集者亦能覆舟島夷畏之

案陳王二說言各有故(推而為論王說似長固非袒護文心也)按諸情理王說為長固非為彥和左袒也

(盧文弨鍾山札記一亦論有此事見范注)　盧說不要

子思弟子於穆不祀者音訛之異也

孫詒讓云祀當似(詳札迻十二)案玉海四十五引正作似

揚雄覃思文闊

趙校云覃唐寫本作淡案說文𢍮部覃長味也引申有深長之義（凡从覃之字皆然）彥和謂其覃思即雄傳默而好深湛之思也又敘傳述綴而覃思草法纂玄賓戲揚雄覃思法言太玄本傳潭（与覃通顏注潭深也）思渾天蓋彥和所本（後漢書陳元傳銳精覃思庾權傳覃思著述書敘孔敘研精覃思並以覃思連文）唐本作淡者蓋音近之誤耳（本書神思篇覃思之人亦以覃思連文才略篇業深覃思亦是）（漢書敘傳董仲舒述下帷覃思後漢書蔡邕傳覃思典籍鄭玄傳覃思以終業仇林何休傳覃思不窺門十有七年）

碎文璅語

趙校云璅御覽作瑣案說文有瑣（瑣玉聲也段注云周易旅瑣瑣鄭君陸績皆曰瑣瑣小也）無璅然古多借用易旅旅瑣瑣詩小雅節南山瑣瑣姻亞釋文並云本作璅彥和多用或體字非特此介諸子篇璅語必錄亦是

音同義近菁交積材也凡覆盎必交積材據此則御覽作構是也比興篇比體雲構正作構時序篇英采雲構（黄本作搆）亦作構其證也

揚雄覃思文闊碎文璅語肇為連珠

趙校云覃唐寫本作淡書偽孔序研精覃思釋文覃深也後漢書（文苑）侯瑾傳注覃靜也彥和謂其思深靜故下云碎文璅語肇為連珠也又漢書敘傳述綴而覃思草法纂玄賓戲揚雄覃思法言太玄此蓋彥和所本唐本作淡者蓋泥解嘲默然獨守吾太玄之文耳 △晉書夏侯湛傳揚雄覃思於太玄

揚雄解嘲雜以諧謔迴環自釋頗亦為工
班固賓戲含懿采ゝ華崔駰達旨吐典
言ゝ裁張衡應間密而兼疋
業書鈔一百刂文章流別論若解嘲ゝ
弘緩優大應賓ゝ淵懿溫雅達(原作連)
旨ゝ壯麗抗懷應間ゝ綢繆契濶郁ゝ
彬ゝ廉有不長焉矣

凡此三者
孫校云御覽無凡三者三字唐寫本作凡此
三文案此爲總束對問七發連珠三体ゝ
語故即承云文章ゝ枝派暇豫ゝ末造
也否則下二句無所屬矣(若緊接連珠一
節下於文勢不洽)蓋御覽刂此入連珠類
故刪此句後文自連珠以下一句必亦改
作自此以後也唐本既倒此三爲三此而
者又涉下而誤爲文均非是

凡此三者文章之枝派暇豫之末造也

孫校云御覽無凡三者三字唐寫本作凡三此文派御覽作流案此爲總束對問七發連珠之文疑當作凡此三文唐本誤倒御覽偶脫詮賦篇凡此十家封禪篇凡此二家議對篇凡此五家與此辭語相同可證又派御覽作流非是附會篇大體文章類多枝派是其證也

景純客傲

趙校云唐寫本作郭璞案以上文揚雄班固崔駰張衡等例之當以唐本爲是

枚乘摛豔首製七發腴辭雲構夸麗風駭蓋七竅所發發乎嗜欲始邪末正所以戒膏粱之子也

案類聚五七御覽五百九十引摯虞文章流別論七發造于枚乘借吳楚以爲主客先言出輿入輦蹷痿之損深宮洞房寒暑之疾靡曼美色晏安之毒厚味暖服淫曜之害宜聽世之君子要言妙道以疏神導引蠲淹滯之累既設此辭以顯明去就之路而後說以色聲逸遊之樂其說不入乃陳聖人辯士講論之娛而霍然疾瘳此固膏粱之常疾以爲匡劝雖有甚泰之辭而不没其諷諭之義也彦和語意本此下文觀其大抵所歸莫不高談宮館壯語畋獵窮瓌奇之服饌極蠱媚之聲色云云亦即此演繹之

意榮而文悴

黄校云悴元作粹朱改趙校云唐寫本作悴榮悴字是總術篇或義華華猶榮也而聲悴可證

無所取裁矣

趙校云裁唐寫本作才案才字是無所取才語出論語公冶長篇論語作材才材古通檄移篇無所取才矣正作才可證

原茲文之設

趙校云唐寫本原下有夫字案唐本是也詮賦原夫登高之旨頌讚原夫頌惟典雅哀弔原夫哀辭大體史傳原夫載籍之作論說原夫論之爲體章表原夫章表之爲用也諸篇均有

此類句法可證

此文本之大要也

趙校云本唐寫本作體案唐本是也俗書體作体轉寫者又誤為本耳宗經篇禮以立體徵聖篇或明理以立體書記篇隨事立體皆其證也(銘箴篇體義備焉御覽亦引體作本已)

植義純正

趙校云植唐寫本作指案檄移篇故其植義颺辭與此相類似當以作植為是植正書作植與指形近故誤

甘意搖骨體

崔瑗七厲

黄注云瑗本傳有七蘇無七厲案傅玄七謨序(類聚五十七)云昔枚乘作七發馬季長張平子亦引其源而廣之馬作七厲張造七辯是作七厲者乃馬融彥和蓋誤記耳

雖始之以淫侈而終之以居正

案後漢書文苑邊讓傳少辯博能屬文作章華臺賦雖多淫麗之辭而終之以正亦如相如之諷也公羊隱三年傳故君子大居正

西施之顰
御覽五御覽作顰案彥和是據本莊子天運篇今本莊子作矉句御覽四引作嚬咸與同然嚬俗字矉係顰之誤字御覽引此既作顰則贊中之蓍嚬上當改為慕顰已

唯士衡運思理新文敏
趙校云唐寫本無運理二字案玉海五十四引作唯士衡理新文敏

欲穿明珠多貫魚目
蓋襲用東方朔七諫哀命貫魚眼與珠璣

於焉祇攪
趙校云唐寫本之下有於字於字無業唐本是詩小疋何人斯祇攪我心此彥和所本傳寫者誤移於因之心字屬上祇當作秖秖祇二字字異而義亦迥別說文祇敬也從示氐声祇地祇提出萬物者也从示氏声秖之引申有安適及語詞等義（祇攪之祇即箋云適也）若作甲氏之祇於義不合矣嘉靖本作祇不誤

黄校引楊慎云體當作髓趙校亦云唐寫本作髓案宗經體性附會風骨序志諸篇均有骨髓連文此當作骨髓為是

學堅多飽
趙校云多唐寫本作才案唐本是也學才相對為文若作多則不倫矣事類篇有學飽而才餒有才富而學貧正以學才相對辭義亦同可證

枝辭攢映嘒若參昴
趙校云嘒唐寫本作彗案詩召南小星嘒（毛傳嘒微皃左公羊昭十七年傳篲彗通者）彼小星維參與昴彥和語本此作彗非是蓋所以除舊更新也與此不恰

案彥和以為伍舉曰乃本史記楚世家（吳越春秋王僚使公子光作同）韓子喻老篇則以為右司馬御座呂氏審應覽重言篇以為成公賈說苑正諫篇以為蘇從新序雜事二以為士慶（史記滑稽傳以為淳于髡說齊威王）金樓子說蕃篇又以為伍舉及蘇從二人也

伍舉刺荊王以大鳥（吳越春秋王僚使公子光作同）

案彥和以為伍舉曰乃本史記楚世家呂氏審應覽重言篇則以為成公賈新序雜事二又以為士慶也史記滑稽傳又以淳于髡說齊威王也

轉寫者偶脱口旁耳

諧讔第十五

並嗤戲形貌內怨為俳也

范注云俳當作誹放言曰謗微言曰誹內怨即腹誹也彥和之意以為在上者肆行貪虐下民不敢明謗則作為隱語以寄怨怒之情云云案俳字不誤說文俳戲也內讀曰納（荀子富國篇婚姻娉內送迓無禮楊注內讀曰納）內怨為俳即納怨為戲也華元棄甲城者發胖目之謳臧紇喪師國人造侏儒之歌嗤戲形貌皆納怨為戲也既云微言曰誹則何必曰謳曰歌既云下民不敢

東方曼倩尤巧辭述滑稽諷戲無益規補
案法言淵騫或問東方生名過實者何也曰應諧不窮正諫穢德應諧似優不窮似哲正諫似直穢德似隱

尤而效之
案左僖二十四年傳介之推曰尤而效之罪又甚焉

楚莊齊威性好隱語
案黃注僅引史記滑稽傳以證齊威之好隱語而於楚莊則缺（當增補呂氏審應覽重言篇荊莊王立三年不聽而好讔（高注讔謬言）新序雜事二楚莊王蒞政三年不治而好隱戲（今當據補）殆彥和所本也

振危釋憊
案史記滑稽傳序談言微中亦可以解紛与此足以相發

草昧
易屯彖曰天造草昧王注造物之始始於冥昧故曰草昧正義草謂草創昧謂冥昧言天造萬物於草創之始如在冥昧之時也

明謗作為讔語以寄怨怒之情則何僅謳睅目誦侏儒已耶且下文俳字數見故其自稱為賦迺亦俳也魏文因俳說以著笑書自魏代以來頗非俳優豈亦當作誹耶

則髡袒而入室旃孟之石交乎

紀評云袒而疑作朔之誤漢書東方朔傳上為竇太后置酒宣室使謁者引內董君又云朔曰不可夫宣室者先帝之正處也非法度之政不得入焉據此則髡當作東方紀說恐非

史傳第十六

京師南董

案左宣二年傳趙穿攻靈公於桃園宣子未出山而復太史書曰趙盾弒其君孔子曰董狐古之良史也書法不隱又襄二十五年傳崔武子見棠姜而美之遂取之莊公通焉崔子弒之太史書曰崔杼弒其君崔子殺之其弟嗣書而死者二人其弟又書乃舍之南史氏聞太史盡死執簡以往聞既書矣乃還

卽明同時實得微言

左史記事右史記言
案御覽六百三引作左史記言右史記事按漢書藝文志云左史記言右史記事事為春秋言為尚書(與此御覽引合)而禮記玉藻乃禮動則左史書之言則右史書之左右所記與班相反(與此合本合)申鑒亦禮左史記言右史書事事為春秋言為尚書事言之分又與班同玉藻疏引鄭玄云右史記言左史記動是羊氏引鄭玄則云左史所記為春秋右史所記為尚書前者既與漢志不異校者復與玉藻相同故文固各皆謫徵實皆有濁依彥和於此殆宗漢志(據御覽引此而言)後人或據玉藻改之已

周命惟新
案詩大雅文王周雖舊邦其命維新

彰善癉惡樹之風聲
案偽畢命文

彝倫攸斁
案書洪範文

就太師以正雅頌云云
案范甯春秋穀梁傳集解序於是就太師而正雅頌因魯史而修春秋乖得失以彰黜陟明成敗以著勸戒

孫校云時御覽作耻案漢書藝文志仲尼思存前聖之業……以魯周公之國禮文備物史官有法故與左丘明觀其史記……丘明恐弟子各安其意以失其真故論本事而作傳杜預春秋左傳集解序云左丘明受經於仲尼據此則當作時無疑矣作耻者蓋涉論語左丘明耻之丘亦耻之之文而誤耳

申鑒說文見范書本傳

從橫之世史職猶存
漢書司馬遷傳贊春秋之後七國並爭秦兼天下有戰國策

秦并七王而戰國有策蓋錄而弗敘故即簡而為名也

孫校云御覽弗作不簡下無而字案史通六家篇(國語家)夫謂

暨從橫互起力戰爭雄秦兼天下而著戰國策

之策者蓋錄而不序故即簡以為名正襲此文弗當作不(詳前)而字當有(史通作以義同)御覽蓋偶脫耳

荀況綴鍊遠略近
案荀子非相篇：傳者久則論略，近則詳。略則舉大，詳則舉小。序和本其意而造句，頗疑非特與上傳聞異辭不倫，且與下文難相關。貴信史也與特史通煩者篇與說尋誤（沈本、蒲二田史通通釋）（韓詩外傳三兩詭字並作愈）

棄同即異
案左襄二十九年傳：子太叔曰：棄同即異，是謂離德。

定哀微辭
案公羊定元年傳：定哀多微辭。黃注乃引史記云云，似非根柢。

遺味
禮記樂記：大饗之禮，尚玄酒而俎腥魚，大羹不和，有遺味者矣。鄭注：遺猶餘也。

（藏瑕不誼玷瑾瑜也）
（案左宣十五年傳：瑾瑜匿瑕）

文疑則闕
案穀梁桓五年傳：春秋之義，信以傳信，疑以傳疑。范注：明實錄也。

原始要終
易繫辭下：易之為書也，原始要終以為質也。

（務信棄奇）
（法言君子篇：子長多愛，愛奇也）

貴信史也
公羊昭十二年傳：春秋之信史也。

至於記編同時時同多詭

黃校云：時元脫，胡補。孫校云：御覽有時字。案有時字是。上文

若夫追述遠代，代遠多偽，與此正同，可證嘉靖本蓋偶脫耳。

•史通者信云云
案史通序次篇：至馬遷始錯綜成篇，區分類聚。

析理居正唯素臣乎

黃校云：臣元作心，今改。紀評云：陶詩有「聞多素心人」句，所謂有心人也，似不必定改素臣。案文選陶徵士誄「長實素心」，李注云：禮記（檀弓下）曰：有哀素之心。鄭注：凡（物）無飾曰素。據此，則作素心不誤。養氣篇「聖賢之素心」更為實證。黃氏不審素心之本恉，而泥於本篇之題名，故妄改為素臣。紀氏訓為有心人，未若范注之訓為公心為恰。

李實孔師

范注云孔子問禮於老聃見禮記曾子問篇當可信唯著道德經之老子當即其子為魏將者時代遠在孔子後不得為孔子師案彥和謂李實孔師即承上伯陽識禮仲尼訪問而言呂氏仲春紀當染篇孔子學於老聃韓詩外傳五仲尼學乎老聃史記孔子世家適周問禮蓋見老子後漢書孔融傳融曰先君孔子與君先人李老君同德比義而相師友章懷注云家語(觀周篇)曰孔子謂南宮敬叔曰吾聞老聃博而達今通禮樂之源明道德之歸即吾之師也今將往矣遂至周問禮於老聃焉(世說新語言語篇孔文舉曰昔先君孔尼與君先人伯陽有師資之尊劉孝標注續漢書曰孔融曰先君孔子與君先人李老君同德比義而相師友)據此則孔之師李皆指老聃與道德經及其撰者並無關又何疑為

弘明集一牟融理惑論正誣老聃

嫦娥奔月

嫦娥嘉靖本作姮娥案歸藏易原作常娥(書鈔一百五十文選月賦注宣貴妃誄注祭顏光祿文注御覽四八四引)淮南覽冥篇許作常娥高作恆娥(淮南王安避文帝諱作常)意林二引作姮娥後漢書天文志上注引張衡靈憲亦作姮娥(晉書摯虞傳詰姮娥於蓐收文選郭璞遊仙詩姮娥揚妙音顏光祿誄注姮娥掩月玉篇女部姮下云姮娥也並作姮娥)釋湛然輔行記引說文云月名常娥亦名恆娥月乃月本恆常如娥其解雖異其作常作恆則不誤其作嫦或姮者皆後人以常娥屬女性(淮南覽冥許高二注並云羿妻)乃加女旁耳非正辭也(常娥奔月係常儀占月傅會而成)

(呂氏審分覽勿躬篇尚儀作占月)

暴秦烈火勢炎崑岡
祖龍征火炎崑岡玉石俱焚孔鮒山巖日
同

咸敍經典
黃校云咸一作或案書以一本作或始與下句一例

懷寶挺秀
寶活字本作實非是（論語陽貨篇）懷寶迷邦洽聞其義與長欲稽篇發實易佐一本作漢實為寶也

雖明乎坦途
黃校云雖乎二字元作難子朱改案朱改是也莊子秋水篇明乎坦塗即彥和所本

辨雕萬物
案辯當作辯莊子天道篇辯雖雕萬物不自說也正作辯情采篇所引亦作辯

踳駁
莊子天下篇其道舛駁郭慶藩云文選左太沖魏都賦注引司馬云踳讀曰舛是司馬本舛作踳也

標心於萬古之上而送懷於千載之下
案治要引桓範世要論序作夫奮名於百代之前而流譽於千載之後

諸子第十七

呂氏鑒達而體周淮南汎採而文麗

案汎採二字誤倒當乙始與上句鑒達相對

斯則得百氏之華采而辭氣文之大略也

黃校云氣下疑脫范注云文疑是衍字案范說是也文㚔之之誤章表篇原夫章表之為用也之嘉靖本作文是其證而原有之之字亦後書出遂致辭語晦澀詔策篇此詔策之大略也體性篇才氣之大略哉與此辭語相類可證

論說第十八

李實孔師
毋沉言語篇孔文舉曰昔先君孔尼與君先人伯陽有師資之尊劉注引續漢書曰孔融曰先君孔子與君先人李老君同德比義而相師友後漢書孔融傳孔融曰先君孔子與君先人李老君同德比義而相師友注引史記曰孔子適周將問禮於老聃而孔子聞老聃博古知今通禮樂之原明道德之歸則吾師也今將往矣遂至周問禮於老聃焉（見觀周篇）

治要四十七引桓範政要論

六韜二柄

案晁公武郡齋讀書志別集類引作六韜三柄非是

蘭石之才性篇

案世說文學鍾會撰四本論注魏志曰會論才性同異傳於世四本者言才性同異才性合才性離也尚書傅嘏論同中書令李豐論異侍郎鍾會論合屯騎校尉王廣論離文多不載又本篇注尚書嘏書論才性同異鍾會集而論之傅之曰之云

飛柑

案柑當作箝始與鬼子合（涵注云云）

羿斃十日

案斃玉海三十五引作彃嘉靖本同楚辭天問羿焉彃日王逸注云彃一作斃洪興祖補注引歸藏易云羿彃十日本書辨騷篇見羿彃日唐寫本作彃是彥和引用此事前後並作彃也黃本此作斃者與宋本楚辭引辨騷篇之文同（二音）誤

韵似俳說

案韵字於義不屬且與下句不恆蔽由韻之形誤哀弔篇辛章五言頗似歌謠與此句法正同

唯君子能通天下之志

案易同人彖辭唯君子為能通天下之志

至石渠論藝白虎通講聚述聖言通經論家之正體也

孫校云明鈔本御覽通講作講聚又云御覽無聚言二字案當身明鈔本御覽作講聚（論藝講聚文正相對）時序篇然中興之後……蓋歷政講聚……正指明帝及諸儒會白虎觀而言可證下句似當作述聖通經（玉海六十二作石渠論藝白虎講聚述聖通經）

蓋人倫之英也（玉海六十二正作蓋論之英也）

孫校云御覽引作蓋論之英也案御覽所引是章表篇並表之英也與此正同彼篇為章表故云表之英（該段論表）此篇為論說故云論之英（此段論論）若作人倫則非其指矣

抵嚱 出揚子書

黃注抵嚱疑作抵戲 文云 書鬼谷子抵巇篇 巇太平御覽引作櫼 劉逵注左思賦作戲 篇中作巇 此作嚱者蓋涉山爲口而又脫其戈耳(法言重黎篇作抵巇)

通人恶煩羞學章句

黃校云羞元作差 朱改 案玉海四十二引作羞 羞學章句者 除范注引揚雄班固外 尚有數人 後漢書桓譚傳 博學多通 徧習五經 皆訓詁大義 不爲章句 王充傳 好博覽而不守章句 荀淑傳 博學而不好爲章句 盧植傳 能通古今學 好研精而不守章句 逸民梁鴻傳 博覽無不通 而不爲章句

五貲斯任

孫校云御覽作貲于斯任 案嘉靖本作牙貲斯任 尋文課義 當以五貲爲是 嘉靖本作牙者 乃五字之誤 御覽則偽而顛倒者也 玉海六十四引此正作五貲斯任 不誤

其在三代事兼誥誓

案穀梁隱八年傳 誥誓不及五帝 故彥和云其

誓以訓戎誥以敷政

案文選班固典引蔡邕注本曰誥或曰誓

暨戰國爭雄辯士雲踊轉丸騁其巧辭飛鉗伏其精術

紀評云踊當作涌案紀說是也史通言語篇戰國虎爭馳說雲湧（湧爲涌之俗字 說文涌滕也）人持弄丸之辯家挾飛鉗之術蓋襲此文而小有變化匠作雲湧（湧當作涌）可證

詔策第十九

（教者效也出言而民效也 案御覽五九三作言出而民效也嘉靖本同 楊校據今往而民隨者也句法乃九一例當據乙 御覽五九三引春秋元命苞曰教效也言上爲而下效也）

皇帝御寓

范注云說文宇籀文从禹作寓文選沈約奏彈王源自宸歷御寓字亦作寓御寓字應改作御寓案嘉靖本馮本黃本均作御寓（范氏不知據何本而云然）

范注五帝之世 道化淳備 不須誥誓 而信自篤

周礼曰師氏詔王為輊命

案盧文弨抱經堂文集十四文心雕龍輯註書後云當作周礼曰師氏詔王明為輊已下衍一命字案盧説是已既与周礼師氏職曰掌以媺詔王之旨意相合從与上詩云句相對(周礼地官)

馬援已下各貽家戒

案馬援已下之為家戒者代有其人魏志王昶傳載昶戒子書明帝紀注引魏略有郝昭遺令戒子凱文後漢書陳寵傳有陳咸戒子孫文嵇中散集有家誡晉書王祥傳有訓子孫遺令藝文類聚二十三有羊祜誡子書殷褒誡子書諸葛亮誡子書太平御覽四五九引有劉向集誡子書魏文帝誡子書王修誡子書五九三引有杜恕家戒誡陶淵明遺誡顔延之庭誥

其風尹好

范云尹当作式案尹式形近何由致誤疑係伊之殘漢書礼樂志楊雄傳上集注並云伊是也此本当作伊而訓為是(太玄廓伊德攸興注伊猶是也)

施命發號洋洋盈耳

孫校云御覽作施令案令字是冏命發號施令罔有不臧彥和所本論語泰伯篇洋洋乎盈耳哉(贊中皇王施令尤為實證)

漢初定儀則則命有四品

黃校云疑衍一則字以定儀為讀紀評云上則字作法程解非衍文孫校云御覽則字不重無命字案紀說非是章表篇漢定禮儀(孫云明鈔本御覽作漢初定儀與此正同)則有四品(與此又同)可互發明范注乃云上則字疑當作法引史記叔孫通傳以證作法之故矯枉過正殊為辭費

潘勗九錫典雅逸群衛覬禪誥符命炳耀

孫校云命御覽作采案作采是也典雅逸羣符采炳耀相對為文且符采指覬之文言之若何符命則非其指矣(轉寫者蓋涉符)

王言崇秘

案秘御覽五九三引作秘是也説文秘神也無秘字嘉靖本正作秘

契敷五教

書舜典帝曰契百姓不親五品不遜汝作司徒敬敷五教在寬孔傳布五常之教務在寬

文教麗而罕於理

孫校云御覽罕下有施字案施字當據增文義乃足

渙其大號

案易渙九五渙汗其大號王注散汗大號以盪險阨者也正義人遇險阨驚怖而勞則汗從體出故以汗喻險阨也九五處尊履正在號令之中能行號令以散險阨者也

（昔有虞始戒於國云云）

案司馬法天子之義篇有虞氏戒於國中欲民體其命也夏后氏誓於軍中欲民先成其慮也殷誓於軍門之外欲民先意以待事也周將交刃而誓之以致民志也

春秋征伐自諸侯出

案論語季氏篇天下無道則禮樂征伐自諸侯出集解引孔曰周幽王為犬戎所殺平王東遷周始微弱諸侯自作禮樂專行征伐

命之説原道（符采稜隱）宗經（符采相濟）詮賦（符采相勝）風骨（符采克炳）諸篇皆有

而誤

符采連文之證

優文封策則含風雨之潤

孫校云風御覽作雲（玉海六十四亦引作雲蓋傳寫者泥於易上繫潤之以風雨之文而改）案雲字非是易上繫潤之以風雨蓋彦和所本也

檄移第二十

檄者皦也宣露於外皦然明白也

孫校云露御覽作布案玉海二百亦作布其作露者蓋涉下露而誤

恭行天罰

嘉靖本作龔與述書堯典龔恭通大漢書王莽傳作龔

齊桓征楚詰苞茅之貢

黄校云苞汪本作菁孫校云御覽作菁案嘉靖本亦作菁蓋彦和本穀梁作菁（見僖四年傳）黄本改作苞者從左氏也（左氏作包苞通）

諸苞茅之闕
黄校云苞汪本作蒼孙校云御覽作蒼
業嘉靖本亦作蒼蓋彥和原本叙梁
（僖四年傳）作蒼茅莵子校重編韓非
子外儲說左上新序雜事四並有蒼茅
之文）下云箕郜（成十三年傳注箕蓋未
指晉地顧氏讀史方輿紀要謂係
二地）此云蒼茅（杜預范寧並以蒼茅
為一物而賈孔傳則以為二物）文本相
對若作苞茅（左氏本作包周禮甸師
職注等並引作苞）於左氏雖合於訓世
則失矣（蒼賈孔傳云其所包裹而致者
杜注左氏云包裹束也是包為動詞包
茅何能與箕郜相對）

貫盈
紹泰案上商罪貫盈孔傳貫之為惡一以
貫之惡貫已滿天畢其命

莫或違之者也
孙校云御覽之在或字上案御覽所引
文气較長哀弔篇莫之或繼也与此句
法正同（意林引作莫致洸洸淮民心淪洸）

洸淮民心浮浴
書左襄二十一年傳在上位者洒濯其心

奉辭伐罪 國語鄭語奉辭伐罪無不克矣
章（伐当作罰之音）（漢書大島侯肆子
以告衆士奉辭罰罪董彥和所本
文選潘安仁西征賦奉辭罰罪罰作伐与凡
因據漢書蜀或否亦作伐

明白之文或稱露布播諸視聽也 玉海二百三引同御覽

孫校云露布下御覽作露布者蓋露板不封布諸視聽也案研味文義當以御覽為勝宗經篇三極彝訓其書曰經經也者恆久之至道不刊之鴻教也諧讔篇君子嘲隱化為謎語謎也者迴互其辭使昏迷也皆與此句法相同可證

敢指曹公之鋒

紀評云指當作攖案指攖二字其形甚遠何易致誤紀氏蓋泥於孟子莫之敢攖之語故立是說殊詩鄘風蝃蝀正有莫之敢指之文紀說似非

范書鄭太傳罰亦作伐

丹書曰云云

案大戴記武王踐祚篇武王踐祚三日召師尚父而問焉曰黄帝顓頊之道存乎意亦忽不可得見與師尚父曰在丹書言曰敬勝怠者吉怠勝敬者滅義勝欲者從欲勝義者凶彥和丹書曰云云蓋本於此范注引史記周本紀正義引尚書帝命驗亦未盡善

凡事不強則枉弗敬則不正枉者滅廢敬者萬世藏之約行之行可以為子孫常者此言之謂也

誦德銘勳乃鴻筆耳

案論衡須頌篇古之帝王建鴻德者須鴻筆之臣褒頌紀載鴻德乃昌

封禪第二十一

錄圖曰云云丹書曰云云

紀評云錄當作綠案正緯篇堯造綠圖昌制丹書綠圖丹書每對舉成文故此錄圖曰下又引丹書曰文云此錄當作綠之證（甚明而范注乃謂紀說無次似失之目曉）嘉靖本正作綠（玉海一九六亦引作錄）

夷吾譎諫距以怪物

黄校云陳當作諫紀評云陳訓敗陳不必改諫案陳的是諫之誤奏啓篇谷永之諫仙明鈔本御覽諫作陳范注引拂校如此可證又才略篇士衡明練之練嘉靖本亦作陳紀說蓋故今立異

風末力寡

史記精要固信衡風之末力不能漂鴻毛非初不勁末力衰已

故稱封禪麗而不典

案麗當作靡始與典川合書鈔一百川長勝楊雄劇秦美新淮相如封禪靡而不典楊雄美新典而不實亦作靡眩詩篇亦有靡而非典之文

聲暗克亂 英

案聲英二字當乙司馬相如封禪文曰英聲

不能奮飛

案詩邶風柏舟靜言思之不能奮飛

對越天休

案詩周頌清廟對越在天鄭箋對配越於也

及光武勒碑文自張純

黃校云自元作字案自字是上文秦皇銘岱文自李斯可證

引鈎讖敘離亂

黃校云亂元脫許補一本作合案明詩篇離合之發則萌於圖讖與此辭意相似可證一本作合不誤嘉靖本作分月由合之形誤

典引所敘雅有懿乎

紀評云乎當作采案紀說是也雜文篇班固賓戲含懿采之華與此相同可證時序篇鴻風懿采亦可證

章表第二十二

詩云爲章於天

孫校云御覽云作曰案曰字固通然本書所引成辭多用云

字其例甚多不勝枚舉而引詩者亦然哀弔篇詩云神之弔矣詒策篇

詩云畏此簡書詩云有命自天是其證也

胡廣章奏天下第一

黄校云奏一作表孫校云明鈔本御覽作表案當作表始與

上句左雄奏議之奏不複且章表運文本篇數見作奏者蓋

泥於後漢書廣本傳試以章奏之語而改

然懇惻者辭爲心使浮侈者情爲文使

文選表題注一曰章二曰表三曰奏四曰駁不作駁議

玉海六十一亦引胡廣始注

（對揚休命）數

（案御覽命下對揚天子之休命九[illegible]

對答已答受美命而稱揚之）

四曰議

郝校云御覽議上有駁字（案此本無）

案駁（當作駁）字當有觀斷及漢雜事

（胡廣始注及御覽五九四最引之）並云

四曰駁議駁議對篇始文駁議之稱執

內可證後寫者畫求其句整而刪耳

蓋刪而不著者

案御覽五九四引蓋作此蓋暗本

因校義而長若作蓋則與上下文[illegible]

不侔矣

揆畧曰表

案雅南本作[illegible]天地之大可以矩表識也

注表影表[illegible]注引劉子新論云云似非根

抵

（晉文受冊三辭從命）

對揚王庭

易夬揚于王庭

晉文受冊

而校云冊御覽作策案當作策始與

左傳二十八年傳合

嘉言罔伏
案《大禹謨》嘉言罔攸伏孔傳（疏）善言無所伏言必用
明允篤誠
案左文十八年傳齊聖廣淵明允篤誠
吹毛求瑕
案韓非子大體篇不吹毛而求小疵
次骨為戾
孫校云御覽作刺骨案作刺二字雖通於義較長贊中正作次骨
禮門義路
案孟子萬章篇下夫義路也禮門也
事舉人存
案禮記中庸哀公問政子曰文武之政布在方策其人存則其政舉

黄校云文元作出使一作屈孫校云御覽作屈下有必使二字案屈字是嘉靖本作出者即屈之譌而脱文字耳若作文使便與上句複矣必使二字當另御覽增屬下句讀

奏啓第二十三

讜者偏也王道有偏乖乎蕩蕩其偏故曰讜言也

范注云後漢書班彪傳下注文選典引注皆云讜直言也書益稷正義引聲類云讜言美言也此云讜者偏也疑有脱字似當云讜者正偏也書洪範無偏無黨王道蕩蕩案當作讜者無偏也始與下句王道有偏乖乎蕩蕩相符其偏上疑脱

杜預注允信也篤厚也

為或膚浸
譖治譖顏淵篇子曰浸潤之譖膚受之
愬集解引鄭曰譖人之言如水之浸潤漸
以成之馬曰膚受之愬皮膚外語非其
內實

筆端振風簡上凝霜
案崔篆御史箴簡上霜凝筆端風起
（玉海五十九引初學記）（案見初學記十
二御史大夫門引此條嚴輯佚）

君子以制度數議德行
案度數二字當乙始與易合說筭篇
亦誤作度數

藹藹多士發言盈庭
案詩大雅卷阿藹藹王多吉士毛傳藹
藹猶濟濟也又小雅小旻發言盈庭誰
敢執其咎

洪水之難堯咨四岳
案書堯典帝曰咨四岳湯湯洪水方割
蕩蕩懷山襄陵浩浩滔天下民其咨有
能俾乂僉曰於鯀哉

宅揆之舉
孫校云宅御覽作百案百揆與上洪水
相對當以御覽所引為是傳寫者蓋
涉舜典而誤耳

藹藹二字並轉寫者偶脫耳其字似當作無

議對第二十四

周爰諮謀是謂為議

孫校云諮御覽作咨案詩小雅皇皇者華載馳載驅周爰咨謀此彥和所本也范注云詩大雅緜爰始爰謀箋云於是始與豳人之從己者謀又周爰執事箋云於是從西方而往東之人皆於周執事競出力也周爰諮諏語本此案范氏非特辭費且於諮字亦未訓明及數典忘祖殊為可哂諮俗字當用御覽作咨（毛傳訪問於善為咨毛訓本左襄四年傳說文口部謀事曰咨）始與詩合並彥和原作咨下文堯咨四岳書記篇短牒咨謀是其證也轉寫者以俗亂正耳當校正

（勤先擬議明目將疑）
（案易繫辭上擬之而後言議之而後動擬議以成其變化書洪範次七曰明用稽疑此偽明用入篋考疑之證）
（對策者以第一登庸射策者以甲科入仕）

剪乃翦蒐
明本作翦蒐案請大定板先氏有言諭林蒐蒐轉讀此傳五西川作翦蒐雖云可通然剪已從艸不必再加草頭也

賈指之之陳于京崖
孫校云御覽無兩之字案明本因當有兩之字

旁求俊乂
說命下旁招俊乂

射侯中的
案禮記射義射之爲言者繹也繹者各繹己之志也故心平体正持弓矢審固審固則射中矣射者各射己之鵠天子之大射謂之射侯射侯者射爲諸侯也

及陸機斷議亦有鋒穎而謏辭弗剪頗累文骨

紀評云謏當作腴孫校云御覽作腴范注云士衡撰文每失繁富下云頗累文骨則作腴者是也案雜文篇腴辭雲構正作腴可證正緯篇辭富膏腴詮賦篇膏腴害骨亦可證嘉靖本作腴不誤剪字當從御覽明本作翦

又郊祀必洞於禮戎事必練於兵

黄校云必一作要又作宜孫校云御覽作宜案下文之先字務字皆異詞對文上句郊祀必洞於禮已箸必字此亦不應重出故此當以作宜爲是

及後漢書丕辭氣質素

丕前代之明範也
黄校云元作明謝改又一本作列案
一本作列是也上文亦以代之文可
證元作明者始涉下句誤可不必改
為前代明詩篇鋪觀列代亦以列代
連文

斯固選賢要術也
賢顧校作言案賢字自通說苑篇
搜官選賢可證嘉靖本正作賢

有人聲辭
黄校云聲明鈔本御覽作累案聲累
義十一年信有人者聲國之辭也彥
和語本此則作累者乃形近之誤也

子雲之答劉歆
黄御覽五九五引答作荅是也說文
荅小赤也段注云假借為酬荅字

簡而無傲
案書意典文

喪遺己歎
黄校云歆御覽作已案本段所論書
記各體疑治謝此亦應乃命

黄校云丕元作平朱改案三國志吳志闞澤傳注以字言之不十為丕張參五經文字丕丕石經作丕蓋原作啚丕轉寫者因誤為啚平耳漢書王莽傳十萬眾集竝平注平或作丕後漢書耿秉傳太醫令吉丕注丕或作平

書記第二十五

箴者纖密者也

黄校云纖一作箴案箴字非是纖密連文本書數見明詩篇不求纖密之巧詮賦篇言務纖密指瑕篇精思以纖密是也一本嘉靖本作箴者蓋沿上而誤耳

喪言亦不及文

范寧集解行人是傳國之辭命者
楊士勛疏或以掌為舉禮儀奉國命之辭

籍者借也歲借民力
案禮記王制古者公田籍而不税用民之力歲不過三日鄭注籍之言借也借民力治公田此蓋彥和歲借民力所本而范注引川合信賦車籍馬（周禮夏官敍官）之文以爲注似非

草木區別
案論語子張篇子夏聞之曰譬諸草木區以別矣

木訥
案論語子路篇子曰剛毅木訥近仁集解引王曰木質樸訥遲鈍

千里應拔
案易繫辭上子曰君子居其室出其言善則千里之外應之

圖書乃察
案易繫辭下上古結繩而治後世聖人易之以書契百官以治萬民以察

信爲邦瑞
案左僖二十五年晉文公曰信國之寶也邦瑞即國寶也

黄校云文元作交案文字是情采篇孝經垂典喪言不文是其證也孝經喪親章子曰孝子之喪親也哭不偯禮無容言不文彥和喪言不文語蓋本此

觀此四條並書記所總

黄校云四疑作數范注云疑當作六案四字固誤然數六二字之形與四均不近何由致誤蓋原作衆涉舊本殘其下段即轉寫者偶脱故誤為四耳檄移篇凡此衆條是其證也銘箴篇詳觀衆制誄碑篇周胡衆碑亦可證數字雖通然本書未有此用又此句實為書記廣大以下一大段之總結故云觀此衆條並書記所總范氏云當作六謬矣若范氏以此句為總結譜語全段之詞則彥和所引之譜僅五而已何六之云

暨乎篇成
案篇成二字當乙始与上搦翰句相
對且音韻亦佳
駿發之士
詩周頌噫嘻駿發爾私鄭箋駿疾
也發伐也

伊摯不能言鼎輪扁不能語斤
案史通敘事篇輪扁所不能語斤伊摯所
不能言鼎也遣詞即本於此

是以臨篇綴慮必有二患理鬱者苦貧辭溺
者傷亂
案抱朴子辭義篇屬筆之家亦各有病
其深者則患乎譬煩言冗申誡廣喻欲
棄而惜不覺成煩也其淺者則患乎妍
而無據證援不給皮膚鮮澤而骨鯁迥
弱也齊和語意同此

附會篇若首唱榮華而腰句憔悴

神思第二十六

然則博見為饋貧之糧

黄校云見一作聞案作聞非是奏啓篇博見足以窮理事類
篇將贍才力務在博見與此辭並同可證

物以貌求心以理應

黄校云應汪作勝案勝與下垂帷制勝句複非是案原作媵
爾雅釋言媵送也儀禮士昏禮媵布于奧鄭注媵送也此與上句物以貌求文正相應
故汪因形近而誤為勝章句篇追媵前句之旨句嘉靖本亦
誤媵為勝也本贊他用證韻媵字亦在其中說文作㑞

情動而言形

案毛詩序情動於中而形於言

氣以實志志以定言

案左傳昭九年傳屠蒯曰味以行氣氣以實志志以定言杜注氣和則志充在心為志發口為言

長卿理侈而辭溢

案班孟堅典引司馬相如洿行無節但有浮華之辭不周於用是其辭溢之徵

才有天資

范注云有当作由案有自可通毋庸他改玉海二百一引亦作有

子雲沈寂子政簡易

案紀聞卷十七引子雲在子政下於時代順合

孚甲新意

黃校云孚汪本作莩案嘉靖本亦作莩辭學指南引同白虎通五行篇甲者萬物孚甲也釋名釋天甲孚甲也易解百穀草木皆甲坼正義百果草木皆莩甲開坼是莩孚相通之例莩之為孚猶苞之為包也

體性第二十七

精約者覈字省句剖析毫釐者也

案剖析毫釐疑當作剖毫析釐始與上句覈字省句相對以上各句皆相對為文麗辭篇正作剖毫析釐剖析毫釐語出張衡西京賦

淫巧朱紫

范注云朱紫當作青紫案朱紫連文本書數見詮賦篇組織之品朱紫定勢篇宮商朱紫是也不知范氏何據云然

風骨第二十八

結言端直則文骨成焉意氣駿爽則文風清焉

釋名釋天甲孚甲也萬物解孚甲而生也

飛戾天
案詩大雅旱麓：鳶飛戾天。
毛傳：翰，高；戾，至也。

奮
莊子外物篇鶩揚而奮鬐

流遁忘反
案東京賦若乃流遁忘反，放心不覺

使文以健
案易同人彖曰：文明以健，中正而應

情與氣偕辭共體並
案禮記樂記：四時並名與功偕

和語法翼此

珪璋乃騁
范注云：騁，渴本作聘。（嘉靖本作聘）璋校作聘。案禮記聘義：圭璋特達，德也。正義引聘曰時惟執圭璋特得通達，據此則作聘者是也。聘、騁形近易誤。范氏篇歷騁，畢還嘉靖本亦誤騁作聘也。（本贊聘韻，當在勁韻）

答宋元炳
案蜀都賦蒼宋彪炳

通變篇

長轡遠馭（馭、御古今字）
案文選孫子荊為石仲容與孫皓書：長轡遠御（與馭通），妙略潛授

揚雄校獵（案校當作羽）

黃校云：清一作生。案生字非是。篇末風清骨峻正承此句而言，可證。嘉靖本正作清。

昔潘勖錫魏，思摹經典，羣才韜筆，乃其骨髓畯也。

范注云：畯是峻之誤。下云風清骨峻，案嘉靖本正作峻，不誤。

通變第二十九

斟注時運謂六朝時也

魏之策制，顧慕漢風。

范注云：味氣衰 黃校云：味一作末。紀評云：末字是。孫氏以封禪篇范末力寡，漢書禮樂志郊祀歌百末旨酒，文選七發注今本皆誤作百味也。

黃校云：策元作篤，許無念改，一本作篤。案篇字是。明詩篇：江左篇製，溺乎玄風。與此辭語相同，可證。嘉靖本作篤者乃因形近而誤。(羣)樂府篇：河間薦雅而罕御。唐本亦誤薦為篇也。

又本贊上二韻用勁韻，下二韻用梗韻，若作騁，與梗韻通用，然並字則(罕)奏矣。羈旅無友矣

秉茲無怯

黄校云怯一作跲案一本是也禮記中庸凡事豫則立不豫則廢言前定則不跲（鄭注跲躓也）蓋和語意並本於此（避上不字故改為無跲）傳寫者未得其解故妄肊改為不怯耳不知何一本作不跲耶（本贊用業乏二韻跲在業韻）

圓者規體云云

案尸子大道上圓者之轉非能轉而轉不得不轉已方者之止非能止而止不得不止已

情采篇

吟詠情性以諷其上

毛詩序文

定勢第三十

（鎔範所擬各有司匠）

（案體性篇陶染所凝與此相同擬當作凝又贊中情采自凝尤為貴證）

功在銓別

黄校云功一作切從御覽改案作功是也徵聖篇功在上哲體性篇功在初化物色篇功在密附與此辭語相同可證

是楚人鬻矛譽楯兩難得而俱售也

案此句各本均失倫次而注家亦未究及當作是楚人鬻矛

羽儀
案易漸上九鴻漸于陸其羽可用為儀

楯（逗）譽兩（半逗）難得而俱售也始與上文似夏人爭弓矢執一不可以獨射也相合彥和是語本韓非難一（文長不錄）若作鬻矛譽楯則是楚人鬻矛而未譽其楯矣譽楯而不鬻其矛矣既與韓子兩譽矛楯之說刺謬復與彥和雅鄭共篇總一勢離之意不侔故當校正

史論序注則師範於覈要

孫校云師御覽作軌案通變篇師範宋集才略篇師範屈宋皆以師範連文此似以作師範為是嘉靖本正作師

枉轡學步力止襄陵

翩其反矣

案詩大雅角弓騂騂角弓翩其反矣

賁象窮白貴乎反本

案說苑反質篇孔子卦得賁喟然仰而嘆息意不平子張進舉手而問曰師聞賁者吉卦而嘆之乎孔子曰賁非正色也是以嘆之吾思也質素白當正白黑當正黑夫質又何也吾亦聞之丹漆不文白玉不雕寶珠不飾何也質有餘者不受飾也（呂氏慎行論壹行篇載此文少異与此不遠故未徵引）蓋彥和所本蓋范氏注並僅引易賁上九云云恐（非其）指（家語好生篇亦有此文）於彥和原意未盡

盼倩

案詩衛風碩人巧笑倩兮美目盼兮毛傳倩好口輔盼白黑分

彬彬君子

案論語雍也篇文質彬彬然後君子集解引包曰彬彬文質相半之兒

黃校引謝云襄當作壽案彥和是語本莊子秋水篇當以作壽為是蓋轉寫之譌雜文篇可謂壽陵匍匐非復邯鄲之步正作壽不譌

情采第三十一

是以聯辭結采將欲明經

黃校云經汪本作理案篇中理字數見神理之數也立文之道其理有三辭者理之緯理定而後辭暢心理愈翳設謨以位理理正而後摛藻此亦當以作理為是徵聖篇明理以立體事類篇明理引乎成辭亦可證嘉靖本正作理

鎔裁第三十二

理設位文象行乎其中
案易繫辭上天地設位而易行乎其
中吳彥和語法本此
剛柔以立本變通以趨時
案易繫辭下剛柔者立本者也變通
者趨時者也韓康伯注立本況卦趣時況
文
剪截浮詞謂之裁
案偽孔傳序剪截浮辭
士衡才優而綴辭尤繁
案世說文學篇孫興公云陸文深而蕪又
云陸文若排沙簡金往往見寶注引文章
傳曰機善屬文司空張華見其文章篇
篇稱善猶譏其作文大治謂曰人之作
文患於不才至子為文乃患太多也
辭如川流
文選蔡邕何休碑辭述川流

是以草創鴻筆先標三準

紀評云鴻當作鳴後鳴筆之徒句可託案紀說非是封禪篇 正義

乃鴻筆耳書記篇才冠鴻筆練字篇鴻 嘉靖本作鳴朱改 筆之徒是

其證也

善敷者辭殊而意顯

黃校云意汪本作義案疑當作言下句字刪而意闕承上善

刪者字去而意留(而言)句 辭敷而言重正承此句則此當作善

敷者辭殊而言顯始能相符作義既不相倫作意亦復重出

故當校正

弛於負擔
案左莊二十二年傳陳敬仲曰免於罪
戾弛於負擔杜注弛去離也
音律所始本於人聲云云
案詩大序正義原夫作樂之始樂寫人音人音之
有小大高下之殊樂器有宮徵商角之異依
人音而制樂託樂器以寫人是樂本效人非
人效樂孔氏語襲彥和也
識疎闊略
黃校云汪本作疎識簡略案嘉靖本作疎
識闊略是也蘇軾留闊略四句奏啟篇
劾文闊略可證（史傳篇疎闊寡要）
長風過籟淮南齊俗
（文子自然篇若風之過簫忽然而感之
各以清濁應矣許注簫籟也）
響有雙疊
黃校云雙疊二字疑云云案玉海四五引正
作雙疊 文鏡一八〇
聲非學器
黃校云學當作效案原或作斆傳寫
者偶脫其攴耳大戴記孔叢篇豈非學
斆大略子即斆而效之用
轆轤
（案正作鹿盧漢書雋不疑傳注晉灼
曰古長劍首以玉作井鹿盧形上
刻木）

乃情苦芟繁也
黃校云芟元作壵案贊中芟繁翦穢正承此句而言當以作
芟繁為是
聲律第三十三
可謂銜靈均之聲餘失黃鐘之正響也
案聲餘必係轉寫者誤倒當作餘聲始與下句正響相對上
文餘聲易遣正與遺響難契相對可證
其可忘哉
黃校云忘王本作忽案作忽義長書記篇豈可忽哉辭語與

故知器寫人聲〻非學器者也

黄校古學本作效，索原或作斆，傳寫者偶脫其文耳（漢書賈誼傳湯武置天下於仁義禮樂累子孫數十世，秦王置天下於法令刑罰子孫誅，是非其明效大驗耶？大戴礼礼察篇襲此文，作明效作明數，蓋效數同音，故得通段）詩大序正義原天作樂之始，樂寫人音〻有小大高下之殊，樂器有宮徵商羽之異，依人声而制樂。記樂器以寫人，是樂本效人，非人效樂，是孔氏語本彦和也轆文往（札記據唐寫本注作鹿盧）轆轆即滑車也（世說新語排調篇顧愷之曰井上轆轤臥嬰兒）又作轣轆漢書揚雄傳轣轆不絕顏注一一環轉也（轣轆一聲之轉）又作鹿盧晉石季龍載記鹿盧迴轉狀若飛翔（漢書雋不疑傳注亦作鹿盧）

知一而萬畢

書莊子天地篇記曰知一而萬事畢

羈旅而無友

書宋玉九辯廓落兮羈旅而無友生王注一無生字羇一作羈

原始要終

易繫辭下易之為書也原始要終以為質也

此正同可證

章句第三十四

若辭失其朋

黄校云朋元作明書以贊中辭忌失朋例之當以作朋為是

說文無羇字有羈（馬絡頭也）玉篇羈羈旅也羇寄也羇羈皆羈之俗字然析為二字篆訓失之

四字密而不促六字格而非緩

案格字不可解殆裕之形近而誤說文裕衣物饒也引申有寬意孟子公孫丑下豈不綽綽然有餘裕哉趙注裕寬也廣雅釋詁三裕寬也上云四字密而不促此云六字裕而非緩斯其旨矣

環情草調

至於夫惟蓋故者云云

……案史通浮詞篇是以伊惟夫蓋發語之端也焉哉矣兮斷句之助也去之則言語不足加之則章句獲全即貽息於此

造化賦形支體必雙

案左昭三十二年傳史墨曰物生有兩倅有左右

黄校引孫云草當作節案孫說於文意雖通於致誤之由則失疑係革之形近而誤革改也易革卦鄭注革改也更也詩皇矣不長夏以革毛傳革更也革調者即篇中改韻從調之意也

麗辭第三十五

剖毫析氂

黄校云剖一作割案張衡西京賦剖析毫氂彥和語蓋本此作割非是體性篇剖析毫氂又其證也

長卿上林賦云

黄校云賦元脫補案本書引賦頗多其名上三字者均未出

賦字此不應補又通變篇相如上林云云事類篇相如上林云云與此辭語相同正無賦字黄氏蓋緣下宋玉神女句有賦字耳殊此賦字的係淺人所增匪特與本書不倫且與下仲宣登樓句亦復剌謬

指類而求萬條自昭然矣

范注云萬字衍當於求字下加豆條目昭然即上所云四對也絫求字下加豆盡人皆知何待饒舌萬字塙非衍文范氏誤自爲目故云爾

若兩事相配

夔之一足趻踔而行

趻踔校作踸踔莊子秋水篇夔謂蚿曰吾以一足趻踔而行（成疏趻踔跳躑也）趻古逸叢書本作踸說文無集趻踸二字似不如改趻爲踸也又荒注引韓子外儲說左下魯哀公問於孔子曰吾聞古者有夔一足其果信有一足乎云云非特未審彥和語意且截因魯哀之失矣

稱名也小取類也大

案易繫辭下其稱名也小其取類也大韓注託象以明義因小以喻大

紀評云兩事當作兩言案下文云若夫事或孤立莫與相偶蓋言事奇無偶故承云是夔之一足趻踔而行也此言事對不均故承云是驥在左驂駑爲右服也紀說似非理自見矣

黄校云自汪本作斯案斯字是章表篇事斯見矣與此辭語相同可證嘉靖本正作斯

比興第三十六

澣衣以擬心憂席卷以方志固

黄校云席卷汪本作卷席案當作卷席始與上澣衣相對嘉靖

賈生鵩賦云
顧云鵩賦當作鵩鳥棠顧說是
已此段所引高唐菟園洞簫長
笛南都諸賦並未出賦字此間不
應乃介設賦篇之川菟園洞簫
鵩鳥諸賦而鵩鳥正不作鵩賦

（繁演絡繹）
（棠文選載此文作駱驛）

興則環譬以託諷
黃校云託一作記紀評云記字是棠嘉靖
本作寄是也其作記者乃音之誤作託則
又由記之形誤矣

物雖胡越合則肝膽
棠莊子德充符自其異者視之肝膽
楚越（淮南作胡越）已彥和語意本
此黃注於引莊子外並引孔叢子以
釋胡越不審面紀滌足矣附會篇
善附者異旨如肝膽拙會者同音
如胡越可此語意亦同

（寒谷未足成其凋）
（棠左太沖魏都賦寒谷豐黍吹律暖
之江劉注劉向別錄曰鄒衍在燕有谷地美而
寒不生五穀鄒子居之吹律而溫至黍
生今名黍谷（又見書鈔一百十二類聚九等））

本正作卷席
此則比貌之類也
棠上文此比聲之類也下文此以物比理者也此以聲比心
者也此以響比辯者也此以容比物者也句法一例此則字
疑衍
莫不織綜比義
黃校云織疑作織棠黃說是也正緯篇其猶織綜體乖織綜
淮南俶真篇是故自其異者視之肝膽胡越高注肝膽喻近胡越喻遠
與此相同可證

夸飾第三十七

夫形而上者謂之道形而下者謂之器
案易繫辭上是故形而上者謂之道形而下者謂之器

談歡則字與笑並諧感則聲共泣偕
案文賦思涉樂其必笑方言哀而已歎與此同意

此欲夸其威而飾其事義暌剌已
黃校云飾元脫其下有闕字案嘉靖本作此欲夸其威且而其事義暌剌已句於義自通不必增有脫闕已

篇揚馬之甚泰
案老子二十九章是以聖人去甚去奢去泰序和諸雖本此然甚字作附同用始與上聯旨對

操刀能割
案左襄三十一年傳猶未能操刀而使割也

能在天資
孫校云天資明鈔本御覽作才資案疑當作才在天資下文並以才學對舉正承此二句而言若作能在天資則下言之才年所屬與體性篇才有天資學慎始習與此辭語相同可證

詩書雅言風格訓世

范注云顧校格作俗案格字不誤徵聖篇夫子風采溢於格言與此相同可證議對篇風格存焉亦可證

事類第三十八

夫薑桂同地辛在本性

孫校云同御覽作因范注云同當依御覽作因謂薑桂雖因地而生而其性獨辛也案韓詩外傳七宋玉因其友以見於楚襄王襄王待之無以異宋玉讓其友其友曰夫薑桂因地而生不因地而辛書鈔札三十三引宋玉集序亦有此文小異新序雜事五(亦載此)文同此序和所本也范注於同當

正義道是無體之名形是有質之稱凡有從無而生形由道而立是先道而後形是道在形之上形在道之下故自形外已上者謂之道也自形內而下者謂之器形雖處道器兩畔之際形在器不在道也既有形質可為器用故云形而下者謂之器也

漢書賈誼傳黃帝曰日中必熭操刀必割師古注語見六韜
賈子宗首篇黃帝曰日中必熭操刀必割

曹自其口出

棠書泰誓人之彥聖其心好之不啻如自其口出寔能容之

華貴布濩

棠嘉靖本作布護與通司馬相如封禪文我氾布護之作布護上林賦布濩閎澤作布濩東京賦布声教布濩注音護是其相通之證

眾美輻輳

棠藝嘉靖本作湊是也沈文湊水上所會也又藝轂下云輻所湊也与輳字後人因輻制輳耳

用入若己

棠按仲遠之語用入誰己孔猗用入之言若自己出

鍊字篇

乃李斯刪籀而秦篆興

棠乃字於義不屬嘉靖本作及是也明詩篇及(沈岩唐本及御覽)正始曰道嘉靖本亦誤及作乃已

齟齬為瑕

黃校云元作鉏鋙朱改棠按鉏乃鋙之誤字宋玉九辯圜鑿而方枘吾固知其鉏鋙而難入(鉏鋙即齟齬也)何舍其舊而新是謀耶

傷弱子則云心如疑

棠類聚三四文選潘岳西征賦注御覽一九四並引安仁之傷弱子辭而無如疑語則彥和所據必全文今既長辭雜有將反如疑之語自是一篇与此不洽

依御覽作因因得於薹桂因地辛在本性之旨則涉因圖盞

未揣其本而望文生訓耳

劇秦美新布濩流衍

此内外之殊分也

黃校云分御覽作方范注云顧校作方孫校云明鈔本御覽作貧棠莊子消搖游定乎内外之分彥和語似本此疑當以作分為是明鈔本御覽作貧者涉上學貧而誤分為貧耳嘉靖本正作分不誤

指瑕第四十一

施之尊極豈其當乎

布濩之為布護猶大濩(莊子天下篇湯有大濩淮南齊俗篇殷人之樂大濩晨露)之為大護(白虎通禮樂篇湯曰大護者言湯承衰能護民之急也)也

圖入

廣韻八語齬下云齟齬不相當也或作鉏鋙是鉏鋙即齟齬也何煩舍其舊而新是謀耶

憃動難圖

案金樓子立言篇下引作憃動難悶是也動悶相對為文與永亡之飛罔已

浮輕有似於蝴蝶

案御覽九百六十作輕浮非是此浮輕與下永蟄皆承接上文不應倒亂若從金樓子立言篇下正作浮輕

永蟄頤於昆蟲

案蟄字與上似字不類當係擬之誤字金樓子立言篇下御覽五九六并引作擬附會篇服陽擬奏各本與誤作蟄

龍之無拙豈其當乎

案御覽五九六引作不其當乎與金樓子立言篇下引合當據訂

斯言之玷實階白圭

案詩大雅抑白圭之玷尚可磨也斯言之玷不可為也毛傳玷缺也

甚墨或於

案俗風祇甚異污俗咸與維新

千里致差

案禮記經解易曰君子慎始差若毫釐繆以千里（易緯中文記經四為書辭文誤矣）大戴禮察篇六引之（文選李注屢引為易乾鑿度文）史記自序易曰失之毫釐差以千里稽覽曰今易無此語易緯有之

（范注云顧校其作有案其語助也論語憲問篇子曰其然豈其然乎與此語法相同不必改為有也）

若夫君子擬人必於其倫

案禮記曲禮下儗人必於其倫鄭注儗猶比也此彥和所本也擬當作儗說文儗僭也段注云禮記曲禮儗人必於其倫注儗猶比也此引申之義也始與曲禮合

若排人美辭以為己力寶玉大弓終非其有

黃校云排王本作掠案說文排擠也廣雅釋詁三排推也其訓與此均不恰當以作掠為是左昭十四年傳己惡而掠美為昏彥和此語似由是語化成文意杜注掠取也與此正合故下云以為己力

青黃炳而後渝

黄注言君子篇或問聖人之言炳若丹青有諸曰吁是何言與丹青初則炳久則渝渝乎哉李軌注丹青初則炳然久則渝變聖人之經久而益明

養氣篇

夫耳目鼻口生之役也

黄注呂氏春秋仲春紀貴生篇聖人深慮天下莫貴於生夫耳目鼻口生之役也高注役事也

再三愈黷

黄注易蒙象曰再三瀆瀆則不告瀆蒙也崔憬注瀆古黷字也齊和閣復起字程器篇亦作此篇

雜而不越

黄注易繫辭下其稱名也雜而不越（孔注各得其序不相踰越）韓注備物極變

韓注各得其序不相踰越

附辭會義

黄注晉書文苑左思傳載劉逵三都賦序傅辭會義抑多精致

棼絲之亂

黄注左隱四年傳眾仲曰臣聞以德和民不聞以亂以亂猶治絲而棼之也杜注棼見棼

假並作以亂（說文棼複屋棟也此借爲紛麿之紛紛亂也通用紛字）

寶玉大弓終非其有也若作排則失其指矣

夫辯言而數筌蹄

黄校云言一作足筌一作首案（二本是始與）此句為承應上文周禮井賦之辭當從一本為是

舊有足馬而應劭釋足或曼首數蹄（始能相伴）

附會第四十三

夫才最學文宜正體製

范注云最疑當作優或係傳寫之誤始由學優則仕語化成

此語案說文最積也（後世段取之最為之最行而最廢引中為凡最之最）才

最學（最之稽字）即才優之意何煩改字且才最學文宜正體製與

獻可替否
案國語晉語孔史諳曰夫事君者薦可而替否獻能而進賢韋注替去已

雖萬塗殊同歸百慮一致
案易繫辭下天下同歸而殊塗一致而百慮天下何思何慮

枉尺以直尋
案孟子滕文公篇志曰枉尺而直尋

變識湊理
湊范本作腠並引儀禮鄉射禮鄭注腠膚理也案御覽（五八五引）嘉靖本黃本並作湊（黃注引扁鵲傳君有疾在腠理云云作是）湊理與下句自會文本相對養氣篇亦有湊理運文未知范氏何據

六轡如琴
案詩小雅車牽四牡騑騑六轡如琴

首唱榮華媵句憔悴
案班固答賓戲朝為榮華夕為顦顇

體性篇才有天資學慎始習之意略同何嘗由學優則仕語化成范氏之說似未深思耳

夫文變多方

黃校云多汪作無案通變篇變文之數無方與此相同當以作無為是嘉靖本正作無（御覽五八五引正作無）

然後節文自會

黃校云一作文節案作文節非是誄碑篇其節文大矣章表篇爾恭節文定勢篇節文互雜銘箴篇獻替節文章句篇所以節文辭氣皆其證也

韓康伯注夫少則得多則惑塗雖殊其歸則同慮雖百其致不二苟識其要不在博求一以貫之不慮而盡矣

奪彼矛還改其楯

案韓非子難一楚人有鬻矛與楯者譽之曰吾楯之堅物莫能陷也又譽其矛曰吾矛之利於物無不陷也或曰以子之矛陷子之楯何如其人弗能應也彥和遣辭本此

發口爲言屬筆曰翰

案抱朴子喻蔽篇夫發口爲言著紙爲書書者所以代言言者所以書耳

常道曰經述經曰傳

案博物志文籍考聖人制作曰經賢者(書鈔九十五引作入)著述(類聚五十五引作行)曰傳

控引情源

黃校云元作清案情源文苑相對爲文章句篇控引情理與互可旁證

博塞邀遊

案莊子駢拇篇問穀奚事則博塞以遊

多少並惑

黃校云並元作非謝改案道藏本作並二字少則得多則惑彥和語意似本於此

蓋其美者何乃心密而聲奏也

案蓋其美者絕句范氏屬何字於此句非是

孝武崇儒潤色鴻業云云

案班固兩都賦序至於武宣之世乃崇禮官考文章內設金馬石渠之署外興樂府協律之事以興廢繼絕潤色鴻業

海岳降神哉

詩大雅崧高維岳降神箋岳降神下也

總術第四十四

僶黽匹長

黃校云僶元作僶許改案嘉靖本作僶彥和是浩本國策韓策三國以作僶爲是並文選左思招隱詩佶俛生僶黽與此以僶黽連文益僶僶形相似故多通用如黴僶之作黴僶也僶黽之爲僶黽也

伶人告和不必盡窕櫬枵之中

黃校云枵衍案嘉靖本無枵字益轉寫者於誤衍櫬字未䆁傳寫時知其為衍故未全書而眯者不察亦復書出遂至文不成義

伶人告和語本國語周語下

窕櫬語本左昭二十一年傳

時序第四十五

爰自漢室迄於成哀〻〻而大抵所歸祖述楚辭

案沈約宋書謝靈運傳論自漢至魏四百餘年辭人才子文體三變〻〻一世之士各相慕習源其飆流所始莫不同祖風騷文選李善注云讀晉陽秋曰自司馬相如王褒揚雄諸賢代相詩賦皆體則風騷與彥和語相發

亦不可勝也

案勝下疑脫數字序志篇亦不可(黃本脫可字嘉靖本有)勝數矣與此正同可證程器篇不可勝數亦可證

餘風遺文蓋蔑如也

案法言淵騫篇東方生之勝也數言不純師行不純表其流風遺書蔑如也李注引漢書東方朔傳贊似違本意此則成之語

明帝東哲

黃校云元作束晳案本篇敘文運升降故以每個人君為主而優以簡言評之此與應令書酒誥傳德束晳乳付諸帝德講習也

文思光被　黃校云光元作充

案書堯典發明文思安安光被四表格於上下釋文引馬云經天緯地謂之文道德純備謂之思孔傳光充也其作充者蓋以人傳寫之誤歟抑彥和固此作歟

春秋代序

案離騷春與秋其代序王注代更也序次也

陰陽慘舒

案西京賦天人在陽時則舒在陰時則慘

物色相召人誰獲安

案陸機晉詩四日月不處人誰獲安

蓋有其物物有其容

案左昭九年傳曆删日事有其物物有其容杜注物類色各兒也

隨物宛轉

案莊子天下篇與物宛轉

兩字窮形

案若作若皆通隨形卷訂該本卷　案本書本作運形是也上言寵理況也　似嫌重出

終古雖遠曠焉如面

黃校云曠汪作曖案嘉靖本作曖曖曖二字均說文所無殆由僾之形誤　說文僾仿佛也引詩曰僾而不見　誄碑篇僾原作曖據禮記祭法校正說詳前

乎若可作覿與此辭意甚同可證黃本作曠　說文曠明也　蓋肌改也

物色第四十六

莫不參伍以相變　易繫辭上參伍以變錯綜其數正義參三也伍五也或三或五以相參合以相改變略舉三五諸數皆然也

印之印泥　案呂覽離俗覽適威篇璽之於塗也抑之以方則方抑之以圜則圜

山沓水匝樹雜雲合

案此二句必有倒誤似揚子雲甘泉賦駢羅列布鱗以雜沓兮　張平子思玄賦雜沓叢顇颯以方驤　左太沖吳都賦雜沓傱萃本書知音篇篇章雜沓均以雜沓

並舉魏武帝短歌行繞樹三匝沈休文三月三日詩開花已

王逸注代更也序次也言日月晝夜常行忽不久春往秋來以次相代言天時易過人年易老也

匝樹均以樹匝連文則此當作山沓水雜樹匝雲合然後相符

才略第四十七

然覈取精意

案覈疑覈之形誤銘箴篇其取事也必覈以辨一本亦誤覈為覈也

然自卿淵以前多後才而不課學雄向以後頗引書以助文

案各本均作俊才於義不屬俊殆由役之形誤左成二年傳以役王命杜注晋語國有大役韋注並云役事也此當作役而訓為事史通雜説下昔劉勰有云自卿淵舊誤作雲已前多役

魯衛之政兄弟之文
案論語子路篇（子曰）魯衛之政兄弟也
才難然乎
案論語泰伯篇（孔子曰）才難不其然乎

知音篇
白日垂照
案中論治學篇譬如寶在於玄室有所求而不見白日照焉則群物斯辨矣
東向而望不見西牆
案向當作面始由形近而誤淮南氾論篇故東面而望不見西牆此彥和所本呂氏去宥篇東面望者不見西牆又淮南所本並皆作面彥和既云所理則係敵川成辭之之必不改其本字也
沿波討源
案文賦或沿波而討源
洪鐘萬鈞
案西京賦洪鐘萬鈞辥注洪大也三十斤曰鈞
（泠然可觀）
案（莊子）逍遙遊夫列子御風而行泠然善也（泠有誤作冷者非是）
子雲辨切於短韻
案世說識鑒篇注引文士傳曰張翰字季鷹有清才美望博學善屬文造次文辭義清新

才而不課學向雄已後頗引書以助文正作役今據改
潘岳敏給辭自和暢
黄校云自鈔作旨案研味文意自自可通言岳敏給而辭自猶自然也和暢也卽下云非自外也之意且此段與上段為比彼段云左思奇才業深覃思辭自之自與業深之深以詞性言俱為形況字若改作旨則為名詞矣與上不倫
孫楚綴思每直置以疎通摯虞述懷必循規以溫雅
案每直置以疎通句之直置二字當乙始與下必循規以溫雅之循規相比

集解引包曰魯周公之封衛康叔之封周公康叔既為兄弟康叔睦於周公其國之政亦如兄弟

知音篇
音實難知云云
史記信陵君傳侯生謂公子曰人固未易知知人亦未易也

程器篇

君子藏器待時而動

案易繫辭下君子藏器於身待時而動韓注君子待時而動則无結閡之患也

畜懿文德

案易小畜象曰君子以懿文德正義懿美也

雕而不器

案法言寡見篇或曰良玉不雕美言不文何謂也曰玉不雕璵璠不作器言不文典謨不作經

黷貨

案左昭十三年傳末向曰晉有羊舌鮒者瀆貨無厭（杜注瀆數也）瀆黷古今字易蠱再三瀆崔憬注瀆古黷字也

雕朽 見論語

夫文心者言為文之用心也

文賦序余每觀才士之所作竊有以得其用心

豈好辯哉不得已也

孟子滕文公篇孟子曰予豈好辯哉予不得已也

（涓子琴心）

（案文選王仲寶褚淵碑文陶以琴心注引列仙傳曰涓子作琴心三篇）

淮南精神篇是故耳目者日月也血氣者風雨也

劉琨雅壯而多風盧諶情發而理昭

案此二句似有倒誤上既云劉琨雅壯而多風則下當作盧諶情發而理昭文始相對風理名詞多昭狀詞當各以類對且末字之聲韵乃諧若仍下句之理昭而乙上句之多風則末字之聲律有滯唇吻

序志第五十

別錄騶奭修衍之文飾若彫鏤龍文故曰彫龍

稟性五才

黃校云才一作行范注引黃云梁書作才案作才者是程器篇蓋人稟五材材與才通禮記學記注引易兼三才而兩之才作材莊子徐无鬼篇天下馬有成材釋文材本作才可證是其證也

春秋繁露人副天數篇耳目戾戾日月也鼻口呼吸象風氣也

歲月飄忽性靈不居騰聲飛實制作而已
案魏文帝典論論文蓋文章經國之大業不朽之盛事年壽有時而盡榮樂止乎其身二者必至之常期未若文章之無窮是以古之作者寄身於翰墨見意於篇籍不假良史之辭不託飛馳之勢而聲名自傳於後彥和語意同此

西列成文
黄校云列一作許案當房梁書作評是作許者乃評之形誤

業替於時序
案替梁書作贊非是時序篇業替在人選此與之同意替正書作暜與贊形近故誤

文繡鞶帨
案法言寡見篇今之學也非獨為之華藻也又從而繡其鞶帨李軌注鞶大帶也帨佩巾也衣有華藻文繡書有經傳訓解也

汎議文意往往間出
案史記自序漢興詩書往往間出矣

仲治流別
案治梁書作洽二字形近故仲治仲洽各書互見並以頌贊篇證之則彥和此均作仲洽也

自生人以來未有如夫子者也

案人御覽六百一作靈當作民孟子公孫丑篇自生民以來未有盛於孔子也彥和語本此蓋唐避太宗諱改耳

飾羽尚畫

案莊子列禦寇篇顏闔曰仲尼方且飾羽而畫彥和語本此則尚當作而徵聖篇亦作而可證

流別精而少巧翰林淺而寡要

黄校云巧梁書作功紀評云功字是案作功是也史記自序太史公談論六家要指曰儒者博而寡要勞而少功此彥和

宗經文雅之場環絡藻繪之府

劇秦美新道遊乎文雅之囿翱翔乎禮樂之場

出類拔萃

案孟子公孫丑篇出於其類拔乎其萃

言不盡意聖人所難

案易繫辭上子曰書不盡言言不盡意然則聖人之意其不可見乎子曰聖人立象以盡意……易不可見則乾坤或幾乎息矣

生也有涯無涯惟智

案莊子養生主吾生也有涯而知也無涯

文果載心余心有寄

案皇甫士安三都賦序罔文以寄其心

少功寡要語所本也作巧者蓋涉上陸賦巧而碎亂而誤耳

泛泛往代既沈余聞

黃校云沈一作洗紀評云洗字是范注云莊子德充符不知先生之洗我以善邪陶弘景難沈約均聖論云謹備以諮洗顧具啓諸蔽洗聞洗蔽六朝人常語也案戰國策趙武、趙武靈王曰常民溺於習俗學者沈於所聞（商子更法篇常人安於故習學者溺於所聞兩書沈聞意同）則作沈聞不無所本紀氏信口評為洗字是范注輒以六朝人常語當之均非是

盧文弨抱經堂文集十四文心雕龍輯注書後

沈洗皆未是似當作沉沉與駝古通用

正義意有深遠委曲非言可寫是言不盡意也

民國二十三年甲戌歲仲春月明照撰於重大之西窗下

楊明照印

文心雕龍校注拾遺續編一卷

文心雕龍校注拾遺續編一卷

原道第一

性靈所鍾

案孝經聖治章子曰天地之性人爲貴漢書刑法志夫人宵天地之貌懷五常之性聰明精粹有生之最靈者也

調如竽瑟

案本御覽五八一引作諷如竽琴明鈔本御覽作調如竽琴喜多村本同鮑本御覽作調如竹琴案諸本皆誤當以作調如竽瑟爲是古籍中無竽琴連文者鮑本作竹又竽之殘墨子三辯篇息於竽瑟之

樂莊子胠篋篇鑠絕竽瑟楚詞九歌東皇太一陳竽瑟浩倡招魂竽瑟狂會搷鳴鼓呂氏春秋不苟論貴當篇竽瑟陳而民知樂淮南道篇應篇竽瑟以娛之說苑修文篇鐘磬竽瑟以和之竝其證也宋本御覽調也亂乃形近之誤

幽贊神明易象惟先

案漢書眭兩夏侯京翼李傳贊幽贊神明通合天人之道者莫著乎易春秋

删詩緝頌

案范注於周公之删詩緝頌徵引畧萄呂氏春秋仲夏紀古樂

篇周公旦乃作詩曰文王在上於昭於天周雖舊邦其命維新

以繩文王之德是大雅文王亦周公作矣

徵聖第二

睿哲惟宰

睿唐寫本作歎案睿歎古今字以誄碑篇雖非歎作史傳篇歎

旨出億（歎通行本均作睿此乃御覽六百四）例之當从唐本

正緯第四

孝論昭哲

孝唐寫本作考案唐本非是孝孝經也論論語也故繼云鉤讖

論衡初禀篇文王得赤雀武王得白魚赤烏

孝經緯有鉤命訣論語有讖猶上之云六經而繼以緯候也

白魚赤烏之符

烏唐寫本作雀案唐本是也史記周本紀武王渡河中流白魚躍入王舟中王俯取以祭既渡有火自上復下至於王屋流為烏其色赤其聲魄云封禪書周得火德有赤烏之符御覽八四引尚書中候雒師謀有火自天出於王屋流為赤烏鄭玄注云文王得赤雀丹書今武王致赤烏御覽二四引尚書中候勑省圖亦以赤雀為文王事也是赤雀為文王事赤烏為武王事矣此古亦混言不別呂氏春秋有始覽應同篇文王之時赤烏銜丹書集之周社是亦以赤

鳥屬之文王也（墨子非攻下篇赤鳥銜珪降周之岐社御覽引作赤雀）據此則舍人必原作赤雀傳寫者不習見乃改為赤鳥耳

辨騷第五

則鬱伊而易感

案鬱伊雙聲連綿詞以聲為訓無定字也或作鬱邑（是詞離騷曾歔欷余鬱邑兮王注云鬱邑憂也）或作鬱悒（文選司馬子長報任少卿書是以獨鬱悒而誰語李注云鬱悒不通也）或作伊鬱（文選王子淵洞簫賦憤伊鬱而酷䧟李注云伊鬱不通）後漢書崔寔傳章懷注云鬱伊不申之皃

則愴怏而難懷

案說文愴傷也怏不服懟也並讀去聲

明詩第六

唯嵇志清峻

案文選向子期思舊賦序余與嵇康吕安居止接近其人並有不羈之才然嵇志遠而疎

張潘左陸

唐寫本作張左潘陸御覽五八六引同案時序篇茂先搖筆而散珠太沖動墨而橫錦岳湛曜聯璧之華機雲標二俊之采才略篇左思奇才潘岳敏給並以左先於潘宋書謝靈運傳論潘

左昭元年傳醫和對曰先王之樂所以節百事也故有五節遲速本末以相及中聲以降五降之後不容彈矣於是有煩手淫聲慆堙心耳乃忘平和君子弗聽也又云君子之近琴瑟以儀節也非以慆心也注又慆悅也國語周語使無慆淫注慆慢也書湯誥無從慆淫何慆慢也謝靈運擬以慆慆注慆淫也

陸猗秀詩品上魏陳思王曹陽潘陸自可坐於廊廡之間矣梁簡文帝答新渝侯和詩書跨躡曹左會超潘陸亦並以潘陸連稱

樂府第七

志不出於淫蕩

（淫唐寫本作慆明嘉靖本作滔何刻漢魏叢書本同梅子庚第六次校刊本亦同案當以作滔蕩爲是呂氏春秋季夏紀音初篇流辟誂越慆濫之音出則滔蕩之氣邪慢之心感矣淮南精神篇亦要以滔蕩連文）

釋僧祐一
慧皎高僧傳卷十三末尾
附釋曇調之寫送
清雅恨少未足

詮賦第八

送致文契

唐寫本作寫送文勢御覽五八七引同喜多村本作寫送於勢業當以作寫送文勢爲是寫送二字見晉書文苑袁宏傳及世說新語文學篇注遍照金剛文鏡秘府論南論發端緒寫送文勢亦以寫送文勢成詞今本送契二字乃送勢之形誤致又於之譌也喜多村本可尋

頌讚第九

感墨爲頌

唐寫本作咸黑案唐本是也咸黑為頌事見呂氏春秋仲夏紀古樂篇御覽五七四引古樂志曰古之善歌者有咸黑

其大體所底

底唐寫本作弘宋本御覽五八八引同鮑本作宏案弘字是底乃宏之形誤通變篇宜宏大體其明證也

鏤彩摛文聲理有爛

唐寫本作鏤彩摛聲文理有爛案唐本誤倒詮賦篇鋪彩摛文可證也又銘箴聲律程器三篇並有摛文連文者

祝盟第十

宜在殷鑒

在唐寫本作存案存字誤長詩大疋蕩殷鑒不遠

銘箴第十一

箴者所以攻疾防患喻鍼石也

石下御覽五八八引有砭字案御覽非是唐寫本及玉海五九

引並無之山海經東山經高氏之山其下多箴石郭注云箴石

可以為砭治癰腫者淮南說山篇醫之用鍼石高注云鍼石所

抵彈人癰痤出其惡血漢書藝文志方技家而周度箴石顏注

云箴所以治病也石謂砭石即石箴也後漢書趙壹傳鍼石運

手手爪章懷注云古者以砭石爲鍼兹足證御覽石下埏字之

非

夫箴誦於官

叢詩小疋庭燎序庭燎美宣王也因以箴之國語晉語厚戒箴

國以待之楚語箴儆於國兹足爲箴誦於官之證

名目雖異

目唐寫本乍用箸唐本是也此承上箴誦於官銘題於器之詞

昔帝軒刻輿几以弼違

帝軒御覽五九十引乍軒轅帝箸文選長楊賦注引尚書中候

昔帝軒提象配永循機鄭注云軒軒轅黄帝名御覽所引非是

誄碑第十二

沙麓撮其要

麓唐寫本作鹿御覽五九六引同案春秋經僖公十四年秋八月辛卯沙鹿崩作鹿合人必原作鹿傳寫者蓋據漢元后傳改耳

樹碑述已者

已唐寫本作亡案唐本是也宋本御覽五九六引亦作亡喜多村本同

哀帝第十三

帝傷而作詩

案御覽五九二引漢武帝集曰奉車子侯暴病一月死上甚悼之乃自爲歌詩（類聚五六引武帝集同）

駕龍乘雲仙而不哀……亦彷彿乎漢武矣

案漢武傷霍子侯詩及崔瑗哀辭均不可考惟史記封禪書索隱顧胤案武帝集帝與子侯家語云道士皆言子侯得仙不足悲（御覽五九二亦引帝與子侯家語同）可推其所以之不哀也

並敏於致語

語唐本乙誥宋本御覽五九六引同明鈔本御覽乙誥范注云語當乙結案語字同語誤結亦未得也當以誥字為是下云影附賈氏難為並驅今攷長沙弔屈原文自訊曰以下有致誥之意亦皮傅喈之乙亦有致誥之語故舍人云然

雜文第十四

藻溢於辭

案漢書東方朔傳贊知閎達溢於文辭顏注云溢者言其有餘也

而意實卓爾矣

案漢書景十三王傳贊夫惟大疋卓爾不羣

暇豫之末造也

豫唐寫本作預御覽五九十引同案暇豫二字本國語晉語一

豫預雖通要以作豫為是沈文無預時序篇暇豫文會亦作豫

諧隱第十五

貍首淫哇

案說文哇諂聲也漢書王莽傳贊紫色淫鼃顏注引應劭云鼃

邪音也敘傳上淫鼃而不可聽者注引李奇云鼃不正之音也

諧之言皆也

案漢書東方朔傳舍人妄為諧語顔注云諧者和韻之言也

至東方曼倩尤巧辭述

案漢書東方朔傳上以朔口諧辭給朔之進對澹辭顔注云澹古贍字贍給也敘傳東方朔述東方贍辭詼諧倡優並足為曼倩巧辭述之證

傅玄譏後漢之尤煩

案尤煩與上舛濫對文於詞性不合疑為冗之形誤休弈語雖不可攷袁宏後漢紀敘予書讀後漢書煩穢雜亂亦足為冗煩之證

諸子第十七

大夫處世

梅子庚本何刻漢魏叢書本竝作丈夫案作丈夫是也程器篇有丈夫文

論說第十八

故仰其經目

仰宋本御覽五九五引作抑案抑字誼長仰其形誤也

言不持正論如其已

黄校云汪本作才不持論寡如其已案嘉靖本與汪本正同當

從之漢書東方朔傳贊朔口諧倡辯不能持論嚴助傳朔皐不根持論

檄移第二十

宣訓我衆未及敵人也

棠尹文子（文選東京賦李注引）將戰有司讀誥誓三令五申之既畢然後即敵

故其植義颺辭務在剛健（范注已引删）

棠李充起居誡（御覽五九七引）檄不切厲則敵心陵言不誇壯則軍容弱

捕羽以示迅

棐魏武奏事文選潘安仁閑中詩注引邊有警輒露插羽以檄急之意也

章表第二十二

四曰議

宋本御覽五九四引議上有駮字喜多村本同鮑本無案獨斷及漢書雜

事御覽五九四引竝云四曰駮議議對篇始立駮議駮議偏執亦以駮

議連條傳寫者蓋求其句整而删耳

議對第二十四

賈捐之之陳于朱崖

黄校云朱崖當乙珠厓顧詭因案法言孝至篇朱崖之絶揖之之力也乙朱崖前漢紀武帝紀吴志陸遜傳亦並乙朱崖因不必用漢書而乙珠厓也

舜疇五人

案疇与咨對文則當讀与籌同荀子正論篇至賢疇四海楊注云疇与籌同即其比也

書記第二十五

王褒髯奴

范黄注云古文苑十七載黄責髯奴辭係譏世之文与本無涉又

載王褒僮约，益卽責髯奴文。李善東京賦注引亦云王褒責髯奴文。案初學記十九婢奴引王褒青鬚髯奴辭，卽與古文苑署黄香責髯奴辭者同。又東京賦李注引「研覈否臧」一語，亦在責髯奴辭中，則舍人所指非僮约明矣。如以責髯奴辭固爲識世之文，与劵似不相涉，僮约又何嘗不爾？則字當爲昭。鈔本御覽五九八引亡敗。

神思第二十六

寂然凝慮

案易繫辭：「寂然不動，感而遂通。」淮南原道篇：「恬然無思，澹然

無慮

體性第二十七

公幹气褊故言壯而情駭

案謝靈運鄴中詩集敍楨卓犖偏人而文最有气所得頗經奇

通變第二十九

月生西陂

案當是上林賦已入乎西陂蓋傳寫者涉下應成頌月生西陂而誤

象扶桑於濛汜

案於字不可解蓋涉上而誤當爲本賦之與

聲律第三十三

摘文乖張

案摘當作擿字之誤也梅子庚本何刻漢魏叢書本並作擿不誤樂府詮賦頌讚銘箴程器諸篇並有擿文連文者

響有雙疊

案文鏡秘府論天引正作響有雙疊

迂其際會

紀評云迂當作迕案文鏡秘府論天引正作迕

聲畫妍蚩寄在吟詠吟詠滋味流於字句氣力窮於和韻

梅子庚云字元作下商孟和改气力上孫云當復有字句二字案商改非是滋味上吟詠二字衍孫氏不審故云（敍毒曹）當復有字句二字以相儷梅本上吟詠下空二格不重何刻漢魏叢書本不空不重是也文鏡祕府論天引此正作聲畫妍蚩寄在吟詠滋味流於下句氣力窮於和韻明嘉靖本作下句

瑟資移柱

案淮南氾論篇譬猶師曠之施瑟柱也所推移上下者無尺寸之度而靡不中音

章句第三十四

若乃改韻從調

案改韻与從調平列意同從疑徙之誤嵇叔夜琴賦改韻易調

練字第三十九

倉頡者李斯之所輯

案上文蒼頡造之与贊中蒼雅品訓竝作蒼則此亦當作蒼明

嘉靖本正作蒼

而鳥籀之遺體也

范注云鳥籀當作史籀倉頡所載皆小篆而鳥蟲書別為一體

情采篇錯心鳥迹中

鳥蟲書自別一體許君列為亡新時六書之一雖未篇甚起源然厠於佐書之后其為後起可知豈宜舍人豈不是審而置於史籀之上哉

以書幡信与小篆不同葉鳥史二字形不相近何緣致誤籀即史籀簡傳鳥乃指蒼頡初乞之書言說文序云黃帝之史倉頡見鳥獸蹏迒之迹知分理之可相別異也初造書契吕氏春秋書分覽君守篇蒼頡作書高注云蒼頡生而知書寫倣鳥迹以造文章故序和簡傳之為鳥也舍人謂之鳥籀正如許君之云古籀然也說文序云今序說篆文合以古籀文序云及周宣王太史籀箸大篆十五篇与古文或同或異月繫傳又云斯作倉頡篇取史籀大篆或頗省改或之云者不盡然之辭是大篆本存古文之體倉頡篇亦必有因仍之者說文中標為古文者不懟李斯書當帀余也漢志云文字多取史籀篇則倉頡所載不盡為小篆可知故舍人繫言之曰鳥籀遺體也川范說似非

養氣第四十二

長艾識堅而氣衰

案呂氏春秋先識覽去宥篇人之老也形益衰而智益盛高注云老者見事多所聞廣故智目益盛

湊理無滯

案呂氏春秋先季春紀先己篇伊尹曰用其新棄其陳腠理遂通

總術第四十四

亦鄙夫之見也

案曹子建与楊德祖書今往僕少小所著辭賦一通相与夫街談巷說必有可采擊轅之歌有應風雅匹夫之思未易輕棄也舍人此語蓋甚自謙猶陳思云匹夫之思然也

時序第四十五

德盛化鈞

案漢書馮安世傳野王立相代為上郡太守歌之曰政如魯衛

德化鈞

而辭人勿用

案漢書司馬相如傳會景帝不好辭賦

文帝以副君之重

案漢書疏廣傳太子國儲副君也

詩必柱下之旨歸賦乃漆園之義疏

案漢書東方朔傳贊柱下為工應劭曰老子為周柱下史文選郭景純游仙詩漆園有傲吏並以係其所官名之也宋書謝靈運傳論為學窮於柱下博物止乎七篇

物色第四十六

文貴形似

形明嘉靖本作則案詩品上晉黃門郎張協巧構形似之言顏

氏家訓文章篇何遜詩實為清巧多形似之言並其證也

才略第四十七

仲舒專儒

案漢書敘傳董仲舒述謹言訪對為世純儒

劉琨雅壯而多風

案詩品中晉太尉劉琨善為悽戾之詞自有清拔之氣琨既體良才又懼厄運故善敘喪亂多感恨之詞

景純豔逸足冠中興

案詩品中晉弘農太守郭璞憲章潘岳文體相暉彪炳可翫始

變永嘉平淡之體故稱中興第一

袁宏發軫以高驤故卓出而多偏

案詩品中晉吏部郎袁宏彥伯詠史雖文體未遒而鮮明緊健去凡俗遠矣

知音第四十八

凡操千曲而後曉聲

案桓譚新論（御覽五八一引）成少伯工吹竽見安昌侯張子夏鼓瑟謂曰音不通千曲以上不足以為知音

程器第四十九

蓋人稟五材修短殊用

案漢書游俠陳遵傳人各有性長短自裁

序志第五十

各照隅隙

案淮南說山篇受光於隙照一隅

三豕渡河 缺字

案河下當有者字始与上儷

抱朴子內篇舉正

〔編者按〕關於先生《抱朴子內篇》校勘工作的考證

楊明照先生一生癡迷於古籍校勘，用他的話說，便是具『嗜痂之癖』。衆所周知，他在《文心雕龍》和《抱朴子外篇》的校勘中，取得了學界公認的成果。

在整理他遺留的各類手稿的工作中，我們逐步地對他的『校勘思維』有了一點點的感悟。本文就他對《抱朴子內篇》的校勘歷史做一次梳理，用以幫助學者們進一步地去分析與研究先生的這一思維。

《抱朴子》內、外篇，是東晉學者葛洪的巨著，涉獵面極廣，對中華文壇影響深遠。《外篇》『詞旨辯博』，尤其是對社會和文學，頗能『越世高談，自開戶牖』，且葛洪本人『博聞深洽，江左絕倫，著述篇章富於班、馬，又精辯玄賾，析理入微』，因此歷代對他的《外篇》研究甚多。而在校勘部分，先生總感到『有話要說』，故從上世紀四十年代起便一再研讀與校注，終於上世紀九十年代，完成了《抱朴子外篇校箋》上、下冊的大著，至今已印刷八次，對學者們研究諸子之學有很大的幫助。

一、對《內篇》的校勘歷程

然而，對《抱朴子內篇》，他卻『淺涉即止』，沒有巨著問世。究其原因，可能正如他言：『則畏難中輟，蓋以為道家言，語多神怪，非研閱內書，不易為力也。』

可是，就是在這『畏難中輟』的前提下，他仍然在上世紀四十年代對該書作了一次廣泛的『初步校勘』，並於一九四六年四月，寫出了第一部《抱朴子內篇舉正》的謄清稿（約十萬字）。但成文後，他又極不滿意，於是，放在箱底達三十四年之久，幾乎成了『可愛的棄兒』！

一九八〇年，王明先生寫出了《抱朴子內篇校釋》，中華書局將該書贈予先生，遂引動了他那沈睡三十四年的思緒，令他再次對《內篇》產生興趣。

正如他在《抱朴子外篇校箋》前言中所說，『校勘古籍，並非易事，誰都有得有失。豈能笑古人之未已，忘己事之已拙。我雖垂垂老矣，但眠食無恙，神智尚清，願以秉燭之明，繼續從事科學研究，爭取依次完成舊稿，為繁榮社會主義學術，聊獻綿薄』（見《抱朴子外篇校箋》前言，十七至十九頁）。可見他所言的『依次完成舊稿』，其中也包含了《內篇》舊稿的『起死回生』。

在閱讀王明的《校釋》後，先生可能有如下兩個思緒：其一，這本《校釋》中，『所校所釋，猶有未盡，須商榷者，亦復不鮮』；其二，自己一九四六年的舊稿『有得有失』，其中亦有錯、漏。

正是在這兩種思維的指導之下，他於一九八一年寫出了《王明抱朴子內篇校釋舉正》（見《文史》一九八一年第一輯），大概是對王文中的『須商榷者』作出了『商榷』。

寫完此文後，他意猶未盡，又立即寫出了五萬多字的《抱朴子內篇校釋補正》。本文原載於《文史》一九八三年第十六、十七輯，並收入他的《學不已齋雜著》（該書三百三十八—四百一十八頁）。該文於一九八一年春完成，並立即寄給了《文史》雜誌。當年，他借到北京出差的機會，到北京圖書館查閱相關資料，發現此稿有些瑕疵，於是又對文稿作了進一步的修改，完成修改的時間可能是一九八二年二月。

相對於他自己的《抱朴子內篇舉正》一九四六年版舊稿，他將校訂的條目，從二百餘條增加到四百餘條，並對舊稿中的錯漏作了糾正。當然，也從原稿的毛筆書寫，變成了『硬筆書法』。我們不懂古文獻學，不敢對他的這篇《補正》妄下斷語，衹是在閱讀後，感覺一九四六年版的舊稿，更具『歷史文化』的古典含義罷了。為保持先生在七十三年前的學術思想原貌，我們特意將他的原稿刊發於此，也算是家人對先生的一種『特別親情』吧。

二、關於《內篇》校勘的幾個時間節點與地域問題

甲、一九四六年版《舉正》，謄清於成都，但是，先生的資料收集卻發於北京。

我們找到他的一個『資料本』——《抱朴子內篇舉正漫稿》，是用『燕京大學考試卷』的紙張所寫（為較粗、厚的宣紙），有一百四十一頁，內記三百〇六條可以校勘的條目，鋼筆書寫，字跡較隨意。因此，可以證明：這一資料的收集時間，應該是一

九四〇至一九四二年間，為他在燕京大學做助教期間的準備工作。而謄清稿，應該是他在川大做副教授時完成的（一九四六年四月）。這一個版本，考證資料完善，沒有疑點。

乙、一九八一年版《舉正》，沒有留下手稿。時間應該是在一九八〇年他得到王明先生的《抱朴子內篇校釋》一書之後。可能寫於一九八〇年寒假。

丙、一九八三年版《補正》一文，留下的疑點極多，按他自己寫下的時間，分述如下：

本稿封面上寫的：一九八〇年四月。

文末兩次『附記』中寫的：一九八二年元月、一九八二年二月四日。

刊出文『附記』落款時間：一九八一年十月，於人民文學出版社。

找到的三本《內篇補正》『資料集』，落款時間分別是：一九八一年一月、一九八一年二月、一九八一年三月。

他在刊出文後的『附記』中說：『此稿於春杪清寫畢，即寄中華書局文史編輯部，希於發表……秋間因事來首都小住，曾多次往北京圖書館借閱顧千里校本顯微膠卷……始知《平津館叢》本《內篇》校語出自思適居士之手。』『一九八一年十月於人民文學出版社。』

疑點之一：時間。封面留下的時間是『一九八〇年四月』，文末『附記』留下的時間是『一九八二年二月四日』，而在刊出文最後，留下的時間是『一九八一年十月』。可否理解為：一九八〇年春開始寫作本文，一九八一年春『清寫畢』後寄出。秋天到北京查資料後，寫出了『附記』，落款為一九八一年十月。回蓉後，將文中的瑕疵修改後，再寫『附記』，留下的時間是一九八二年二月四日。《文史》雜誌社根據他的修改稿，在雜誌的一九八三年十六輯、十七輯分為上、下兩部分刊發。

疑點之二：底稿資料。找到他的《補正》底稿共三冊，一冊可能是初稿，另兩冊是在此基礎上的整理稿。所列條目，和他發表的《補正》一文，差異很大，許多都是刊發文中沒有的內容。從先生寫作習慣看，他的文章，都是有底稿的。因此，我們有如下的推測：

其一，他留下的《抱朴子內篇校釋補正》手稿，本身就是底稿，『清寫畢』的定稿，已經寄文史編輯部，作刊發之用。本文的原始底稿，已經遺失。

其二，找到的三冊《補正》手稿，可能是先生在寫作上文時的『奇思妙想』，可能有再次寫作『抱朴子內篇補正拾遺』的思路，不知什麼原因，這一想法，未能實現。

以上的推論，也許可以解釋現存的幾部文稿落款時間與內容的種種差異。我們非古代文論專業的學者，面對先生的遺留手稿一籌莫展，這篇小文，僅僅是整理資料後的一點交代罷了。

抱朴子內篇舉正

曩在北平於抱朴子外篇曾有箋注及舉正之作內篇則畏鷄中輟盎以其言屬道家語多神怪非諳內書不易為力歸蜀以來閒有暇日思續未竟之業因取內篇簡練揣摩玩索既久幸有所得丹鉛點勘既殺青可寫徵事數典亦捎畢十之六七其抉發未盡者擬續為弋釣俾底於成焉

序

不特大笑之

孫星衍曰晉書作不但大而笑之

按後金丹篇微旨篇並有大而笑之語晉書大下有而字是

暢玄

胞胎元一

按元當作玄地真篇外篇廣譬篇並有玄一之文此蓋宋避太祖諱改而未校復者

舒闡槃尉

按尉當作蔚外篇崇教篇入宴華房之槃蔚可證

椅榭俯臨乎雲雨

陳其榮曰榮案盧(舜治)本作雲漢

按雲雨二字於此不愿定有誤字盧本作雲漢誼誠相屬然

蜀刊道藏輯要本(從簡講……)

雨字與漢之形不近無緣致誤盧氏乃肊改耳對俗論仙之篇外篇逸民勗學名實知止窮達五篇並有雲霄之文雨其霄之殘歟

而達者之所為寒心而悽愴者也

按以上登妄人之所為載馳企及句例之心下而字疑是羨

文

奮其六羽於五城之墟

按古籍中無言六羽者，羽螢翮之誤，說詳外篇舉正用刑篇奮六羽以淩朝霞條。王命論鷰雀之疇不奮六翮之用

論仙

橐疾良平之智，端嬰隨酈之辯

按橐疾良平與端嬰隨酈相對，是橐疾為二人名或姓矣。然古賢無名疾或姓橐與疾者，疑有誤字。漢書董仲舒傳臣聞

堯受命以天下爲憂……是以得舜禹稷卨（卽契字）咎繇後漢書黄瓊傳唐堯以德化爲冠冕以稷契爲筋力又竇武傳此誠陛下稷卨伊呂之佐又方術上謝夷吾傳班固薦夷吾曰臣聞堯登稷契政隆太平三國志魏志杜恕傳若使法可專任則唐虞可不須稷契之佐論衡命祿篇懷銀紆紫未必稷契之才潛夫論本政篇稷卨皐陶聚而致雍熙本書外篇嘉遯篇抱稷契之器博喻篇是以官卑者稷卨不能康庶績詰鮑篇稷卨贊事據此是稾疾當作契稷矣

未聞有享於萬年之壽

按以下句久視不已之期者矣倒之此句似有脫文詩大雅文王之什下武於萬斯年蓋稚川詞句所出年上當補斯字

夫班狄不能削瓦石為芒鍼

孫曰狄藏本作秋非也依意林引改狄翟同字又見後辯問篇

按太平御覽一八八引亦作狄孫改是也列子湯問篇夫班輸之雲梯墨翟之飛鳶淮南子齊俗篇魯般墨子以木為鳶而飛三日不集馬融長笛賦於是乃使魯般宋翟構雲梯抗

浮柱是魯般墨翟並稱巧人古有明徵本書辯問篇夫班狄
機械之聖也外篇名實篇放斧斤而欲雙巧於班墨尚博篇
登剞劂者比肩而班狄擅絕手之稱文行篇夫剞劂者比肩
而班狄擅絕手之名詰鮑篇若令甲冑既捐而利刃不住城
池既壞而衝鋒猶集公輸墨翟猶不自全並其切證

水蠱為蛤

按上文既言雀之為蛤矣此復言水蠱為蛤於文於事均有
未安淮南子墬俗篇水蠆為蟌許注(水蠆)青蛉也又說林篇

水蠆為螅　高注水蠆化為螅螅青蜓也據此則蠇當作蠆蛤
當作螅

枝離為柳
原注枝離一作滑錢
按莊子至樂篇支離叔與滑介叔觀於冥伯之丘崑崙之虛
黃帝之所休俄而柳生其左肘即此文所本滑錢當作滑介
介草書作尒錢俗寫作尒二形相近故誤
形骸已所自有也

按以下文壽命在我者也例之此句有羨文

●巢許之輩老萊莊周之徒

按此二句平列相對老字周字不應有不曰老莊而曰萊莊者以示非老子也蓋寫者旁注之字誤入正文外篇嘉遯篇攜莊萊之友廣譬篇故莊萊抗遺榮之高即其證

●視金玉如土糞

按古籍中無言土糞者土糞當乙作糞土國語晉語四玉帛酒食猶糞土也淮南子繆稱篇碧瑜糞土也史記貨殖范蠡

管子大匡篇也豕人立而啼

傳貴出如糞土賤取如珠玉後漢書袁紹傳輕榮財於糞土摯虞武庫屋銘無愛糞土以毀五常御覽一九一鍾子剸莞珪玉棄於糞土宋本意林六引並其證也敦煌寫本正作糞土

彭生託形於玄豕

按玄當作豕字之誤也左莊八年傳齊侯游于姑棼田于貝丘見大豕從者曰公子彭生也公怒曰彭生敢見射之豕人立而啼史記齊太公世家作彘人立而啼卽此文所指作玄豕則不諧矣外篇君道篇推人立之呼豕亦用此事不作玄豕尤為切證

對俗

○千歲之鶴隨時而鳴能登於木

繼昌曰鶴御覽九百十六作鵠引在鵠門

按史記司馬相如傳弋白鵠正義抱朴子云千歲之鵠純白能登於木守節所引即此文是唐宋人所見本皆作鵠當据正

能壽五百歲者

孫曰能御覽九百七陳曰七當作八引作熊

按藝文類聚九五引亦作熊是能字誤

○終歸知往

按淮南萬畢術歸終知來注歸終神獸類聚九五御覽九一八引是終歸二字當乙往當作來外篇讖惑篇歸終知來尤其切證

○水竭則魚死

御覽八六九引竭作涸

按涸字與上然脂竭則火滅句避重出較勝

●而但務方術

孫曰而但務上藏本錯簡今皆移正

按御覽六七十引末錯簡

金丹

○及三皇文召天神地祇之法

按登涉地真遐覽三篇並有三皇內文之語疑此亦應有內字抱朴子神仙金汋經中文與此篇多同正作及三皇內文召天神地祇之法當據補

會漢末亂

繼曰御覽六百七十作漢末大亂

按金汋經中作會漢末大亂當据補大字

○必自知出黃汙而浮滄海

按黃當作潢此蓋手民之誤道藏本永訓書院本並作潢金汋經中亦作潢

○聞雷霆而覺布鼓之陋

孫曰霆當作靈後明本篇有雷靈可證也

按外篇備闕名實兩見清鑒三篇並有雷霆之文金汋經中亦作雷霆是霆字未誤孫說非是

●何異策蹇驢而追迅風

僎曰御覽一百三十七七百六十九作而欲尋遺風

按北堂書鈔一三七引作而欲尋遺風類聚七一引作而欲尋追風金汋經中作而欲尋迅風雖小有差忒然並足以證今本有脫則無疑盩原作而欲尋追風外篇嘉遯君道百里任命名實（百里）尚博吳失喻蔽八篇並有追風之文迅字殆緣追字誤衍

文選曹植七啟駕超野之駟乘追風之輿李注超野追風言疾也

●棹藍舟而濟大川乎

僎曰御覽七六九而下有欲

按類聚七一金沟經中而下並亦有欲字當據增又按藍字當據藏本永訓本改作籃書鈔一三七引亦作籃

知其嘍嘍無所先入

孫曰知當作如

按知字蓋涉上句而衍當删不必改為如也金沟經中無知字可證

或控弦以弊筋骨

原注弊一作疲

按疲字道長金汋經中亦作疲

俱不信不求之

按之字不應有蓋涉上下文誤衍金汋經中正無之字

今若有識道意而猶修求之者

按猶字於道不屬金汋經中作獨是也當据正

礬石

孫曰礬疑作礜

按孫說是也金汋經下正作礜

火之亦成黄金

按金液經下作火亦三十六日成黄金文意較爲完備

●行度水火以此丹塗足下步行水上

按金液經下水火作大水極是當據改

◦持之百鬼避之

按金液經下持之下有行字是也當據補

不可得之害矣

孫曰之疑衍

按金汋經下正無之字

能謂和陰陽

藏本永訓本謂並作調

按調字是金汋經下亦作調

禮天二十斤

金汋經下禮作祀

按以下文驗之祀字是禮古文作𠃞俗作礼與祀形近故誤

乃得恣意用之耳

孫曰藏本作息悠疑自悠之誤

按孫說是也金沟經下正作自悠

小爲難合於九鼎

金沟經下鼎下有丹字

按有丹字較勝

糠火

按金沟經下作糠火火之語意較備

其轉數少

孫曰藏本衍則用日多四字

按藏本僅多字有誤（永訓本亦然）四字實非衍文孫氏肌為刪除

大繆金汋經下作則用日少是也

其轉數多藥力成

按金汋經下成作盛是也當据改

太乙餘糧

孫曰御覽（九百八十五）引有禹字

按金汋經下正有禹字本書婁有太乙禹餘糧之文

盲者皆能視之百日病者自愈

孫曰視下疑有脫文

按金汋經下作盲者能視逗百病卽愈是此文衍之日者三字非有脫文也

○道士張蓋蹹

御覽六七十引蓋作盍

按金汋經下亦作盍與御覽合登涉篇之張蓋蹹御覽九百六引亦作盍

則三蟲百病立下

按金汋經下立下作立去較勝

及四方死人殃注

金汋經下注作疰

按疰字是廣雅釋詁一疰病也

其形似菟

類聚八一御覽九九三引菟並作兔

按兔字是金汋經下亦作兔

○天下諸水有名丹者有南陽之丹水之屬也

全汋經下次有字作若

按若字誼長

○割其血塗足下

繼曰御覽九百三十五九百三十九作以塗足無下字

按述異記下龍巢山下有丹水水中有丹魚……網取割其血塗足可涉水如履平地水經丹水注水出丹魚……網而取之割其血以塗足可以步行水上文與此同並無下字史

記高祖紀正義事類賦二九引亦並無下字

取千歲藁汗

原注汗一作汁

按金汋經下作汁

令人面目鬢髮皆赤長生也

金汋經下無生字

按此言所服之藥能使人面目鬢髮皆赤而長生字實不應

有

取烏鷇之未生毛羽者

繼曰御覽九百二十作取烏引在烏門當不誤也

按意林四事類賦十九烏賦引亦並作烏當據改金泃經下正

作烏

折死者口內一丸

繼曰御覽八百八十六作折齒無死者二字

按此言死者口閉緊閉不能內丸入口必折其齒而後可御

覽所引極是金泃經下作折齒內一丸亦可證

令入喉即活皆言見使者持節名之

金汋經下活下有活者二字

按有活者二字文意較顯

又倚里丹法

金汋經下里下有手字

按有手字是

以白梅煮之

金汋經下句下有盡一劑得長生六字

按以上下各段例之有六字是

又玉柱丹法

永訓本玉柱作王桂金汋經下作王桂

按列仙傳有主柱傳王主玉柱桂字形並近必有一误

以金華和丹

金汋經下丹下有以筩盛之四字

按有以筩盛之四字文始完備

又王君丹法巴沙

金汋經下巴沙上有用字

按有用字是

又韓衆終丹法漆蠆和丹煎之

孫曰當衍衆字

按金汋經下作韓衆無終字終衆聲同故韓衆韓終各書所作不一然此文之終衆二字必有一衍則無疑又漆蠆上當据金汋經下補用字

且作地水仙之士者

金沕經下無水字

按水字鲞涉上誤衍當据删

置火上扇之

金沕經下火上有猛字

按上下文婁言猛火此合有猛字

可足八仙人也

孫曰當作人仙誤倒

按孫說是金沕經下正作八人仙

鄭君云老君告之

孫曰老當是左字之誤

按金汋經下正作左孫說是也

道士須當以術辟身及將從弟子

金汋經下須作雖

按尋繹文意合作雖字

佇嶼

孫曰刻本下有洲字非

按金汋經下無洲字

然道與安事不並興

金汋經下安下有反字

按此文二句平列相對當有反字屬上句讀

旦服如麻子許十九

金汋經下旦字作日一二字

按作日一二字是也此葢傳寫誤合爲一

長肌服之不老

金汋經下無肌字

按後仙藥篇亦無肌字尋繹上下文意肌字不應有蓋涉服字誤衍

形易容變無常

金汋經下作改形易容變化無常

按有改化二字較勝仙藥篇亦作改形易容變化無常即削之

孫曰削刻本作銷

按金汋經下作卽消與銷通之仙藥篇作卽復銷之則此當從刻本作銷爲是

土爐以金置脂中

按土字不可解當依仙藥篇作出

千日司命削其死籍

金汋經下千上有服字

按有服字是仙藥篇作服之二字是此有脱無疑

欲去當服丹砂也

按此文語意不明仙藥篇作欲食去尸藥當服丹砂蓋是

至理

勤苦彌久及受大訣

按及字於誼不屬疑當作乃

燭麖則火不居矣

御覽八七十引麖作盡

按麖字不㤩當依御覽作盡

龍泉以不割常利

意林四引泉作淵

按淵字是泉字乃唐避高祖諱改説詳外篇舉正博喻篇則

龍泉巽鈆刀均矣條

文摯衍期以瘳危困

徼曰初學記十八作懲筋

按懲字極是筋乃期之誤呂氏春秋至忠篇齊王疾痏使人

之宋迎文摯……文摯曰諾請以死為王與太子期將往而

不當者三齊王固已怒矣……王叱而起疾乃遂已又見論衡道虛

篇

卽其事也

彼山賊恃其善禁者了不能備

孫曰能一本作爲

按能字不愜三國志吳志賀齊傳裴注引作彼山賊恃其有善禁者了不嚴備是今本不僅能字有誤善上且脫有字

微旨

途殊別務者

按別務當乙作務別詞性始侔且與上句歸同契合對

蹶埃塵以遺累

御覽六七二引遺作遣

按遣字是訛詳外篇舉正逸民篇外物遺累者條

愍信者之無文

御覽六七二引文作閔

按閔字是文其音誤也

而不知割懷於所欲也

按以上文而不能節肥甘於其口也例之懷之上或下疑脫

一字

絶險緜邈

御覽七二十引緜邈作緬邈

按从金丹篇亦何緬邈之無限乎金汋經中同道意篇緬邈清高

勗學篇緬邈玄奥又
外篇喻蔽篇緬邈無表也倒之御覽所引是也

玉井泓邃

御覽七二十引邃作窈

按微旨篇淵源不泓窈外篇百家篇眇邈泓窈則此當從御

覽始能彼此一律

水火殺人而又生人在於能用與不能耳

按耳上當再有用字外篇用刑篇亦猶水火者所以活人亦所以殺人存乎能用之與不能用耳其證吕氏春秋蕩兵篇譬之若水火然善用之則爲福不能用之則爲禍卽稚川所本亦並有用字也

塞難

所創匠也

御覽九四五引匠作造

按造字是

而頃揚無春彫之悲矣

孫曰頃當作傾

按宋本、藏本、承訓本、慎本、柏筠堂本、蜀藏本頃並作項孫氏肊改爲頃謂當作傾大謬前微旨篇而愚人復以項託伯牛輩謂天地之不能辨臧否外篇自序篇故項子有含穗之嘆揚烏有夙折之哀顔氏家訓歸心篇項橐顔回之短折是項謂項橐揚謂揚俗作揚烏也

而據長生之道

按此文有誤。以外篇崇教篇「劇談則方戰而已屈」，酒誡篇「布當劇談」，重言篇「好劇談者多漏於口」證之，「而據長生之道」當作「而劇談長生之道」，始能與上下文意吻合。漢書揚雄傳上「口吃不能劇談」，鄭氏曰：「劇，甚也。」詁此正宜。（論衡本性篇亦有恢諧劇談語）

則謂衆之所疑，我能獨斷之

按以下「機兆之未朕，我能先覺之」句相例，「衆之」上下疑有脫字。

榮衛不輟閱

按閱字於此誼不相屬以雜應篇朝夕導引以宣動榮衛使無輟閱證之閱為閡之形誤説文閡外閉也後漢書虞詡傳不令有所拘閡而已章懷注閡與礙同詁此正合

釋滯

常生降志於執鞭

按神仙傳陰長生傳陰長生者新野人也漢皇后之親屬少生富貴之門而不好榮貴唯專務道術聞馬鳴生得度世之

道乃尋求之遂得相見便執奴僕之役親運履之勞据此常

當作長 金丹第近代漢末新野陰君

莊公藏器於小吏

按列仙傳鹿皮公傳鹿皮公者淄川人也少為府小吏扛舉

手能成器械……著鹿皮衣遂去復上閣後百餘年下賣藥

於市又贊皮公興思即稚川文所本則莊當作皮莊俗作庄

與皮形近故誤

搜井底而捕鱔魚

孫曰按鱔當作鱓假借為鱣鮪之鱣

按孫說是也御覽九三六引卽作鱣

且華霍之極大滄海之滉瀁其高不俟翔埃之來其深不抑行潦之注撮壤土不足以減其峻挹勺水不足以削其廣

按抑當作仰然後與上下文意相合

子可謂戴盆以仰望

按以下文暫引領於大川側之戴上疑脫一字

廪君起石而沈土船

孫曰沈當作沉

按孫說是事出世本姓氏篇（秦氏輯本）及風俗通義佚文（書鈔一五八引）盛宏之荊州記（御覽七八五引）水經夷水注

沙壹觸木而生羣龍

孫曰壹藏本作丘非木藏本作目非

按孫改是事出益部耆舊傳（御覽三六一引）華陽國志南中志後漢書西南夷傳水經葉榆河注亦並載此事

女仞倚枯

原注󰀀一作丑

按山海經海外西經女丑之尸生而十日炙殺之在丈夫北以右手障其面十日居上女丑居山之上又大荒東經海內有兩人名曰女丑郭注卽女丑之尸言其變化無常也又大荒西經有人衣青以袂蔽面名曰女丑之尸據此一本作丑是也

元讓遮生

孫曰按元當作交

按孫說是。文選蜀都賦「交讓所植」，劉注：「交讓，木名也。兩樹對生，一樹枯則一樹生，如是歲更，終不俱生俱枯也。出岷山，在安都縣。」卽其事也。述異記上：「黄金山有楠樹，一年東邊榮西邊枯，後年西邊榮東邊枯，年年如此。張華云：交讓樹也。」亦可證。

少千之劾伯率

按後辨問篇有少千執百鬼語，彼此蓋用一事。劾伯率與執百鬼不同，疑字有誤。搜神記一：魯少千者，山陽人也。漢文帝嘗微服懷金過之欲問其道少千拄金杖執象牙扇出應門稚川所稱少千蓋令升所記之魯少千也書闕有間其事難詳由此文上下所言皆神怪事推之疑當作劾作執亦可百鬼後漢書方術下解奴辜傳初章帝時有壽光侯者能劾百鬼衆魅令自縛見形搜神記二同即其比也

宋公克象葉以亂真

按公當作人字之誤也韓非子喻老篇宋人有為其君以象為楮葉者三年而成豐殺莖柯毫芒繁澤亂之楮葉之中而

不可別也（又見列子說符篇淮南子泰族篇論衡自然篇亦並作宋人）即其事

郢人斲斧於鼻堊

按莊子徐无鬼篇莊子送葬過惠子之墓顧謂從者也曰郢人堊漫其鼻端若蠅翼使匠石斲之匠石運斤成風聽而斲之盡堊而鼻不傷郢人立不失容宋元君聞之召匠石曰嘗試為寡人為之匠石曰臣則嘗能斲之雖然臣之質死久矣据此則斲斧於鼻堊者乃匠石而非郢人矣外篇尚博篇郢人所以格斤不運也誤與此同文選劉峻廣絕交論若乃匠

人輟成風之妙亦用莊文不作郢人也

道意

其烹牲罄羣何所補焉

按其字疑衍上天地神明曷能濟焉句可證

未有之也

按藏本承訓本蜀藏本並作未之有也是當据乙

不須貸財

按貸當作貨貸字之誤也

後服玉食

按後疑侯之誤。揚子法言先知篇「食侯食，服侯服」，漢書敘傳下「侯服玉食」，並以侯服連文。外篇守增篇「入侯服而玉食」，詰鮑篇「而士庶猶侯服鼎食」，尤為切證。

唯余亦無事於斯，唯四時祀先人而已

按此二句密邇相接，發端俱用唯字，似違常軌。首句既用亦字，唯字實不必有，蓋涉下句誤衍。

當得藥物之力

宋本　男蒲本

按當字當依（宋本）藏本（蜀藏本）永刊本作常

號為八百歲公

御覽六六六引公作翁

按翁字較勝

人往往問事

御覽六六六引往字不重

按往字不應重當據删

但占問顏色

御覽六六六引問作阿

按阿字是神仙傳李阿傳亦作阿

明本

墨者儉而難遵不可徧修

按此文上下均本司馬談論六家要指見史記太史公自序徧修當依彼文作徧循索隱徧循言難盡用也

不虛美不隱惡不啻同以偶俗

按此文句本相對以字疑誤

則叔代馳騖而不足焉

按代疑唐避太宗諱改而未校復者當作世外篇用刑篇三用叔世之文

初學之徒猶可不解

按可不二字當乙或可為所之誤

曷為當侶狐貉而偶猿狖乎

按此文為反詰上文或人侶狐貉於草澤之中偶猿猱於林麓之間之詞忽作猿狖不相照應必有一誤以外篇博喻篇

則猨狖與貜貉等矣論之猱其狖之誤歟楚詞九歌山鬼猨

九章涉江深林杳以冥冥兮猨狖之所居

招隱士猨狖羣嘯兮虎豹嗥

啾啾兮狖夜鳴亦以猨狖並言

哀時命置猨狖于櫺檻兮

孰與逸麟之離羣以獨往吉光折偶而多福哉

按此二句相對為文折上疑脫一字

仙藥

五芝及餌丹砂

繼曰御覽九百八十四五芝上有餌字

按御覽六六九引神農經文同此段作餌五芝丹砂今本餌

字當乙在五芝上

皆上聖之至言

御覽九八四引皆上有此字

按有此字較勝御覽六六九引神農經皆作此亦可證

次則雲母

孫曰御覽(九百八十四)引雲母作五雲

按下文雲母有五種又五雲以納猛火中勤求篇或問有曉

消五雲是五滅雲爲辭本書屢見此亦當爾

及昌字內記

原注宇一作字

按對俗篇按玉策記及昌宇經是一本作字誤

其貫如鸞鳥

孫曰貫御覽引作文

按此文出山海經海內南經彼亦作貫御覽所引非是

風生獸似貂

御覽九百八引貂作豹蜀藏本同

按豹字是海内十洲記述異記上並有此文皆作豹

數千下乃死

原注千或作十

按御覽九百八引作十十字是海内十洲記述異記上並作

十

赤松子以玄蟲血漬玉為水而服之故能乘烟上下也

孫曰御覽八百五引烟下有霞字

按事類賦九引亦有霞字列仙傳赤松子傳赤松子者神農

時雨師也服水玉……隨風雨上下風雨烟霞皆言其上下

自如

諺言所謂若如意者也

類聚八一引無言字

按言字不必有當据删

仙方所謂日精更生周盈

孫曰按生下當有陰成二字各本皆脱去非

懺曰初學記二十七亦無陰成二字則唐本與今本同校語當

刪

按御覽九九六引此文又六六九引仙經並與今本同孫說非是

乃叩頭自陳乞哀

孫曰大觀本草引哀作命

按御覽六七十引作哀神仙傳趙瞿傳乃自陳叩頭求哀是作命者非

其先祖漢末大亂逃去山中

類聚八一引作其先祖漢中人値亂逃華山中

按類聚所引較勝

常服山精

孫曰御覽九八九大觀本草引當常作當

按類聚八一引神農經文亦作當

遂不能飢

類聚八一御覽九八九引並無能字

按能字不應有當據刪

手上車弩也

御覽九八九引上作止

按止字誼長當据改

內酒中

金汋經下作內清酒中

按金丹篇作內清酒以上文納清酒中倒之合有清字

神人玉女下之

金汋經下下作事

按金丹篇作侍事侍誼同下字並誤

人間服之名地仙

金汋經下作止人間亦地仙

按金丹篇作止人間服亦地仙是此句前脱止字當据增

當以王相日作之神良

金汋經下作當以王相日服之作之神良

按金丹篇作當以王相日作服之神良是此文脱服之二字

當据增

勿傳人傳人藥成不神也

金汋經下作勿傳非人傳示非人令藥不成不神

按金丹篇作勿傳示人示人令藥不成不神並足證此文之有闕脱

辨問

子韋甘均占候之聖也

按史記天官書於宋子韋⋯⋯在齊甘公集解引徐廣曰或曰甘公名德也漢書藝文志數術略宋有子韋六國時楚有

廿公又雜占甘德長柳占夢二十卷據此均字有誤無疑當作德

況於世人幸自不信不求

按幸字於此不屬當有誤以其形求之其率之誤歟

子伯耐至熱仲都堪酷寒

按子伯二字當乙列仙傳幼伯子傳幼伯子者周蘇氏客也冬常著單衣盛暑著襦袴即此文所指雜應篇唯幼伯子王仲都此二人衣以重裘曝之於夏日之中周以十二爐之火

口不稱熱身不流汗亦可證

仲甫假形於晨鳧

按神仙傳李仲甫傳仲甫有相識人居相去五百餘里常以張羅自業一旦張羅得一鳥視之乃仲甫也二書俱出稚川鳧鳥不同疑有一誤

故遠詣呈仲尼以視之

御覽九二二引無以字

按以字不應有故遠詣呈仲尼逗視之屬下讀事類賦十九

引作故遠諮呈仲尼無以視之三字尤可證原無以字也

極言

故為者如牛毛獲者如麟角也

繼曰書鈔八十三為作學獲作成

按蔣子萬機論學者如牛毛成者如麟角御覽四九六文六百七引顏氏家訓養生篇學如牛毛成如麟角並足證書鈔所引為長

夫修道猶如播穀也成之猶收積也

按此二句參差不齊非上句有衍文即下句有脫字

故陟王屋而授丹經

御覽七九又六七八引授並作受

按受字是當据改

故能畢該秘要窮道盡真

類聚十一御覽七九又六七八引並作窮盡道真

按作窮盡道真與畢該秘要是也軒轅本紀亦作窮盡道真

黄石公記

原注石一作山

孫曰藏本黄下有帝字非

按神仙傳彭祖傳後有黄山君者修彭祖之術……彭祖既去乃追論其言以爲彭祖經黄山君傳同據此諸本並誤當作黄山君記

抱朴子曰

雲笈七籤禁忌篇引曰上有荅字

按此爲荅或問之辭合有荅字

在乎還年之道

孫曰還年疑房中

繼曰御覽六百六十八亦作還年

按孫說是也雲笈七籤禁忌篇引正作房中

而知還年服陰丹以補腦

孫曰還年疑房中

按此文固誤孫說亦非雲笈七籤禁忌篇引作而知還陰丹以補腦是也微旨篇則能却走馬以補腦還陰丹於朱腸抱朴子養生論至於鍊還丹以補腦並其旁證

亦不失三百歲也

繼曰：御覽六百六十八作一二百歲

按御覽所引是也。三字蓋寫者誤合一二兩字為一耳。雲笈七籤[35]禁忌篇引亦作一二百歲

深憂重怨傷也（今本無此六字）

繼曰：御覽六百六十八悲上有深憂重怨四字……依今本語例補改當云深憂重怨傷也

按繼說甚是。雲笈七籤禁忌篇引正作深憂重怨傷也

悲衰憔悴傷也

繼曰御覽六百六十八衰作哀

按哀字是雲笈七籤禁忌篇引亦作哀

戚戚所患傷也今本無此六字

繼曰御覽六百六十八所欲下有戚戚所患四字依今本語例

當補于傷也下云戚戚所患傷也

按繼說是雲笈七籤禁忌篇引正有此六字

挽弓引弩

雲笈七籤禁忌篇引作挽強弓弩

按作挽強弓弩較勝

采玉液於長谷

御覽六六八引玉溢作七益

按雲笈七籤禁忌篇引亦作七益

坐不至久

御覽六六八引久作疲

按雲笈七籤禁忌篇引亦作疲

臥不及疲

雲笈七籤禁忌篇引作臥不至懻並有注云懻居致切強也直也

按上句之久字既當作疲則此當以作懻爲是隋書經籍志有闕名之抱朴子音一卷陶弘景有抱朴子注二十卷見華陽隱居先生本起錄（雲笈七籤內有此書）所引音義未知屬何家也

不欲甚勞甚逸

雲笈七籤禁忌篇引作不欲甚勞不欲甚逸

按以下文各句皆有不欲二字例之雲笈所引是也

謂久則壽損耳

御覽六六八引作損壽

按壽損二字當據乙雲笈七籤禁忌篇引亦作損壽

勤求

安可衒其沽以告之哉

按衒其沽不詞疑有誤字袪惑篇奸人愈自衒沽則其爲自之誤且當乙在衒字上辨問篇何肯自衒於俗士亦可證外

篇𡖖失安貧二篇並有術沽之文

相尋代有

御覽六七二引作又相尋焉

按御覽所引較長當據改

咄嗟滅盡

御覽六七二引滅作感

按感字是

且夫深入九泉之下

按泉當作淵沈詳外篇攀正勗學篇而柳頓乎九泉之下條

爲勝素服一百日

按漢書夏侯勝傳作爲勝素服五日是此有誤

錢數萬

按漢書張禹傳前後數千萬是此脫千字

章帝在東宮時從桓榮以受孝經

按據後漢書桓榮傳爲明帝而非章帝是尚書而非孝經疑此誤

懸旌効節祈連

按上下皆四字爲文此獨六字成句頗不倫類疑有闕脱以外篇廣譬篇漢武懸旌萬里例之懸旌下原有萬里二字乎

陳安安者年十三歲叅灌叔本之客子耳

按神仙傳陳安安傳作權叔本灌權不同必有一誤

干吉容嵩桂帛諸家各著千所篇

孫曰干藏本作于

按神仙傳宫嵩傳宫嵩者琅琊人也有文才著書百餘卷師

事仙人于吉據此不僅干字當依藏本作于容字亦當改為宮矣續博物志七順帝時瑯琊宮崇上其師于吉於曲陽泉水上得神書百七十卷號太平清領書

履苦之久遠

按以上句皆各隨其用心之疎密論之久遠二字疑有一誤

雜應

所謂進不得邯鄲之步退又失壽陵之義者也

按莊子秋水篇且子獨不聞夫壽陵餘子之學行於邯鄲與未得國能又失其故行矣直匍匐而歸耳漢書敘傳上昔有

學步於邯鄲者曾未得其髣髴又復失其故步遂匍匐而歸耳據此義當作儀說文儀度也詁此正合

後有七十二元武

按元當作玄此蓋宋人避太祖諱改而未校復者

四季月黃

原注四季或作六月

按上文四季之月食鎮星登涉篇四季之月入中岳則或本非是

黃白

余昔從鄭公

御覽六一二引公作君 御覽六七二有此文作鄭君

按君字是本書屢稱其師皆稱鄭君無稱鄭公者

受九丹及金銀液經 御覽六七二無銀字

按神仙傳葛玄傳從左元放受九丹金液仙經是此衍銀字

金丹篇金液丹經地真篇金液經亦可證

成都內史吳大文博達多知亦自說昔事道士李根

御覽六七二引作吳太文

按神仙傳李根傳嘗任壽春吳太文家御覽作太是也祛惑篇作吳文則又脫太字

然而齋潔禁忌之勤苦與金丹神仙藥無異也

御覽六一二引與下有合字六七二同

按有合字是

近者前盧江太守華令思

御覽七三六引令作念

按華譚字令思御覽所引非是文字未知孰是

見用缺盃

御覽九九八引盃作盆

按金丹篇以缺盆汁和服之金汋經下同是此當從御覽作盆

登涉

昔張蓋蹹及偶高成二人

原注蓋一作盍高一作豪

按初學記二五引作偶袁成與一本合御覽九百六引則又作儒寗成

後郄伯夷過之

原注郄一作郅

孫曰過疑過

繼曰御覽六百七十一作郅作過七百五十四亦作過

按搜神後記卷上有此文作有郅伯夷者過宿孫繼二家說並是

蛇種雖多

慧琳一切經音義四一又四七引種並作類

按御覽九三三引亦作類

人不曉治之方術者

御覽九三三引人作若

按若字是人字蓋涉上句而誤

吳蚣知有蛇之地

孫曰藏本無吳字

按承訓本亦脫吴字孫補是也御覽九四六引正有吴字

卷蓬卷蓬

原注或作弓逢弓逢

按真誥弓同卷弓蓬弓之殘字逢則誤脫艸頭耳

灌銅當以在火中向赤時也

御覽八一三引向作尚

按尚字是

皆佩黄神越章之印

書鈔一三一引神作伸

按二字形近未詳孰誤

其字一百二十

書鈔一三一御覽八九一事類賦二十引並無一字

按不須一字文意自明當據删

地真

守一當明

按御覽六六八引五符經文同此段守作三以下文諭之三

字是

觀百令之所登

縱曰御覽七十九作百靈御覽六七八亦作靈

按軒轅本紀亦作百靈以對俗篇或可以監御百靈極言篇役使百靈例之作百靈是文選東都賦礼神祇懷百靈海賦栖百靈李注百靈眾仙是百靈爲眾仙矣淮南子地形篇建木在都廣眾帝所自上下卽其事也

飲丹嚳之水

繼曰書鈔十六御覽七十九作丹巒

按文選江淹雜詩李注引軒轅本紀亦並作丹巒是丹巒是

也

受九加之方

史記五帝本紀正義御覽七九引加作品御覽六七八作加

按軒轅本紀又作茄未知孰是

過洞庭從廣成子

繼曰御覽七九作過崆峒檢莊子等書載廣成子事無作洞庭

者也

按繼說是史記五帝本紀正義引作空桐玉海二十空桐山條引云黃帝從廣成子受自然之經即此山是張王兩氏所見本未誤神仙傳廣成子傳廣成子者古之仙人也居崆峒之山石室之中黃帝聞而造焉按此文本莊子在宥篇軒轅本紀登崆峒見廣成子問至道並其證也極言篇登崆峒而問廣成尤爲切證御覽六七八作崆峒

受自成之經

按成子益涉上廣成子而誤當依史記五帝本紀正義御覽七九又六七八引玉海二十引改作然軒轅本紀作自然經

還陟王室

御覽七九引室作居

按室居二字並誤以極言篇陟王屋而受丹經論之當作王屋軒轅本紀正作王屋御覽六七八作屋

得神丹金訣記

御覽七九引作得神丹注訣六七八又作注記

按軒轅本紀作得九鼎神丹注訣三書不同未知孰是

見天真皇人於玉堂

按書鈔十六御覽七九又六七八引並無天真二字

少欲約食

五符經欲作飲

按飲字是

養其氣所以全其身

雲笈七籤至言總養生篇引養作愛

按老子養生要訣（御覽七二〇引）抱朴子養生論文與此同亦並作
愛

年命延矣

雲笈七籤至言總養生篇引作年壽延焉

按上然後真一存焉三七守焉百害却焉三句均以焉字送
末此當以作焉為是

及小小餌八石

按仙經（御覽六六九引）文與此同無小小二字

遐覽

既有年矣既生值多難之運

按此二句發端俱用既字殊嫌複重疑次既字誤衍

不敢輕鋭也

俎曰御覽六百七十鋭作脱

按脱字是三國志魏志陳羣傳行止動静豈可輕脱脱哉顏氏家訓養生篇但須精審不可輕脱並以輕脱連文外篇君道篇鑒白龍以皺輕脱亦可證

道家有三皇內文天文三卷

按軒轅本紀見紫府先生受三皇內文大字注云抱朴子云有二十卷是此文有誤神仙傳帛和傳亦有三皇天文大字語

白子變化經

原注白一作帛

按帛子蓋即帛和勤求篇桂帛諸家本篇下文如帛仲理（和字仲理）有神仙傳有帛和傳

道書之重者莫過於三皇文
繼曰御覽六百七十二作三皇内文
按有内字是說詳前
古人仙官至人
御覽六七二引作古者
按者字是
兼綜九宫三奇推步
御覽六七二引奇作碁

按綦字是雜應篇推三綦步九宮外篇自敘篇九宮三綦並（對俗篇運三綦以定行軍之興亡）

其切證

祛惑

造長林而伐木

藏本承訓本林並作洲（慎本）

按洲字是御覽六五九引亦作洲外篇君道用刑廣譬鈞世

四篇並有長洲之文海内十洲記長洲上饒山川及多大樹

樹乃有二千圍者一洲之上專是林木故一名青邱即此文

所本

誠以為無異也

按以上文誠以為足事故也例之異下有脫字

堯為人長大美髭髯

御覽三七四引作鬚髮（在鬚髯門不在髭門）

按御覽所引蓋是

其中口牙

繼曰御覽八百九十一作其口中牙

按御覽所引極是，事類賦二十引亦作其口中牙

曼曰

孫曰曼下當有都字

按孫說是也御覽一八六引正有都字（論衡道虛篇有此文亦有都字）

如白和者

按白當作帛勤求篇桂帛諸家遐覽篇如帛仲理者並其證

神仙傳帛和傳帛和字仲理遼東人也道學傳帛和字仲理

遼東人也（御覽六六三引）水經鮑丘水注又西南逕無終山即帛仲

理所合神丹處也亦並作帛

所謂迹者足之自出而非足也

按以下句書者聖人之所作而非聖也例之非上句有脱字

卽下句有衍文

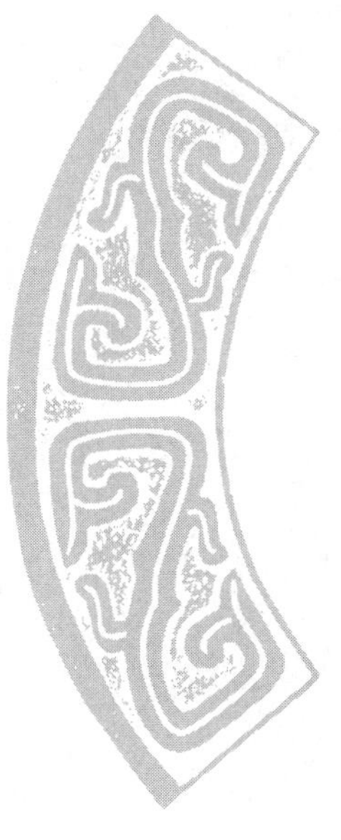

講義小選

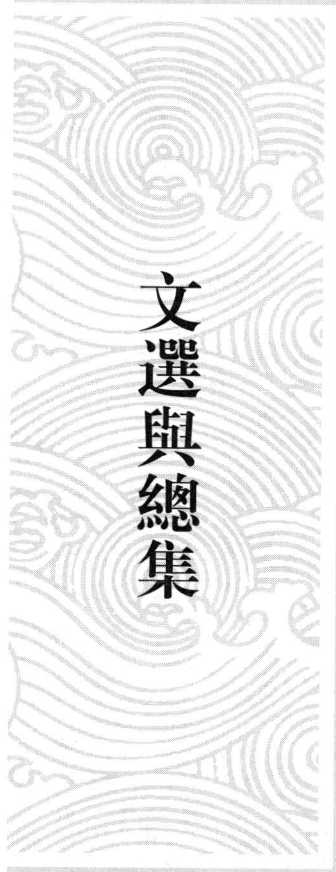

文選與總集

〔編者按〕先生與《文選》的故事

先生在他晚年的工作計劃中，曾提到過一旦《增訂劉子校注》完成，將要對《文選》作校注。他的學生盧仁龍君，也曾說到過，先生在上世紀八十年代，曾給他看過一部《文選李注義疏》，在該書的『天頭』上有許多先生的批注。二〇〇四年先生過世後，陳應鸞教授在幫助清理先生遺留書籍時所立的登記冊中，也寫有該書。可是，二〇一九年，我們進一步清查有關《文選》的書籍時，卻怎麼都找不到該書了。所找到的，除一本《文選李注校理輯證》的手稿外，就是另一部《文選李善注六十卷》二十冊，和《文選考異》四冊，均為『同治八年夏湖北崇文書局重雕』的版本。在這二十冊《李善注》上，幾乎每一頁，都留有『明照按』的紅筆、毛筆批注。

從先生的寫作習慣看，這些批注，就是他進一步寫作時的底稿之一。

《文選》，又名《昭明文選》，是南北朝時期，梁武帝之子蕭統在五二〇年至五三一年主編的。他當時組織了一批文人來編輯的這部『彙編』性質的著作，收集了從先秦到南北朝時期八九百年間流傳在民間的各類文學作品七百餘篇，其中包括了近一百三十名已過世的作者。《文選》含三十八個類别，包括許多極為少見的文體類别，如除詩、詞、賦、騷外的詔、冊、令、教、文、表、誄、哀、碑文、祭文、墓誌、行狀，等等。這些『雜著』中，『姬公之籍、孔父之書、老莊之作、管孟之流』均不在列。而它的收錄標準是『事出於沈思，義歸乎翰藻』，多有不容易保存但又有一定價值的文學作品。

正因為如此，它在中國的文學史中，具有很高的地位。

可是，和其他的古籍相似，《文選》在流傳的過程中，自然地要出現許多漏和錯。正如《文選李善注六十卷》的『前言』（當時叫『重刻宋淳熙本文選序』）所載，『經數百年輾轉之手，偽舛日滋，將不可讀……嘉慶十四年二月既望序』，故此再重刻宋本，以示學界。

楊先生有意重校《文選》，有意去『啃硬骨頭』，這和他的文學功底有關。如果得以完成，以他的校勘學水平與能力，也許又是一部佳作問世，可惜他未能完成此願。

本書所刊載的《文選與總集》口義僅僅是他校勘《文選》的思維『萌芽』，不能證明他可能達到的結果。刊於此，也僅僅是給學界一個交代罷了：先生有意研究《文選》之心，早矣！

本文手稿未留下寫作時間，毛筆書寫，字體為楷書，與他在三十年代的字體有明顯的差異，而新中國成立後，他不再用毛筆寫作，改用鋼筆書寫，因此，可能是他在上世紀四十年代後期的作品。

文選與總集

(一)總集之緣起

隋書經籍志四云總集者以建安之後辭賦轉繁衆家之集日以滋廣晉代摯虞苦覽者之勞倦於是採擿孔翠芟剪繁蕪自詩賦下各爲條貫合而編之謂爲流別是後又集總鈔作者繼軌屬辭之士以爲覃奧而取則焉

(二)總集之功用

清四庫全書總目總集類云文籍日興散無統紀於是總

集作焉一則網羅放佚使零章殘什並有所歸一則删汰繁蕪使莠稗咸除菁華畢出是固文章之衡鑒著作之淵藪矣

（三）文選以前之總集

1、善文　隋志善文五十卷杜預撰

a、取材頗廣　史記李斯傳集解引辯士隱姓名遺章邯書云在善文中

b、敘述作者生平　聖賢羣輔錄後漢書皇后紀章懷注並有徵引

2、翰林論　隋志翰林論三卷李充撰

全晉文五三輯有數條

3、文章流別集　隋志文章流別集四十一卷梁六十卷志二

卷論二卷摯虞撰

全晉文五七輯有論十數條

4、文章流別本　隋志文章流別本十二卷謝混撰

5、續文章流別　隋志續文章流別三卷孔甯撰

6、集苑　隋志集苑四十五卷

7、集林　隋志集林一百八十一卷宋臨川王劉義慶撰

8、集林鈔　隋志集林鈔十一卷

9、集鈔　隋志集鈔十卷沈約撰

10、集略　譜志集略二十卷

11、撰遺　譜志撰遺六卷

12、文苑　譜志文苑一百卷孔邃撰

13、文苑鈔　譜志文苑鈔三十卷

王規殷鈞王錫張緬張纘（梁書王規傳）劉孝綽王筠殷芸陸倕到洽（梁書王筠傳）等并被昭明太子賓禮其為東宮官屬者若謝舉謝覽張率陸倕劉孝綽皆掌管書記到沆劉苞陸襄為太子洗馬徐勉為中庶子明山賓為學士

（一）撰人

梁書昭明太子傳 昭明太子統字德施 南史梁武帝諸子傳昭明太子統小字維摩 高祖長子也……天監元年十月立為皇太子……太子美姿貌善舉止讀書數行並下過目皆憶每遊宴祖道賦詩至十數韻或命作劇韻賦之皆屬思便成無所點易……引納才學之士賞愛無倦恒自討論篇籍或與學士商榷古今閒則繼以文章著述以為常……（中大通三年）四月乙巳薨時年三十一……謚曰昭明……所著文集二十卷又撰

升菴外集五二梁昭明太子統聚文士劉孝威庾肩吾徐防江伯操孔敬通惠子悅徐陵王囿孔爍鮑至十人謂之高齋十學士集文選按高齋學士乃簡文帝所置見南史庾肩吾傳楊沈誤

清洪若皋昭明文選越裁

顧施楨昭明文選六臣彙注疑解

于光華昭明文選集評

古今典誥文言爲正序十卷五言詩之善者爲英華集二十卷文選三十卷（南史本傳同）

玉海（五四）引中興書目云文選昭明太子集子夏屈原宋玉李斯及漢迄梁文人才士所著賦詩……行狀等爲三十卷原注與何遜劉孝綽等選集

（二）名偁

据昭明文選敘梁書本傳（南史同）及隋志等是書初止名文選後人乃冠昭明二字非原書即尒也

（三）卷帙

据文選敘梁書（南史同）及隋志等原書本爲三十卷（五臣注本亦三十卷見新

吴子良林下偶談
古文辭類纂叙
文史通義詩教
第一樓叢書

唐書藝文志李善注始析爲六十卷（見崇賢上選注表舊唐書儒學傳与文苑李邕傳等）

日本金澤文庫藏古寫本文選集注殘本則又析爲百二十卷（見羅振玉景印集注殘本敘）

（四）篇什

自班固兩都賦至王僧達祭顔光祿文共四百七十六〔五〕篇（賦五十二篇詩二百五十一篇騷八篇襍文一百六十四篇）

（五）類別

自賦至祭文凡三十八類（今本書後檄前奪移目故前人所計僅有三十七類）賦与詩文各析爲若干子目（賦十五類詩二十三類）

（六）作者（不录生存詳近略遠）

自周卜商至梁陸倕都百三十人（周四人秦一人西漢十八人東漢二十一人蜀漢一人魏十二人吳一人晉四十五人宋十二人齊五人梁十八人）古樂府三首古詩十九首亡者鷄詳不在此數中

（七）注家

1. 蕭該　隋書儒林何妥傳蕭該蘭陵人梁鄱陽王恢之孫按恢爲梁武帝弟則該爲昭明從子……後撰漢書及文選音義北史儒林妥傳略同

文選思玄賦行頗僻而獲志兮李注引蕭該音頗本亡波布義切

漢書揚雄傳官本引蕭該音義云昳文選余日反

2. 曹憲　舊唐書儒學曹憲傳曹憲揚州江都人也……

所撰文選音義甚爲當時所重於江淮間爲文選學者本之於憲

3、許淹 舊唐書曹憲傳許淹者潤州句容人也……撰文選音十卷

4、李善 舊唐書曹憲傳李善者揚州江都人……善注解文選分爲六十卷表上之賜絹一百二十疋詔藏於祕閣

舊唐書文苑李邕傳父善嘗受文選於同郡人曹憲……因寓居汴鄭之間以講文選爲業年老疾卒所注文選六十卷大行於世

5、公孫羅 舊唐書曹憲傳公孫羅江都人也……撰文

選音義十卷行於代 新唐志有文選音十卷

金澤文庫唐鈔本文選集注中屢引之 文選鈔 文選音決

6、魏模 字景倩 新唐書儒學曹憲傳憲始以梁昭明太子

文選授諸生而同郡魏模及模子景倩皆相傳授

7、李邕 新唐書文藝李邕傳始善注文選釋事而忘義

書成以問邕邕不敢對善詰之邕意欲有所更善曰試

爲我補益之邕附事見義善以其不可奪故兩書並行

8、呂延濟 呂延祚進五臣集注文選表

9、劉良

10、張銑

11、呂向

12、李周翰　新唐書文藝呂向傳呂向字子回亡其世貫……

嘗以李善釋文選爲繁醲與呂延濟劉良張銑李周翰

等更爲詁解時號五臣注

13、馮光震

14、蕭嵩

15、王智明

16、李元成

17、陳居　集賢注記開元十九年三月蕭嵩奏王智明李元

成陳居注文選先是馮光震奏勑入院校文選上疏以李

御覽六百二引有兩條
（曹植与謝靈運）

注不精，請改注從之。先農自注，得數卷，嵩以先代舊業

按嵩爲昭明六代孫

欲就其功，奏智明等助之。明年五月，令智明

元成陸善經專注文選，事竟不就。玉海五四引

18、陸善經

唐鈔殘本文選集注引有陸善經注

19、康國安 按有注駁文選異義二十卷，見新唐書藝文志

20、常寶鼎 按有文選著作人名目三卷，見新唐書藝文志

（八）版本

1、全注本

a、李善注本

A、宋尤袤池州刊本

B、清嘉慶乙巳胡克家景刊尤本

C、潯陽萬本儀廣州翻胡刻本

D、武昌翻胡刻本

E、成都翻胡刻本

F、四明林植梅縮胡刻小字本

G、海録軒朱墨本 葉樹藩

H、廣州翻朱墨本

I、撫州饒氏重刊海録軒小字朱墨本

J、元張伯顔刊本

K、明晉藩刊本

L、汲古閣刊本

b、五臣注本

日本東方文化學院景印唐鈔殘卷本存二十卷一卷共文十四篇（三九至四十）

c、六臣注本

A、宋贛州學刊本

B、四部叢刊景印宋本

C、明袁氏景刊宋廣都縣裴氏刊本

D、明茶陵陳氏翻宋本

E、明洪楩刊本

F. 明新都崔氏刊本

2. 删注本

a. 文選瀹注 明閔齊華 明刊本 采孫鑛評語列於上格

b. 文選纂注 明張鳳翼 所引不著所出 古詩以東城高且長與燕趙多佳人分爲二篇

c. 文選章句 明陳与郊

d. 文選删注 明王象乾

e. 文選越裁 清洪若皋 槪加藯薙 西都賦删去東都賦

f. 文選後集 清張宗緝

g. 文選集成 清方廷珪 任意移易次序增減篇目芟夷李注

h. 文選集解 清鄭 晟

（九）前人對於文選之重視

舊唐書吐蕃傳上（開元十八年）時吐蕃使奏云（金城）公主請毛詩禮記左傳文選各一部制令祕書省寫與之

舊唐書裴行儉傳高宗以行儉工草書嘗以絹素百卷令行儉草書文選一部帝覽之稱善賜帛五百段（新書本傳畧同）

杜甫宗武生日詩熟精文選理

水閣朝霽奉簡嚴雲安詩續兒誦文選

韓愈李郱墓誌銘年十四五能闇記論語尚書毛詩左氏文選凡百餘萬言

陶岳五代史補毋昭裔貧賤時嘗借文選於交遊間其人有

海鷗戲春岸
天鷄弄和風

難色發憤曰異日若貴當版以鏤之遺學者後仕蜀爲宰相

遂踐其言刋之

鄭文寶南唐近事後主壬申張佖知貢舉試天雞弄和風佖

但以文選中詩句爲題（按見李注本卷二二謝靈運於南山往北山經湖中瞻眺詩）未嘗詳究

有進士句云尔疋螒天雞鶾天雞未知孰是佖大驚不能對

亟取尔疋檢之一在釋蟲一在釋鳥果有二同自失（又見談苑）

陸游老學菴筆記國初尚文選當時文人專意此書故草

必稱王孫梅必稱驛使月必稱望舒山水必稱清暉至慶

曆後惡其陳腐諸作者始一洗之方其盛時士子至爲之語

曰文選爛秀才半

（十）前人研治文選之途徑

張之洞輶軒語選學有徵實課虛兩義考典實求訓詁校

古書此爲學計摹高格獵奇采此爲文計

張雲璈選學膠言有注例說
錢泰吉曝書雜記有文選注義例

李善文選注

李匡乂資暇錄李氏文選有初注成者覆注者有三注四注者當時旋被傳寫其絕筆之本皆釋音訓義注解甚多余家幸而有焉

蘇軾書謝瞻詩李善注文選本末詳備極可喜

（一）注例

1、諸引文證皆舉先以明後以示作者必有所祖述也他皆類此 兩都賦敍注

2、言能發起遺文以光讚大業也論語子曰興滅國繼絕世然

文雖出彼而意微殊不可以文害意也他皆類此 兩都賦敘注

3、諸釋義或引後以明前示臣不敢專也他皆類此 兩都賦敘注

4、引漢書注云音義者皆失其姓名故云音義而已 西都賦注

5、石渠已見上文同卷再見者並云已見上務從省也他皆類此 同上

6、婁敬已見上文此人姓名皆不重見餘皆類此 東都賦注

7、諸夏已見西都賦其異篇再見者並云已見某篇他皆類此 同上

8、諸夏已見上文其事煩已重見及易知者直云已見上文他皆類此 同上

9、舊注是者因而留之並於篇首題其姓名其有乖繆者

臣乃具釋並稱臣善以別之他皆類此 西京賦注

10、衆人已見西都賦凡人姓名及事易知而別卷重見者云見某篇亦從省也他皆類此 西京賦注

11、鶍鶡已見西都賦凡魚鳥草木皆不重見他皆類此同上

12、舊有集注者並篇內具列其姓名亦稱臣善以相別他皆類此 甘泉賦注

13、籍田西征咸有舊注以其釋文膚淺引證疏略故並不取焉 籍田賦注

14、卞蘭許昌宮賦曰則有望舒涼室羲和溫房卞何同時今引之者轉以相明也他皆類此 景福殿賦注

15、班婕妤擣素賦：佇風軒而結睇，對愁雲之浮沈。然疑此賦非婕妤之文，行來已久，故兼引之。雪賦注

16、未詳其姓名，摯虞注別題曰衡注，其義訓甚多疎略，而注又稱愚以為疑，非衡所為矣，但行來已久，故不去。思玄賦注

17、諸家之說，豐隆皆曰雲師。此賦別言雲師，明豐隆為雷也。故留舊說，以廣異聞。思玄賦注

18、然集所載與文選不同，各隨所引而用之。琴賦注

19、引應及傅者，明古有此曲，轉以相證耳，非嵇康之言出於此也。他皆類此。同上

20、言古詩不知作者姓名，他皆類此。樂府古辭注

21、此不言古辭起自此也，他皆類此（燕歌行注）

22、此解明義与子虛不同，各依其說而留之，舊注既少，稱注以別之，他皆類此（李斯上書注）

此外（一）以注訂誤（四七）（二）以注補闕（五）（四）以注辨論（四三）（五）未詳（百十四）

（二）引書

1、類別　二十三類（經傳小學正史諸子弔祭文序）

2、種數　二千六百八十種

3、舊注　二十九種（薛綜二京　劉逵蜀都吳都　張載魏都　皇甫謐南都　徐爰射雉　張載靈光　曹大家幽通　蔡邕典引　劉峻演連珠）

「附一」李注之價值

1、輯佚

乙、校勘

坿二李注之厄運

1、五臣代篡

2、馮光震攻擿

3、六臣本羼亂

4、尤袤諸本改竄

五臣文選注

李匡乂資暇錄　五臣所注盡從李氏注中出開元中進表反非斥李氏無乃欺心歟

丘光庭兼明書　五臣者不知何許人也所注文選頗謂乖疏蓋以時有主張遂乃盛行於代

蘇軾書文選後　五臣注文選蓋荒陋愚儒也

清代之選學家

(一)何焯 屺瞻

義門讀書記文選五卷 皆評文之言無校注之語辛 余仲林胡果泉諸家多引之

(二)陳景雲 少章

文選舉正六卷 見錢泰吉曝書雜記未有傳本 胡氏攷異時引其校語

(三)余蕭客 仲林

文選音義八卷 据何校汲古閣本為主而於李注五臣 疏證頗精

文選紀聞三十卷 名曰紀聞而所聞 往往無涉於選

(四)汪師韓 韓門

凡例言文選一書毋丘儉閣雕於蜀

文選理學權輿八卷（一）撰人（二）書目（選注所引）（三）舊注（四）訂誤（李注）（五）補闕（注）（六）辨論（注）（七）未詳（八）評論（九）質疑

（五）孫志祖頤谷

文選理學權輿補一卷

文選考異四卷

李注補正四卷

（六）葉樹藩星衢

文選補注 用毛刻本而遵義門評點間有補李注何評所未備

（七）王煦汾原

文選李注拾遺二卷 援引未廣所據亦非善本七發越女侍一條不知鄭巴即鄭旦

文選賸言一卷

(八)周春 芚兮

選材錄一卷 將選書中已者人系以字字系以里間綴數語論其得失（消長而已）

(九)胡克家 果泉

文選考異十卷 延顧廣圻彭兆蓀同撲詳列何義門陳景雲校語亦多辨正是小校治文選以此為最佳

(十)張雲璈 仲雅

選學膠言二十卷 從事蕭選幾三十年自經說史評山圖水注以及名物象數音韻訓詁罔不旁搜博引

(十一)梁章鉅 茝林

文選旁證四十六卷 自叙謂學精相涉之處悉加薈萃上羅前古下援當今期於類聚得此叢帙

(十二)林茂春 暢園

文選補注 未有傳刻藉梁書而傳

（十三）朱琦蘭坡

文選集釋十四卷 詳於名物 意在補李

（十四）陳僅餘山

續選意籤一卷 評論多攷證少攷證間有可采 評論亦就制舉習氣

（十五）徐攀鳳桐棠

選注規李一卷

選學糾何一卷 亦有見地

（十六）趙晉魏齋

文選敂音一卷

（十七）薛傳均子韻

文選古字通疏證六卷

（十八）呂錦文 壽棠

文選古字通補訓四卷

（十九）杜宗玉 午丞

文選通假字會四卷

（二十）胡紹煐 枕泉

文選箋證三十卷 詳於訓故

（二一）朱銘 元諧

文選拾遺八卷 證發李注之有疑義者

（二二）許巽行 密齋

左哀三年傳注瀋汁也

文選筆記八卷 校訂異文 申說字誼

（二三）程先甲一夔

選雅二十卷 摭拾李注訓故 依尒疋分類

（二四）李詳審言

文選拾瀋二卷 引語精覈多能蒐討古人文字從出之原

左隱三年傳澗谿沼沚之毛杜注毛艸也正義毛即菜也
左昭七年傳食土之毛杜注毛艸也
西都賦華實之毛則九州之上腴焉
七命極陵之毛
後漢書耿弇傳論余初讀蘇武傳感其茹毛窮海不為大漢羞屈

文選序

茹毛飲血

孔穎達禮記禮運疏雖食鳥獸之肉若不能飽者則茹食其毛以助飽也若漢時蘇武以雪襍羊毛並而食之是其類也

陳澔禮記集說未有火化故去毛不盡而并食之也

易曰四句

周易集解引干寶云四時之變懸乎日月聖人之化成乎文章觀日月而要其會通觀文明而化成天下

椎輪

高氏義疏椎輪者蓋伐木為輪以軸貫之無輻轂之湊無牙

輮〻抱其制甚簡故曰椎輪謂椎擊〻為輪耳

荀宋　賈馬

漢書藝文志孫卿賦十篇宋玉賦十六篇賈誼賦七篇司馬相如

賦二十九篇

述邑居句

張揖曰子虛上林二賦昭明列畋獵類而序云述邑居者以上篇述雲

蓋下篇述上林皆言苑囿也

紀事

潘岳籍田西征射雉班彪北征諸賦

詠物

王褒洞簫馬融長笛嵇康之琴潘岳之笙諸賦

風雲草木

宋玉王凝之風賦王融沈約擬風賦

荀況成公綏雲賦陸機白雲浮雲二賦

鍾會孫楚菊花賦

陸機桑賦魏文帝王粲柳賦

魚蟲禽獸

摯虞觀魚賦

蔡邕孫楚蟬賦

禰衡鸚鵡賦張華鷦鷯賦

顏延之赭白馬賦

從流

左昭十三年傳叔向曰齊桓從善如流

逆耳

說苑正諫篇孔子曰良藥苦口利於病忠言逆耳利於行又見史記留侯世家淮南王傳家語六本篇

湘南

王逸楚辭漁父序屈原放逐在江湘之間離騷序其子襄王復用讒言遷屈原於江南

壹鬱

賈誼弔屈原文獨壹鬱其誰語

吟澤

楚辭漁父屈原既放游於江潭行吟澤畔顏色憔悴形容枯槁

騷

史記屈原傳離騷者猶離憂也

班固離騷贊序離騷猶遭也騷憂也應劭說同

王逸離騷序離別也騷愁也

退傅

漢書韋賢傳其先韋孟家本彭城爲楚元王傅傅子夷王及孫王戊戊荒淫不遵道孟作詩風諫後遂去位徙家于鄒又作一篇……其在鄒詩曰……

三字　九言

摯虞文章流別論古之詩有三言四言五言六言七言九言……古詩之三言者振振鷺鷺于飛之屬是也……五言者誰謂雀無角何以穿我屋之屬是也……六言者我姑酌彼金罍之屬是也七言者交交黃鳥止于桑之屬是也……九言泂酌彼行潦挹彼注茲之屬是也

孔穎達毛詩關雎章疏八字者十月蟋蟀入我牀下我不敢效我友自逸是也

箴興於補闕

左襄四年傳昔周辛甲之為太史也命百官以箴王闕

詩大雅烝民袞職有闕維仲山甫補之

戒出於弼匡

翰林論誡誥施於弼違

圖像則讚興

翰林論容象圖而讚立

黼黻

考工記畫繢之事白與黑謂之黼黑與青謂之黻

書益稷僞孔傳黼若斧形黻爲兩已相背

監撫

左閔二年傳

太半

史記項羽本紀集解引韋昭曰凡數三分有二為太半

坐狙丘議稷下

魯連子齊之辯者曰田巴辯於狙丘而議於稷下毀五帝罪三王

一旦而服千人

六奇

史記陳丞相世家凡出六奇計奇計或頗秘世莫能聞也

錢大昕漢書辨疑閒疏楚君臣一　夜出女子二千人滎陽東門二

躡漢王立信為齊王三　偽遊雲夢縛信四　解平城圍五

答客難

或失門戶

漢書朔傳顏注言不得所由入也一曰謂被誅戮喪其家室也

太公體行仁義七十有二

荀子君道篇太公行年七十有二文王舉而用之

韓詩外傳四太公年七十二而用之者文王

譬若鶺鴒飛且鳴矣

顏注鶺鴒雝渠小青雀也飛則鳴行則搖言其勤苦也本常棣毛傳

連四海之外以為帶

顏注言如帶之相連也

安於覆杅

顏注言不可傾搖

運命論

非張良之拙説於陳項

梁氏勞餘ゝ按史記留侯世家ゝ陳涉等起兵良亦聚少年百餘人景駒自立為楚假王在留良欲從ゝ而陳涉已起於大澤鄉良居下邳地不甚遠當日報韓心切或有干説ゝ事而史不能詳矣

太公渭濱ゝ賤老也

戰國策秦策五姚賈曰太公望齊ゝ逐夫朝歌ゝ廢屠高注賣肉於朝歌肉上生臭不售故曰廢屠子良ゝ逐臣棘津ゝ讎不庸高注釣魚於棘津魚不食餌賣庸作又不能自售也

韓詩外傳七呂尚行年五十賣食棘年七十屠於朝歌　又八太公望少為人壻老而見去

顏冉大賢

胡紹瑛文選箋證云按顏冉並稱當為冉雍家語冉雍字仲弓以德行著名論語德行以仲弓與顏淵同列可證非冉有也

廣絶交論

伯子流波

呂子本味篇伯牙鼓琴鍾子期聽之方鼓琴而志在太山鍾子期曰善哉乎鼓琴巍巍乎若太山少選之間而志在流水鍾子期又曰善哉乎鼓琴湯湯乎若流水鍾子期死伯牙破琴絶弦終身不復鼓琴

要離焚妻子

呂子忠廉篇吳王欲殺王子慶忌而莫之能殺吳王患之要離曰臣能之……吳王曰諾明旦加要離罪焉摯執妻子焚之而揚其灰要離走往見王子慶忌於衛王子慶忌喜……乃與要離俱

涉於江中江拔劍以刺王子慶忌

荊卿湛七族

張晏曰七族上自曾祖下至曾孫

司馬貞曰七族父々姓一也姑々子二也姊妹々子三也女々子四也母々姓五也從子六也及妻父母凡七族也

論衡語增篇荊軻為燕太子(丹)刺秦王秦王誅軻九族

壎篪

詩小雅何人斯伯氏吹壎仲氏吹篪毛傳土曰壎竹曰篪鄭箋我與女恩如兄弟其相應和如壎篪

寒谷

別錄鄒衍在燕有谷寒而不生五穀鄒子吹律而溫至生黍也

谷風

詩小雅谷風序谷風刺幽王也天下俗薄朋友道絶焉

半菽

史記索隱引王劭云半量器名容半升

史記集解引徐廣云半五升器也

謂登龍門之阪

南史陸倕傳倕與任昉友善及昉為中丞簪裾輻湊預其讌者

殷芸到溉劉苞劉孺劉顯劉孝綽及倕而已號龍門之遊

恨賦

左對孺人

後漢書馮衍傳衍娶北地女任氏為妻悍忌不得畜媵妾兒女

常自操井臼老竟逐之遂埳壈於時

顧弄稚子

衍與婦弟任武達書姜豹常為奴婢

校勘實習漫錄

〔編者按〕

楊先生對古籍的校勘能力，是學界共知的。

這種能力，來源於他的古籍知識的系統性與靈活性。系統性，是他具有難能可貴的記憶力，在博覽群書的基礎上，雖非『過目不忘』，但卻能常記於心；靈活性，則是他總能在閱讀古籍時『融會貫通』、綜合分析後，作出合理的解釋，讓人信服。正是在這兩種能力的基礎上，通過刻苦的努力，先生方達到了校勘學的歷史高峰，站在前人的肩上，攀上了學界『泰斗』之位。

然而，這一能力，卻並非與生俱來。他在《校勘實習漫錄》中所提到的十四個能力，需要修煉與把握，可能就是他自己『如何走上這條路』的有力證據之一。

這些能力是：習目錄、熟板本、詳訓詁、明句讀、諳詞性、識字體、審聲韻、辨通假、徵故實、悉源流、瞭師承、知體例、別真僞、博群書。

以上這十四條『應具備之學識』中，任意一條都不簡單：上下幾千年、書籍萬萬千，如何能達到如此通透？其中，最後一條可能就是核心：博群書。

必須多讀書，而且還要一遍兩遍地去讀，對自己研究方面典籍的熟悉，應該達到『能背誦』的程度，方可得心應手，長驅直入。

這篇《校勘實習漫錄》可能就是一篇『自述』性質的文章。

校勘實習漫录

名稱

校

國語魯語下昔正考父校商之名頌十二篇於周大師以那為首

賈逵解詁校考也（文選長楊賦李善注引）

毛詩商頌正義校商之名頌謂於周之太師校定真偽

說文校木囚也（張文虎舒藝室隨筆謂囚當作毋劉師培古文字攷从之）

挍

集韻挍角也比也（正字通明避熹宗諱校省作挍）

斠

說文：斠，平斗斛也。（玉篇今作角）

校讎

劉向別錄：校讎，一人讀書，校其上下，得謬誤，爲校；一人持本，一人讀書，若怨家相對，故曰讎也。（文選魏都賦注引風俗通；又太平御覽六一八引）

讎

說文：讎，猶譍也。

玉篇：讎，對也。

正字通：言相讎對也。

韵會：讎，猶校也，謂兩本相覆校，如仇讎也。

校勘

沈約上言：宜校勘譜籍，宜選史傳學士諳究流品者爲左人（南之）

民下同郎左人尚書專共校勘通典卷三

勘

玉篇勘覆定也

說文新附勘校也

校治

劉秀上山海經表建平元年四月侍詔太常屬臣望校治

讎校

後漢書和熹鄧皇后紀乃選諸儒劉珍及博士議郎四府掾史五十餘人詣東觀讎校傳記

校練

魏書儒林孫惠蔚傳見典籍未周乃上疏曰……校練句讀以

爲定本

校考

同上今求令四門博士及在京儒生四十餘人在秘書專精

校考參定字義

校定

北齊書文苑樊遜傳詔令校定羣書

比校

同上按漢中壘校尉劉向受詔校書……合若干本以相比校

覆校

荀勖讓樂事表臣掌著作又知祕書今覆校錯誤（北堂書鈔一百一引）

覆校

晉令祕書郎掌中外三閣經書覆校闕遺正定脱誤（御覽二三三引）

讐正

唐會要卷十又置讐正三十員

勘校

張參上五經文字序詔委儒官勘校經本

讐刊

新唐書鄭覃傳顧與鉅子鴻生共力讐刊

勘讀

後唐明宗詔宜令國學集博士儒徒將西京石經本各以所業本經句度抄寫注出仔細勘讀

刊校

周書明帝紀集公卿已下有文學者八千餘人於麟趾殿刊校經史

讐對

葉夢得石林燕語卷八唐以前凡書籍皆寫本未有摹印之法人以藏書爲貴人不多有而藏者精於讐對

讐比

沈揆顏氏家訓考證跋嘗苦是書篇中字譌難讀顧無善本可讐比

對校

程俱麟臺故事卷二會祕書丞余靖建言前漢書官本差舛請行刊正因詔靖及王洙盡取祕閣古本對校

校對

玉海卷五二景祐元年閏六月辛酉命翰林學士張觀知制誥李淑宋祁將館閣正副本書看詳定其存廢僞謬重複并從刪去内有差漏者令補寫校對

古書致誤之原因

(一)誤字

1、因古字之誤 淮南時則篇立秋之月其兵戉 戉古鉞字而各本乃誤為戈矣

2、因篆書之誤 礼記郊特牲所以交於旦明之義也 鄭玄注云旦當為神篆字之誤也

3、因隸書之誤 淮南本経篇芟野莽隸書莽字 或作美而各本遂誤為芙矣

4、因艸書之誤 淮南主術篇筳不可以持屋 筳与筐艸書相似而各本遂誤為筐矣

5、因壞字之誤 礼記檀弓衣衰而繆經 鄭注衣當為齊壞字也

6、因俗字之誤 淮南原道篇欲宲之心亡於中則飢虎可尾 宲俗害字也藏本宲誤作寅而各本又誤作害矣

7、因假借之誤 淮南覽冥篇蚖鱓著百泥之中 蚖鱓与黿鼉同 各本蚖鱓誤為蛇鱓則与下文蛇鱓相亂矣

8、因難識之誤 墨子經上篇恕作也 恕即智字 舊本皆誤之 恕蓋不識恕妄改

9. 因聲同之誤 周礼内饔豕盲眂而交睫腥鄭注腥當為星聲之誤也肉有如米者似星

10. 因音近之誤 周礼腊人共豆脯鄭注脯非豆實豆當為羞聲之誤也

11. 因方音之誤 礼記檀弓咏斯猶鄭注猶當為搖聲之誤也秦人猶搖聲相近

12. 因舊讀之誤 礼記曲礼其慎也鄭注慎當為引礼家讀然聲之誤也

13. 因形近之誤 礼記檀弓自敗於臺駘始也鄭注臺當為壺字之誤也

14. 因注文之誤

15. 兩字誤為一字 平列為一字 重疊為一字 淮南說林賊心岳 礼記祭義見間以俠甒

16. 一字誤為兩字 左右各為一字 上下各為一字

（二）脫字

1. 因兩句相連而誤脫

2、因兩字相連而誤脱

(三)衍文

1、兩字義同而衍

2、兩字形似而衍

3、涉上文而衍

4、涉下文而衍

5、涉注文而衍

(四)疊字

1、因兩句相連而誤疊

2、因注文而誤疊

（五）重文

1、重文〻二畫而致誤

2、重文不省而致誤

（六）闕字

1、闕字□空圍而致誤

2、本無闕文而誤加空圍

（七）偏旁

1、文隨義變而加偏旁

2、字因上下相涉而加偏旁

（八）錯簡

1、前篇錯入後篇

2、後篇錯入前篇

3、前段錯入後段

4、後段錯入前段

（九）顛倒

1、上下兩句互誤

2、上下兩句易置

3、兩句平列而誤倒

4、因誤衍而誤倒

（十）混淆

1. 正文误为注文
2. 注文误为正文
3. 校書者旁記之文而闌入正文

（十一）妄加

1. 不審文義而妄加
2. 不識叚借之字而妄加
3. 既误而又妄加
4. 既脱而又妄加
5. 既衍而又妄加
6. 因误脱而误補

7、既誤而又增注文

8、既改而又增注文

9、既脱且誤而又妄增

（十二）妄删

1、不審文義而妄删

2、不識叚借之字而妄删

3、既誤而又妄删

4、既脱而又妄删

5、既衍而又妄删

6、兩文疑複而妄删

7、既改而又删注文

十(三)妄改

1、不審文義而妄改

2、因字不習見而妄改

3、不識叚借々字而妄改

4、既誤而又妄改

5、據他書而妄改

7、既誤而又改注文

8、既改而又改注文

9、既誤且改而又改注文

（十四）妄移

1、不審文義而妄乙

2、不識叚借〻字而顛倒其文

3、因失句讀而妄移注文

4、因句倒而妄移注文

5、既誤而又妄移注文

（十五）誤分

1、分章錯誤

2、分篇錯誤

（十六）誤讀

1、上句誤屬下讀者

2、下句誤屬上讀者

校勘應具備之學識

（一）習目录
（二）熟板本
（三）詳訓詁
（四）明句讀
（五）諳詞性
（六）識字體
（七）審聲韵
（八）辨通叚
（九）徵故實

（十）患源流

（十一）瞭師承

（十二）知體例

（十三）別真僞

（十四）博羣書

(一)以善本相校

1、寫本

a、敦煌卷子本

b、日本古鈔本

c、影宋鈔本

d、元鈔本

e、明鈔本

f、舊鈔本

g、底本

2、刻本

a、宋刻本

b、元翻宋本

c、元刻本

d、明翻宋本

e、明翻元本

f、明刻本

g、清翻宋本

h、清翻元本

i、清刻本

1、日本刻本
b、高麗刻本
3、合字本
4、影印本
5、校本
a、原校本
b、過校本
(二)以本書相校
1、本篇上下文義相校
2、本篇上下句法相校

3、本篇与他篇文義相校

4、本篇与他篇句法相校

5、本篇与他篇常語相校

（三）以他書相校

1、本書文句出於他書

2、本書文句互見他書

3、本書文句被他書徵引

4、本書文句被他書襲用

5、本書句法同於他書

（四）以類書相校

1、北堂書鈔
2、藝文類聚
3、初學記
4、白孔六帖
5、太平御覽
6、册府元龜
7、山堂考索
8、古今事文類聚
9、錦綉萬花谷
10、事類賦

11、海錄碎事

12、玉海

（五）以古書注相校

1、十三經注疏

2、史記三家注

3、漢書顔注

4、後漢書李注

5、三國志裴注

6、世説新語劉注

7、楚辭洪補注

8、文選李注

（六）以古韻相校

（七）以甲骨文相校

（八）以吉金文字相校

（九）以刻石相校

1、石經

2、碑碣

3、墓誌銘

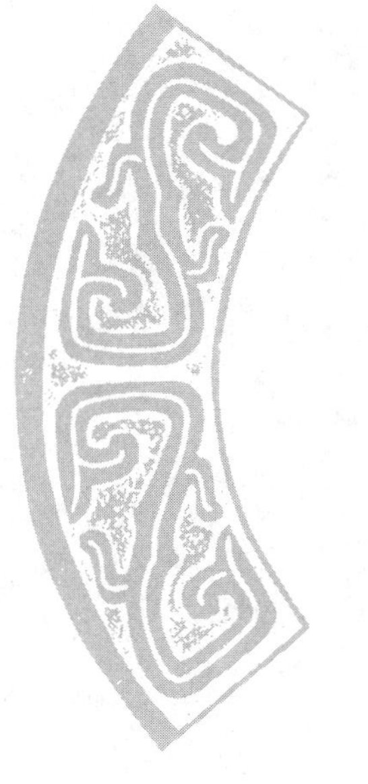

學思有寄

〔編者按〕

本部分含兩篇評審意見和兩篇講話稿，因手稿或横排，或竪排，用字或簡或繁，或較爲隨意，不盡工整，故作録入排印處理，便於讀者閲讀。

爲保持原貌，除明顯筆誤外，不作改動。同時，爲與全書保持一致，一律採用繁體竪排形式。

對博士研究生曹順慶畢業論文《中西比較詩學》的評審意見

中西詩學比較研究，是難度較大的課題。對中西兩方的詩學，如果沒有掌握豐富的資料和深入的鑽研，那是不易載筆的。近年來，雖已有文章在這方面進行探討，但還不夠系統、完整。曹順慶同學的這篇論文，就是基於這個原因撰寫的。

曹順慶同學運用馬克思主義的基本觀點，通過比較的方法，深入而系統地探討中西文論的異與同，力圖從比較中認識中國古代文論的民族特色和獨具的理論價值，尋求中國與西方文論的溝通與互補，建立具有民族特色的馬克思主義文藝理論體系。這種探索，對於推動古代文論的研究和當前文藝理論的變革，促進中西文化的交流，都具有重大的學術價值和重要的現實意義。這是首先應該肯定的。

全文由『緒論』、『本質論』、『起源論』、『思維論』、『風格論』、『鑒賞論』六個部分組成，有倫有脊，邏輯體系井然。在宏觀把握的基礎上，作者還聯繫當前文藝理論研究的實際，從微觀分析入手，具體分析了『意境與典型』、『和諧與文采』、『物感與摹仿』、『文道與理念』、『神思與想象』、『迷狂與妙悟』、『風格與文氣』、『滋味與美感』等中西批評史上的重要範疇和概念，獨具隻眼，不乏創見。如對中國古代文藝起源論的界定，對意境特徵的剖析，對想象與靈感的比較，對『風骨』、『滋味』的詮釋，都不難看出作者對中西文論有較堅實的基礎和相應的理論水平。

論文內容充實，視野開闊，觀點新穎，論證精審。既有宏觀的攷察，又有微觀的探討，從古今比較中察演變，在中外比較中辨異同，言之有物，持之成理，堪稱力作。文筆亦較流暢，能以樸質淺顯的語言闡述複雜深邃的道理，無時人裝腔做勢，故為艱澀之弊。

『中西比較詩學』在我國還是一門新興的學科，曹順慶同學的這篇論文也是國內第一部較系統的專著（共二十餘萬字），『先者難為知』，不可避免地存在著一些不足之處。例如：作者在辨析中西文論各範疇、概念時，由於涉及面太寬，未能更多的顧及其各歷史階段的具體特徵；個別論點，也還值得商榷。再版時，除有所修訂外，尚望更上層樓，使之益臻詳贍。

我個人認為，曹順慶同學的這篇論文質量符合要求，特提請參加博士學位論文答辯。

導師　楊明照　一九八七年八月

對張志烈同志論著的鑒定意見

王、楊、盧、駱是初唐傑出的四大作家，在文學史上有著崇高地位。前賢和時人對其詩文的研究，大都褒貶任聲，抑揚過實。並未能振葉尋根，沿波討源，致疏漏、失誤不一而足。張志烈同志專著《初唐四傑年譜》，自辟蹊徑，有所創新。著重從當時文化環境、家世經歷、思想發展、創作活動、詩文繫年和本事諸方面，長期進行了深入細緻的探討，得出了具有說服力的結論。全書有以下三個突出特點：

（一）糾正了國內外專家研究中的錯誤。如盧照鄰詩《早度分水嶺》『丁年赴蜀道，班鬢向長安』，有文解為丁巳年（《文學遺產》八五年二期），美國學者歐文解為『正當丁年卻已班鬢』。作者據《文選》李陵《答蘇武書》『丁年奉使，皓首而歸』李善注：『丁年，謂丁壯之年也。』結合詩意，定為咸亨二年離蜀北歸之作。又如楊炯文《梓州惠義寺重閣銘》，《中華文史論叢》（八四年四期）上有學者誤解『大辰之歲』為卯年，定其作於乾封二年，遂稱楊炯十八歲入蜀。作者據文中郪縣令為竇竞，又考楊炯垂拱四年作《梓州官僚贊》有《郪縣令竇竞贊》，且贊語與銘序評價一致，又據星歲紀年法論證了『大辰之歲』＝『歲在大火』＝『太歲在玄枵』，是為子年，而垂拱四年正為戊子，由此證明該文為其三十九歲之作，否定了楊炯十八入蜀臆論。又如駱賓王詩《疇昔篇》『人事謝光陰，俄遭霜露侵』，明陳熙晉箋本未注出典，當代學者或不解，或解為遭霜露患感冒。作者據《禮記·祭義》『霜露既降，君子履之，必有悽愴之心，非其寒之謂也』鄭注：『非其寒之謂，謂悽愴怵惕，皆謂感時念親也。』因而解為痛母之歿，定其前後行止。

（二）全書內容豐富，資料翔實，論證嚴謹，信而有徵。如王勃《采蓮賦》，《舊唐書》說上元二年道出江中作，但未言所據。作者剖析賦文『虞翻則故鄉寥落，許靖則生涯惆悵』二語，考《三國志》虞、許均曾有被迫去交阯的經歷，結合全賦內容，證其為赴交阯途中作。又勃去交阯，歷來研究者都說是『省父』，據勃《過淮陰謁漢祖廟祭文》中既署父銜又在題下注『奉命作』，並其族翁王承烈當時與勃書中『聞吾宗粵自中州，隨任南徼』等語及其他資料，證其為父子同行。又如《滕王閣序》撰年，過去有

『赴交阯過南昌作』與『十四歲省父江西作』二說，爭論千年不決，幾年前還有專家（聶文鬱、任國緒等）堅持十四歲作。作者排比考索其沿途所作文章內容、日期、地點，詳析《滕序》語言，結合諸多外證，斷定為上元二年重九作。

（三）書中一些考證，有不少發前人所未發創見。如裴行儉對『四傑』曾有貶損性評論，後世多承襲其說；當代學者（傅璇琮等）則想否定有此事。作者從『四傑』實況和裴、李（敬玄）矛盾的事實分析入手，找出王勃對裴氏批評的反應文字等材料，證實此事不容否認。又如盧照鄰《洛陽名流朝士乞藥直書》中提到『力疾賦詩一篇，遍呈當代博雅君子。』從無人指出此詩在何處。作者據盧氏詩文內在聯繫的各種材料，證實此詩即《幽憂子集》中的《行路難》。又如楊炯《和劉長史答十九兄》之劉長史為何人，從未有研究者指出。作者細析詩情，參稽唐史，確定其人即劉延嗣。

另外，作者所撰杜甫咏物詩系列論文三篇及《論東坡惠州詞》一篇，對杜甫咏物詩的特質、蘇詞後期的特徵，論證詳贍，且有獨到見解。

總之，張志烈同志的古典文學功底深厚，科研能力也相當強。提交的一本專著和四篇論文，就是最好的說明；同時還可看出：他的學術論著，已達到教授水平。

鑒定人姓名

專業及職務

一九九三年四月三十日

對於教師教學的建議[①]

教學是一項艱鉅而複雜的工作。教師一方面要把專業知識科學地、系統地傳授給學生，使他們易於接受、理解和善於運用；另方面還要貫徹政治思想教育，以培養學生的共産主義道德品質，並提高他們的社會主義和共産主義覺悟。這就是說，既要教書，又要教人，二者決不能孤立進行，而是相互滲透著的。

課堂講授是綜合性高等學校文學課程教學的基本形式，它是教學工作中最重要的一個環節。教師是否已起了主導作用，學生能否達到培養規格，都直接與課堂講授有關。各位先生在這方面知道得比我多，也都正在這樣做，用不著再事闡發。僅就個人兩年來在備課與講課中的一些點滴體會，向各位先生彙報一下，不敢說是有什麼經驗。

為了方便起見，分成三部分來談。

一、講課前的準備工作

要想把課講好，必先把課備好。備課的好壞，是直接關係著教學效果的。因此，我在備課工作中曾費去了不少的時間。首先我考慮的是怎樣才能達到教學大綱的要求（即在講授中怎樣貫徹黨的教育方針，怎樣貫徹毛主席的文藝思想和怎樣貫徹厚今薄古、古為今用的原則。幾個重要問題，比如對所要講的每章、每節、每個論點、每個作家和作品，都多方地考慮怎樣運用歷史唯物主義和毛主席的文藝思想來處理，以便正確地闡述中國文學的發展和正確地評價作家、作品，使還其本來面目）；隨著就考慮每一課題的講授，除了傳授必要的知識外，還必須結合政治思想教育（即不祇是要教書，而且還要教人：如某個問題可以貫徹

① 手稿原無標題，該標題爲編者所加。

愛國主義思想教育，某個問題可以培養民族自豪感，某個問題可以加強對黨和新社會的熱愛……）；這兩方面都考慮妥當了，然後再打腹稿，作編寫簡要講稿的準備。在編寫簡要講稿的時候，又特別注意下列幾點：

第一，教材的多少，應以所分得的時間為準。該多講的多寫，該少講的少寫。決不能從興趣出發，更不能節外生枝。

第二，重點所在的地方，文字尤應注意，既要明確，又要精煉，以免講授時走樣。

第三，儘量減少學生接受上的困難，務期能做到深入淺出。

第四，上一班出現過問題的地方，更應設法避免，才不再蹈覆轍（包括口頭的反映和試卷上的答案）。

第五，引用的資料，必須翻檢原書（絕不能憑記憶或過分相信第二手資料）；注釋宜擇善而從，不立一家（分別錄入當句下，以免望文生訓，信口開河）。

第六，行款務必清楚，關鍵話句跳行寫；每一論點寫完後，最好空一兩行，便於增補（臨講前可以增補，過了一段時間也可以增補）。

第七，能夠利用已講過的教材，最好加以利用。（既省時省事，又加深了同學的印象，如講詩經的藝術性便是。）

第八，今人研究成果，必須吸取其所長，指出其所短；單篇論文分別介紹作參考，最好能寫在講稿上方，以免忘記。

第九，準備的講稿，最好能超出一兩節課的時間。這樣，才能從容不迫地進行備課和講授；否則容易產生忙亂或現窘相。

第十，每一單元之前，必先說明這一講的重要意義，以引起學生的重視。

簡要的講稿寫成後，再參閱有關資料（醞釀時本已參閱了的），當修改的修改，當補充的補充，務期愜心貴當而後已。這當然是就個人水平說的。

在上課前一兩點鐘內，又將寫成的講稿仔細翻閱兩三遍，再作一番部署，某個問題如何說起，如何發展，如何結束，如何與上堂課銜接。這些都考慮好了，即到休息室準備上課，宜提前去，不可過於倉率。

二、在講授中如何傳授知識

課堂講授既是最重要的環節，那麼一個教師上了講臺，一言一動（包括思想感情在內）都不可馬虎。我在這方面曾試圖從下列幾個部分努力：

第一，語言要醒豁，我本口吃，快慢要合適，太快不容易記筆記，太慢感到鬆懈。層次要明晰，重點要突出，交代要清楚。在沒有完善教科書的課程，這幾點很重要。否則就容易有以其昏昏，使人昭昭的現象，要想教學效果好，那簡直是不可能的。（幾年來的經驗教訓：凡是學生考得不好的題目，口試、筆試其毛病都在於教師，個別的例外。）

第二，講授時要精神飽滿，要有思想感情。所講的內容，既要使學生容易理解，容易接受；又要引起他們的興會，專心致志。如果你在平鋪直敘地講，學生東張西望，心不在焉，那這堂課準是失敗的。但失敗也不要緊，馬上找出原因，下一堂好好改正。不斷地改，總會有成功的一天的。

第三，講授中要有自己的看法，不可羅列現象，純客觀地敘述。如某篇文章某處好，理由安在；某書某處欠妥當，究竟怎樣才對。都必須交代清楚，提出自己的看法，以培養學生獨立思考的能力。（文學史上許多問題，各家的看法還不一致，這樣做是有好處的）

三、在講授中如何貫徹政治思想教育

講授一門課，單純地在傳授知識，顯然是不夠的；必須在當中貫徹政治思想教育，才算完成了這門課的任務。我在備課和講授中經常注意了以下幾個方面：

第一，貫徹愛國主義思想教育，如講左傳時對於弦高、燭之武的愛國行為即在這樣做。

第二，培養民族自豪感，如講先秦散文中的寓言即如此。

第三，加強對黨和新社會的熱愛。

第四，批判資產階級的錯誤觀點，以培養學生正確運用歷史唯物主義和毛主席文藝思想的能力，如過去講神話、詩經時即如此；今後講楚辭、樂府詩等亦得如此。

總之，從備課到課堂講授，是一個複雜細緻的過程，是一項光榮而辛勤的勞動。教師一方面要精通業務，不懂的邊學邊做掌握教學方法，充分發揮主導作用；另方面則要不斷改造思想、改造世界觀，努力學習馬列主義文藝理論和毛主席文藝思想。衹有這樣，才能提高教學質量，才能有好的教學效果。

以上所談，是我在備課和講授中的一些點滴體會。雖然很少而且極膚淺，可是，如果沒有教育大革命，沒有黨的教育，沒有群衆的幫助和我自己的努力，要想取得些微的成績，也是不可能的。因為我原來的基礎並不好嘛！今後衹有繼續改進教學内容和教學方法，跟大家一道，共同搞好黨和人民交給我們的任務。

關於研究生考試問題的講話

最近系上叫我向大家作一次關於研究生入學考試中存在的問題的報告，並且定為整頓學風和文風的四個內容之一。我一方面感到話不好說，究竟應該說些什麼？怎麼說才對？說得好固然可以起一點積極作用，說得不好就可能起到相反的作用，的確有些不大好說。但是另一方面也感到義不容辭，既然我忝為指導教師之一，出過題、看過卷子，龐先生（龐石帚）又不能來，當然就落到我的頭上，無法推諉。因此我勉為其難地今天下午來完成系上所交給我的任務。說的對，大家可以結合自己的情況想一想，有則改之無則加勉；說的不對（甚至是錯誤的），也請大家原諒並提出批評意見。由於時間有限不可能面面俱到，牽涉過廣也不宜誇誇其談，架空地說一番大道理，更不能就題作答。為了把內容說的具體些、緊湊些，在兩節鍾之內準備分成五個部分來談。分量不一定相等，由內容來決定。

第一部分　介紹一下報考人數和他們所在單位

報考六朝唐宋一段的凡十二人八校（內大學二師大一師院二中師一函授部一），本系三人，外省外校多。

報考漢魏六朝一段的凡十八人十四校（內大學五師大一師院八），本系四人，外省外校多。

從考生的所在單位來看，大家似乎可以改變一下以往的看法，不要再是這山望著那山高了，認為川大中文系這裏不好那裏不好。

據科研部談，如果時間充裕些，考試科目和參考書目早日寄出，報考的人數或將更多。（省外校外之多在我校恐怕要算最多的）

老實說學校和師資條件的好壞跟學習成績的好壞不完全成正比例，北大考生的成績大可說明這點（這事不可流傳），這個道理大家都明白，不用我多說了。

第二部分　朗讀一遍考試題目

題目是先由指導教師擬定，再由系組研究，最後才由科研部認可寫印的，教育部明文規定各科題目中應有部分難題。這些題目難不難呢？我認為不難。姑且現身說法吧！

一九三六年的秋天我考過研究院，一九四四和一九四五的夏天，我出過兩次考研究生的題，在我的回憶中，好像都比這回的難些（第一題是作文）。

抗戰前清華北大既有難題又有怪題（如清華大學水木清華屬對），時代不同了，社會制度不同了，過去的曆書當然不能拿到今天來翻。不過，就拿別的學校這次所出的題目來看，也不見得比我們的容易（我見過四個學校的六項題目）。史記一題，復旦出了的；解釋詞義，復旦、山大都出了的；注明書的作者和時代，復旦出了的；翻譯，復旦出了的；標點分段並加解說，中山出了的。儘管各校的題目有多有少（四題全作、四選三、三選二），要求總是嚴格的，精神總是一致的。如果因考的不好而認為別的題容易做，那是自我安慰，不是實事求是的態度。

輸了不認輸，試問一題兩題沒有碰巧，三題四題也是沒有碰巧嗎？作品沒有碰巧，文學史也沒有碰巧嗎？作品和文學史沒有碰巧，文藝理論也沒有碰巧嗎？缺牙巴咬虱子總會咬到一個嗎！為什麼三份卷子都答得不夠好哩？原因到底在哪裏？我想自己總會明白。

第三部分　談談試卷中所存在的問題

選讀幾題的答案後再提出個人的看法。

（一）寫作能力不高，表現在不善於審題。如略述史記的體制和藝術成就一題，前半題就說的少，後半題就說的多；不善於組織。好像未經思考拿起筆就寫似的，想著什麼就寫什麼，想到哪兒就到哪兒；不善於分配時間。有一卷答史記題即寫了六頁約三四千字，有的卷子到十幾頁；詞不達意或文筆不通；錯別字多。

（二）基礎知識太貧乏。解釋詞義和注明作者注家二題表現得最突出。『糖水洗鍋』、『蠟燭代薪』說成是陶詩的社會背景；

木蘭詩說成是反抗金兀朮的侵略；鴟梟翻成是烏鴉。

（三）作品比史差。三十個考生中沒有例外，空的還能說幾句，死的不是無話說就是亂說；大學比師院差。

（四）理解閱讀能力差。標點翻譯一題最突出。

（五）分析能力差。比較戰城南與十五從軍征的表現手法一題多半空洞不全面。兩詩都不長為什麽不在稿紙上寫出，對比一番才下筆呢？（雜言與五言的差異很多都未說到，即使說到都機械地運用文藝理論）

（六）標點番號不大會用。標點翻譯題如此，別的答案亦復如此（有些卷子除了句號、逗號外，其餘均都未見用）。

（七）字跡不大像樣。現在的初中學生已在天天識字了，大家不要無視或忽視。

（八）卷面不太整潔，一般都如此（也有個別好的）。

第四部分　探索問題產生的原因

一般地說可能是由於：

（一）沒有認真聽課和復習

過去不是有同學不是注意考試和考查的問題嗎？

（二）知識領域（古典文學方面的）太狹窄

朝代好像都不大了了，歷史觀點從何講起，洛陽伽藍記作於漢代，古文苑作於漢代劉向或魏晉之際。

（三）背誦得的名篇太少

考的作家作品多半是講過的。

（四）平常不大接觸原始資料

多翻檢幾回史記三家注不會答不起的。

（五）平常不愛查字書詞典

不認識的字就查，不懂得的詞義就查總會好些的。

（六）寫作鍛煉很不夠

筆寫滑了，不管什麼場合拿起筆就開寫，好像春蠶食葉似的。

（七）閱讀書刊不留心

組織結構修詞造句未嘗經心。

（八）字體太不講究

今後到工作崗位怎麼辦？

第五部分　今後補救的辦法

最主要的辦法我想不外下列幾個方面（是針對產生的原因涉想的）。

（一）專心聽講和認真復習

當天的課當天了，不要急時抱佛腳（任何一門課皆然）。

（二）多誦讀一些名篇

讀了五年中文系歷代膾炙人口的名篇背不到多少不能說是優點（而且這些名篇不是文史講過，提到過就是名著選講過）。

（三）多閱讀有關的參考書

每一課指定的參考書都應擇要閱讀，日積月纍才有辦法。

（四）多接觸原始資料

史記的樣子如何？文選的樣子如何？沒有目睹怎能知道？

（五）多查字書詞典

一查再查可以終身不忘。

（六）多練習寫作

通過學年論文和畢業論文必須有所提高，平時寫日記或讀書心得亦有進益。

（七）多注意書寫

教書寫報告都需要，絕不能馬虎。

以上幾個方面衹是臨時想到的，當然不夠妥當也不夠全面。希望大家今後不再區分考試考查了，不要問如何考了，不及格不要怪老師了，更不要亂講戀愛了，坐茶館了。真正照到上次陳主任所指示的。認真讀書、踏實讀書，亡羊補牢尚未為晚，有志者事竟成，天下無難事只怕有心人。如果每天都能循序漸進，不驕不躁，沒有不能進步的。當然不能只專不紅，必須以又紅又專，要防止另一極端。

最後我還申明兩句，今天的報告是根據研究生的入學試卷來談的（有本系的，有外校的）。為了勉勵大家，所以講缺點方面多些。絕不是專門在挑眼找毛病否定一切，更不是故意跟哪個下不去。我所談的只限於古典文學方面，至於大家的思想覺悟、新的知識比我在考研究院那時不知要超過多少倍。這次考的比較好的自然有錄取的希望。是否如此，我還不知道。因為還有其他兩科。名落孫山的也不要緊，今後每一年都可以考（衹要在三十二歲以下都有資格）。三四年級同學更可針對自己的缺點努力克服早做準備。

失敗乃成功之母，成功的更應百尺竿頭再進一步！

一九六三年三月十八日

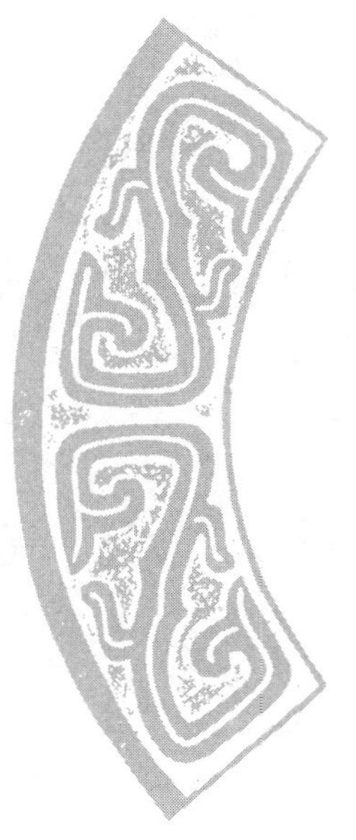

附錄

楊明照先生《文心雕龍》研究始末考

——基於新發現手稿的分析

劉詩詩（四川大學文學與新聞學院）

舍人乃存矯直之志，而創雕龍之篇。出入百家，繩墨衆體，遣駢儷之詞，騁馳驅之勢；華而不失其貞，辨而未傷於蕪。誠曠世之佳構，藝苑之司南者也。①

楊明照先生素好舍人《文心》，於學界有『龍學泰斗』之稱。其研治《文心》也最勤，自一九三一年迄二〇〇一年，歷時七十載，原始以表末，釋名以章義，敷理以舉統，成就一生。余今有幸參與《楊明照文集》、《余心有寄》兩書資料搜集工作，時見楊老手跡，嘆前學之淵深，先生治學之博、之勤、之謹。私以此文表余赤誠之心，可謂『後學仰止，千載留聲』②。

一、楊明照先生《文心雕龍》研究概況

先生曾於多種場合暢談其與《文心雕龍》一書之緣，觀其數篇已發表自述（如《楊明照自述》、《我和〈文心雕龍〉》），皆不盡其遺留一講座稿詳細，茲錄其《文心》相關部分於下（部分出版內容見於《弢翁外傳》十九頁）：

我第一次接觸《文心雕龍》原書，記得是在三一年的春天，那時我是原重慶大學文預科的二年級學生（二十二歲），吴芳吉先生講授『文學概論』，講義上經常引用《文心雕龍》的話句，讀起來覺得很美，於是向圖書館借了一部來看，可惜是無注的白文，很多地方不懂……儘管翻了又翻，讀了好些篇，結果是無甚心得，也沒有從事研究的打算，只是作為模擬的典範。三一年下期，向宗魯先生講過幾篇，稍微多懂得了一些。由於對他的不滿足（車過去唐寫本，車過來御覽）並沒有引起

① 楊明照：《文心雕龍研究》，《燕京大學研究院同學會會刊》，一九三九年第一期。
② 見啓功《祭楊公明照》詩，楊珣、王恩平編著《弢翁外傳》，四川大學出版社二〇一六年版，第三百五十一頁。

鑽研的興趣，但早晚還是擠時間來讀……三二年上期，文預科畢業之前，規定要交一份讀書筆記，第一條寫的是《養氣篇》『夫耳目鼻口，生之役也』和《序志篇》『文繡鞶帨』兩處的出典（《呂子·貴生篇》高注役事也；《法言·寡見篇》李注帨佩巾也，《范書·儒林傳》論李注喻學者文繫碎也）。向先生的評語，起了很大的鼓舞作用。

暑假回家下定決心將全書讀熟，早晚都在讀，終於讀熟了。新生之犢不畏虎，凡是認為需要補校補注的地方，我都亂校亂注。所用的那部石印本《文心雕龍》，晝得面目全非，也揉得不成樣子。暑假後期，清寫出第一本補注稿和校記。這是我從事校注的開始。三二年下期，升入本科，借同學的李、范注一對，發現重複者多，不能不割愛，也不能就此罷休，日積月累，不斷有所增加。……三四年春，在原來的基礎上略加整理，寫出了第一本校注拾遺。記人請某老師審閱，求其指點，反而碰了一鼻子灰，但這瓢冷水，卻激發了更大的幹勁。三四年下期，校注《劉子》（這是系上指定的）與校注《文心雕龍》同時進行，一有空就翻閱《百子全書》和『類書』舊注。三五年上期，寫出第二本校注拾遺；下期又寫出補編一本，三六年春夏之交，匯寫為畢業論文兩本。三六年下期，考入燕大研究院，仍繼續學習，又有所增補。三九年上期畢業時，寫出一厚冊作為論文……

又《我和〈文心雕龍〉》中論及：

一九三九年夏，碩士學位論文《文心雕龍研究》殺青、繕寫畢，即提交研究院申請答辯。①

上述先生自記或自述已然勾勒出其『龍學』研究初期概貌，由年世邈渺，即使經多方考索，仍有所佚，然大概可悉：先生《文心雕龍》專著手跡今存九冊、未刊發論文手跡三篇、講稿手跡四種，出版專著四種，出版論文達三十篇。

（一）專著系列

甲、手跡

一九三二年：第一本補注稿和校記（已佚）

① 楊明照：《我和〈文心雕龍〉》，張世林編《學林春秋——著名學者自序集》，中華書局一九九八年版，第一百九十七頁。

一九三四年：第一本《〈文心雕龍〉拾遺》（文末注：民國二十三年甲戌歲仲春月明照於重大之西窗下）擬載於《余心有寄》

一九三五年：第二本《〈文心雕龍〉校注拾遺》（文末注：中華民國二十四年乙亥歲仲春月上浣三寫竣明照識）此本先生家中原無存目，也無底稿，筆者經對校前文講座稿與鎮江錢永波等人《勇攀高峰、周覓考證、時代思考三結合》文乃發現此手跡今存於鎮江圖書館「中國文心雕龍資料中心」，存世手稿中僅此本將《文心》五十篇分為上下卷，每卷二十五篇；其餘本皆為十卷，每卷五篇

一九三六年：《〈文心雕龍〉校注拾遺補編》（文末注：中華民國並丙子歲仲春月朔日補寫明照識）手跡存於鎮江圖書館「中國文心雕龍資料中心」

《〈文心雕龍〉校注拾遺》（扉頁注：中華民國二十有五年四月一日大足楊明照）先生四川大學本科畢業論文，手跡存於鎮江圖書館「中國文心雕龍資料中心」，缺第八之二頁。後經筆者考索四川大學圖書館藏曬藍本完整，存此缺頁，內容補錄於文末

一九三六年秋——一九三七年春：《〈文心雕龍〉校注拾遺續編一卷》擬載於《余心有寄》，此手跡未標明時間。依《續編》側頁有「清祕閣」三字推知此文作於先生在北京燕大求學期間，又《練字第三十九》「而鳥籀之遺體也」條正文與本頁天頭上的內容相合，與《范文瀾〈文心雕龍注〉舉正》正文「而鳥籀之遺體也」條同，而《評開明本范文瀾文心雕龍注》文中提及《舉正》文發表於一九三七年春，故推此文時間早於《舉正》文，上下限為一九三六年秋——一九三七年春，因先生九月、十月忙於燕京大學碩士入學相關事宜，多是一九三七年春完成

無時間：《文心雕龍校記》今於先生家中發現一本手跡。扉頁題為《文心雕龍校記》，署名為「仁弢」，此是先生之字，這也是現存手稿中先生唯一用「仁弢」之處，其餘手稿多稱「弢甫」。由手跡中兩處天頭批注——「梅本又有一本北平圖書館藏題為明刻但無年月可攷亦無刻地」、「北平圖書有一梅本無刻書年地題為明刻」知此應為先生赴燕大讀書後留下的手跡。內題名為《文心雕龍校勘記》，正文以芸香堂本為主，以龍谿精舍叢書本、聚錦堂本、何刻本、雲門子本、張本、古論大觀本等為對校本輯錄《文心》五十篇諸版本異文，有利於後續校注查對

一九三九年：《〈文心雕龍〉研究》（已佚）先生燕京大學碩士畢業論文

一九六四年：《文心雕龍附錄（清人徵引部分）》手跡存於鎮江圖書館「中國文心雕龍資料中心」，為一九八二年出版著作《文心雕龍校注拾遺》附錄底稿，收錄書目自清馮班《鈍吟雜錄》至近人丁福保《全漢三國晉南北朝詩》計一百三十五種。先生在手稿中抄錄正文，旁以紅筆批注分為「評」、「因」、「引」、「攷」四類，對應《文心雕龍校注拾遺》附錄中「品評第二」、「因襲第四」、「引證第五」、「攷訂第六」諸種

二〇〇一年：《〈文心雕龍〉校注拾遺補正》今存於鎮江圖書館「中國文心雕龍資料中心」，已出版

乙、出版物

一九五八年：《文心雕龍校注》上海古典文學出版社

一九八二年：《文心雕龍校注拾遺》上海古籍出版社

二〇〇〇年：《增订〈文心雕龙〉校注》中華書局

二〇〇一年：《〈文心雕龍〉校注拾遺補正》江蘇古籍出版社

（二）論文系列

楊先生曾於《我和〈文心雕龍〉》臚列其『龍學研究』論文次目，計有《范文瀾〈文心雕龍注〉舉正》等二十三篇①，此目錄仍有所遺漏，其餘補錄於下：

甲、手跡

《文心雕龍與詩品之比較》未刊稿，擬載於《楊明照文集》

《〇〇〇〇之價值》未刊稿，擬載於《楊明照文集》。題目已損，僅留三字

《詹鍈〈文心雕龍義證〉發覆》未刊稿

乙、出版物

《文心雕龍研究》，《燕京大學研究院同學會會刊》，一九三九年第一期。

《〈梁書劉勰傳〉箋注》，《中華文史論叢》，一九七九年第一輯。

《文心雕龍校注前言》，《四川大學學報（哲學社會科學版）》，一九八〇年第二期。此為一九八二年《文心雕龍校注拾遺》前言

《〈文心雕龍全譯〉序》，《當代文壇》，一九九二年第三期。

《我和〈文心雕龍〉》，《古代文學理論研究》，十九輯。又載於張世林編《學林春秋》，中華書局，一九九八年，一百九十六至二百一十四頁。又載於曹順慶編《歲久彌光》，巴蜀書社，二〇〇〇年，一至十九頁。又載於《中外文化與文論》，二〇〇一年。

《詹鍈〈文心雕龍〉指瑕》，《文史》（四十七輯），中華書局，一九九八年，二百四十五至二百五十八頁。

《關於劉勰及〈文心雕龍〉的幾個問題》，《鎮江師專學報（社會科學版）》，二〇〇〇年第一期。

---

① 楊明照：《我和〈文心雕龍〉》，張世林編《學林春秋——著名學者自序集》，中華書局一九九八年版，第一百九十九—二〇〇頁。

（三）講稿系列

《文心雕龍研究口義》未刊稿，擬載於《楊明照文集》

《我與文心雕龍》未刊稿，題目按《弢翁外傳》十九頁記

《文心雕龍導讀》未刊稿

《再介紹文心雕龍》未刊稿

先生龍學造詣，絕非一朝一夕所成，可謂窮盡一生！今所發現者皆列於上，其中恐有遺漏，同道者有知，還望相告。

二、系列手稿及專著比較

一九五八年先生《文心雕龍校注》（後稱《校注》本）經上海古典文學出版社印行後，廣受稱譽，發前人所未發。後經『文革』期間伏案再補，較《校注》本正文增五分之二，《〈梁書劉勰傳〉箋注》替補二分之一，引用書目較前增兩倍，成《文心雕龍校注拾遺》（後稱《拾遺》本）。此書一出，海內外龍學界為之一驚，有『又一陶冶萬匯，組織千秋的巨著』（《歲久彌光》五十六頁王更生語）之稱。先生常嘆，生也有涯，歲月易逝。在《校注》本出版後，他只要有暇隙之餘，便修改抽換，凡存疑點待補處，皆涉獵群籍，以考其實。《拾遺》本後，又以《增訂文心雕龍校注》（後稱《增訂校注》本）補苴罅漏，當時先生時年已八十有八。先生最後有關《文心》的著作——《文心雕龍校注拾遺補正》（後稱《補正》本），繼續為《增訂校注》本作『補正之用』，此書出版時，先生已九十有二了。觀後二書，與一九三四年手稿《〈文心雕龍〉拾遺》相較，先生之『雅好』貫穿終生。

（一）校注條目及編寫體例

一九三四年《〈文心雕龍〉拾遺》正文校注一百六十九條；一九三五年本增至五百零七條；一九三六年《補編》補正一百四十九條；一九三六年《文心雕龍校注拾遺》校注八百四十六條；一九三六年秋—一九三七年春《續編》續補六十八條（按：上述五篇手稿均僅校注正文，無附錄、無標點，後文引用均不加標點）。一九五八年《校注》本正文校注條目為七百七十四條，新增《〈梁書劉勰傳〉箋注》、附錄［（一）劉勰著作二篇：《梁建安造剡山石城寺石像碑》、《滅惑論》；（二）歷代著錄與品評；

（三）前人徵引；（四）群書襲用；（五）序跋；（六）板本」、引用書目二百四十四種及後記。一九八二年《拾遺》本正文校注條目為一千四百八十六條，《〈梁書劉勰傳〉箋注》置於十卷校注之後。目錄前增《文心雕龍》書影各版本，新增前言，附錄蕃衍為九類（著錄第一、品評第二、采摭第三、因習第四、引證第五、考訂第六、序跋第七、版本第八、別著第九），引用書目增至七百一十二種。二〇〇〇年《增訂校注》本正文校注條目為一千五百八十八條，編為上卷，附錄編為下卷，《〈梁書劉勰傳〉箋注》重置於十卷校注之前，前言略有改動，附錄較《拾遺》本增『校訂第十』，引用書目仍置於書末，增至七百五十一種。二〇〇一年《補正》本存先生自序、《文心》各篇篇題及校注，校注條目達一千六百二十九條。列表如下：

楊明照先生《文心雕龍》研究著作及手稿分析列表

	撰寫（出版）年份	書稿名稱	校注條目數	引用書目	新增內容
手稿	民國二十三年甲戌歲仲春月明照撰於重大之西窗下	《〈文心雕龍〉拾遺》	一百六十九條		
	中華民國二十四年乙亥歲仲春月上浣三寫竣明照識	《〈文心雕龍〉校注拾遺》	五百零七條		
	中華民國二十五年丙子歲仲春月朔日補寫竣明照識	《〈文心雕龍〉校注拾遺補編》	一百四十九條		
	中華民國二十有五年四月一日大足楊明照	《〈文心雕龍〉校注拾遺》	八百四十六條		
	無	《〈文心雕龍〉校注拾遺續編一卷》	六十八條		

出版專著	撰寫（出版）年份	書稿名稱	校注條目數	引用書目	新增內容
	一九五八年	《文心雕龍校注》	七百七十四條	二百四十四種	增：《〈梁書劉勰傳〉箋注》；附錄：（一）劉勰著作二篇《梁建安王造剡山石城寺石像碑》、《滅惑論》，（二）歷代著錄與品評，（三）前人徵引，（四）群書襲用，（五）序跋，（六）板本；引用書目；後記
	一九八二年	《文心雕龍校注拾遺》	一千四百八十六條	七百一十二種	增前言；改附錄為：著錄第一，品評第二，采摭第三，因習第四，引證第五，攷訂第六，序跋第七，版本第八，別著第九
	二〇〇〇年	《增訂〈文心雕龙〉校注》	一千五百八十八條	七百五十一種	增附錄『校記第十』
	二〇〇一年	《〈文心雕龍〉校注拾遺補正》	一千六百二十九條		增自序

概覽而觀，令世人嘆為觀止的不僅僅是先生校注條目的日益豐縉，更是其附錄之詳譫處見其用心。先生『龍學』研究體例今存最早記錄見於其一九三八年所發表的《文心雕龍研究》，文中載：

余雅好舍人書，參稽諷誦，多歷年所，病昔人體例之未周，網羅之有漏，擬重為張目，再加補正。旨趣所在，可得言焉：

誦詩讀書，當知其人，史傳闊略，別求多聞。纂梁書劉勰傳箋注章第一。

史乘著錄，類別有殊；昔賢品評，或訴或諛。纂歷代著錄與品評章第二。

書之善否，徵引是視，借資校勘，尤余事耳。纂前人徵引章第三。

先哲撰述，時相符合，左右逢源，偶與吐納。纂群書襲用章第四。

時移世異，銓衡不同，類聚眾說，以觀會通。纂序跋章第五。

板本源流，分歧異派，優劣並陳，無棄菅蒯。纂板本章第六。

字僞詞奥，校注是資，經始匪易，表而出之。纂諸家校注章第七。

文心所寄，有始有終，本隱之顯，得其環中。纂全書統系章第八。

前人校注，多所漏佚，疏通證明，網羅放失。纂校注拾遺章凡十。①

依文章題目及發表時間推知此為先生碩士畢業論文章節條目，雖為一九五八年《校注》底本，由體例看來，改動尤大，惜此本已佚。

（二）校注內容之比較

先生嘗言：『前人之研治文心者，始於辛處信，而王應麟繼之；歷明清以逮近世，尤更僕難數。猗與，盛矣！顧自朱謀㙔梅慶生黄叔琳三家後，於字句之勘正，故實之詮釋，迄今鮮有過之者。蓋多以餘力為之，未嘗專心致志故耳。至近人范文瀾所纂，差覺詳備。惜取諸人以為善者多，出其自我者少。且於舊注探囊揭篋，幾一一鶴聲，亦不復存。貪人之功，以為己力，殊非我心之所同然者。』②

先生對『貪人之功』者，往往痛心疾首，同於前人者，必忍痛割愛，如手跡一九三六年《補編》、《〈文心雕龍〉校注拾遺》有『必金聲而玉振』條：

> 案孟子萬章下篇孔子聖之時者也孔子之所謂集大成集大成也者金聲而玉振之也金聲也者始條理也玉振之也者終條理也趙岐注云振揚也（依一九三六年《〈文心雕龍〉校注拾遺》本）

此條因與范文瀾《文心雕龍注》義有雷同，范注云：

《孟子》公孫丑『自生民以來，未有盛於孔子也。』又《萬章》『孔子之謂集大成，集大成也者，金聲而玉振之也。』③

① 楊明照：《文心雕龍研究》，《燕京大學研究院同學會會刊》，一九三九年第一期。

② 楊明照：《文心雕龍研究》，《燕京大學研究院同學會會刊》，一九三九年第一期。

③ 范文瀾：《文心雕龍注》（上），商務印書館一九六〇年版，第十頁。

經查此條於後諸出版著作中皆不錄。

先生校注一貫追求『出自我者』，固異於前人，亦補正於前人。僅列如下幾條，以明所志：

甲、熟讀其書，文內互證

先生治『龍學』，受吳芳吉先生啓沃，又自小承私塾之學，僅一暑期便將全書讀熟背誦。熟讀、熟記才能取便引用、校謬證誤、釋詞義，可謂互文見義之法！此法觀其數家，惟先生能做到得心應手、知一而知全貌。如手跡一九三六年《文心雕龍校注拾遺·原道篇》『玉版金鏤之實，丹文綠牒之華』條，黃叔琳、李詳對『實』字皆無注，范文瀾云鈴木云御覽作『寶』。先生校注：

案御覽五八五引作寶案實寶二字形近易偽本書諸子篇懷寶挺秀活字本作懷實嘉靖本同檄移篇移寶易俗本作移實是也當作實始與下句之華相儷實就質言華就文言華實對舉本書恆見徵聖篇銜華佩實辨騷篇攬華墜實明詩篇華實異用諸子篇覽華食實章表篇華實異旨書記篇有實無華鎔裁篇舒華布實事類篇華實布濩時序篇華實所附才略篇華實相扶程器篇務華棄實皆其證也

劉勰著作，存世僅《文心》。文章有二，為《梁建安造剡山石城寺石像碑》、《滅惑論》。先生不僅以《文心》中劉勰用詞習慣推敲字句之是正，而且將用詞範圍擴大至其別著，如《原道篇》『發輝事業』，黃注、李補、范注對『輝』字皆未有說明，而先生校注：

黃校云輝疑是揮孫亦校云作揮御覽引作揮當據正案作揮是也程器篇君子藏器待時而動發揮事業正作揮是其實證（事類篇表裡發揮亦可證）其作輝者乃聲近之誤事類篇表裡發揮嘉靖本亦誤揮作輝也（一九三四年《〈文心雕龍〉拾遺》）

『輝』黃校云：疑作「揮」此襲何焯說『揮』字是。御覽引正作『揮』，訓故本亦作『揮』，當據改。舍人剡山石城寺石像碑：『發揮勝相』。程器篇：『君子藏器，待時而動，發揮事業。』尤為明證。『發揮』連文出易乾文言其作『輝』者，乃音之誤。事類篇：『表裡發揮』，元本、弘治本、汪本等作『發輝』，是『揮』與『輝』易淆之證。（一九八二年《拾遺》本）

先生若對劉勰別著不甚瞭解，萬達不到如此信手拈來之境界！先生以作者存世文章用詞習慣考索字詞之是非，令人信服！

乙、涉獵群籍，佐以成證

劉勰行文好徵事用典，『在他的筆下，四部群籍，任其驅遣，倒也「用人若己」，宛轉自如』①。先生作校注亦是涉獵群籍、遍及四部，有用處即隨手迻録，分別部居，這何嘗不是用文若己的境界。沈約曾言，校書如掃塵，隨掃隨生。先生好在清寫本的『天頭』增補校注，一九三四年《〈文心雕龍〉拾遺》天頭處校注增補三百六十條、一九三六年《文心雕龍校注拾遺補編》天頭處增補二百七十四條，皆遠超正文條目數量，幾乎每一本清寫本都有先生事後新作的注，書眉字裡行間幾無空隙。並且，即便是抄録補注，先生書寫時亦一絲不苟，排列行文如正文一般，原文頂格，校注另起一行隔一格，觀者一目瞭然。

先生作校與其寓目版本有極大的關係，一九三四年手跡中，先生所用的《文心雕龍》版本、校本僅有趙萬里《唐寫本文心雕龍殘卷校記》、黄叔琳輯注本、范文瀾《文心雕龍注》、孫仲容手録、顧千里及明嘉靖本。二〇〇〇年《增訂校注》本中寫本、刻本、選本、名人校本便已增加二十倍之多，見者達八十種，不見者亦有三十三本。所謂『校對的版本越多越好。見得多才有所比較，容易發現問題，也才容易引起注意』②。

如《原道篇》『為五行之秀，實天地之心』句，一九三六《文心雕龍校注拾遺》注曰：

> 黄氏崑圃校云一本實上有人字心下有生字案明嘉靖本卽與黄校一本同舍人此文本禮記禮運疑原作為五行之秀氣實天地之心生氣正作气人其殘也生字涉羨文下文心生而言立卽承天地句徵聖篇贊秀氣成采亦以秀氣連文陸德明經典釋文敘人稟二儀之淳和含五行之秀氣陸敘蓋用舍人語後詳又其證也黄氏不揣其本肊為刪簡就文似可強通夷考其實殊為謬矣

一九五八年《校注》本增十三種版本，分別為：元刻本、汪一元本、佘誨本、張之象本、兩京遺編本、胡震亨本、凌雲本、合刻五家本、四庫全書文津閣本、何允中漢魏叢書本、王謨漢魏叢書本、崇文書局本、梅慶生本。補足《禮記・禮運》文、《徵聖篇》贊文、陸德明《經典釋文序》引文。

一九八二年《拾遺》本較《校注》本再新增十六種版本，分別為：明弘治馮允中本、四部叢刊景印本即張之象本初刻或原刻（詳

① 楊明照：《我和〈文心雕龍〉》，張世林編《學林春秋——著名學者自序集》，中華書局一九九八年版，第一百九十七頁。

② 楊明照：《我是怎樣學習和研究〈文心雕龍〉的——在高等院校古籍整理研究規劃會上的發言》，《四川大學學報（哲學社會科學版）》，一九八三年第二期。

後附錄八），後稱張甲本。、王惟儉訓故本、梅慶生萬曆音注本、梁杰訂正本、祕書十八種本、謝恆鈔本、奇賞彙編本、漢魏別解本、清謹軒鈔本、日本岡白駒本、又尚古堂本、鄭珍原藏鈔本、文儷十三、諸子彙函二四及吳翌鳳校本。並為『秀氣』連文增兩條旁證：

春秋演孔圖：『秀氣為人。』文選王融曲水詩序：『冠五行之秀氣。』

二〇〇〇年《增訂校注》本較《拾遺》本增『王世貞批本』、台北商務印書館景印四庫全書文淵閣兩種文心雕龍（因已非原書本來面目，故未持本校對），旁證《春秋演孔圖增》《太平御覽》引。

二〇〇一年《補正》本較《增訂校注》本再增子苑三二所引版本。

先生每一條校注都窮盡現存版本以佐其證，由此一條歷諸著之衍變，可知他本校注無復能望其項背。

丙、他山之玉，亦可為證

先生作校注之業，不僅於本文、他文檢詞定字，更強調學習更多的知識，如文字、音韻、訓詁、語法、歷代職官、典章、地理沿革、風俗、書籍裝訂等必要知識都須掌握，尤其是字形變化，先生在手跡《校勘學口義》中列校勘應具備的學識前二便為『熟版本』、『精字體』。古籍流傳過程中的脫訛以傳鈔輾轉時為甚。辨認字的不同形態、不同時期的音讀對於某個字、某句話的補正都是查閱典籍所不能獲。

《文心》中因字形而誤者，如隸書之誤，二〇〇〇年《增訂校注》本《原道篇》『剬詩緝頌』條，黃注沒有說明，李詳補注：『古帖制字多書為剬，此剬字疑為制字之訛……詳案張守節《史記正義》論字例云制字作剬，緣古少字，通共用之。』先生自一九八二年《拾遺》本起以字形校注『剬』字，其文：

『剬』，徐𤊹校云：『当作「制」』。御覽引作『制』。文儷作『頠』。按以宗經篇『據事剬範』唐寫本作『制範』論之，此必原是『制』字。『制』之篆文作『[illegible]』，隸作『[illegible]』，與『剬』相似，因而致誤，非古通用也。

再如草書之誤，《補正》本《樂府篇》『繆襲所致』條：

唐寫本作『繆朱所改』。紀昀云：『「致」，當作「制」。』

按唐寫本『致』作『改』是，『朱』則非也。以其字形推之，『朱』當作『韋』蓋草書『韋』、『朱』形近，故『韋』誤為『朱』。『繆』是繆襲，『韋』是韋昭。『所改』，謂繆襲所改魏鼓吹曲十二篇，韋昭所改吴鼓吹曲十二篇也。歌辭並見宋書樂志四及樂府詩集十六晉書樂志下：『漢時有短簫鐃歌之樂，其曲有朱鷺……為楚之平，言魏也；……改上邪為太和，言明帝繼體承統，太和改元，德澤流布也。其餘並同舊名。是時，吴亦使韋昭制十二曲名，以述功德受命。改朱鷺為炎精缺，言漢室衰，孫堅奮，迅猛志合在匡救，王跡始乎此也；改上邪曲為玄化，言其時主修文武，則天而行，仁澤流洽，天下喜樂也。其餘亦用舊名，不改。據此，舍人僅就鼓吹曲而言。黃、范兩家注涉及熙伯輓歌，恐非。紀評亦未可從。

又《拾遺》本《定勢篇》『劉楨云：「文之體指實強弱」』條：

徐㘺引謝肇淛云：『當作「文之體指，虚實強弱。」』黄侃云：『「文之體指實強弱」句有誤。細審彦和語，疑此句當作「文之體指貴強」。下衍「弱」字。』……

校注此句諸家皆有疑，但未有證。先生以字形之誤證：

按此文確有誤脱，諸家之説仍有未安。『指』疑為『勢』之誤。草書『勢』、『指』二字之形甚近南齊書文學陸厥傳：『劉楨奏書，大明體勢之致。』即此引文當作『體勢』之切證。本篇以『定勢』標目，篇中言文勢者不一而足；上文且有『即體成勢』及『循體成勢』之語，亦足以證當作『體勢』也。『實』下似脱一『有』字。原文作『文之體勢，實有強弱』。

（三）附録内容比較

後人嘆先生『龍學』研究之弘博亦在其附録之詳備，附録最完善者存於二〇〇〇年《增訂文心雕龍校注》，該書分為上、下兩冊，僅附録便集為一冊。先生附録由燕京大學碩士論文章節衍變而成，自一九五八年《校注》本、一九八二年《拾遺》本至二〇〇〇年《增訂校注》本，其條目由六類蕃衍為九類，由九類衍為十類。

現可見最早的先生關於附録内容的論述，是新發現的一篇題名已佚的手跡——《〇〇〇〇之價值》，此文概是論述《文心雕龍》對於文學批評的價值，分為兩部分：一為證《文心》乃『集齊梁以前文學批評之大成』，文中先列《文心》各篇所本前代批評，後列《文心》原文，共計桓譚新論、王充論衡、李充翰林論等八處；二為述《文心》乃後世文苑采擷之寶典，又分『明引其文者』（與一九五八年《校注》本附錄三『前人徵引』同）、『襲用其文者』（與一九五八年《校注》本附錄四『群書襲用』同），文末結尾處載：『文心一書，藝苑寶典，觀其彌綸群籍，多所折衷，於凡文章利病，抉摘靡遺；故采擷之者，無慮數十家。（所上錄列，皆至南宋而止。若元明以降，徵引尤多，以殺篇幅故，未之贅云。）』查一九三六年本科論文中無附錄，可知先生引附錄入著始於燕大求學期間，第一次公開『附錄』名目為《文心雕龍研究》文，第一次公開內容為一九五八年《校注》本，修訂終稿為二〇〇〇年《增訂校注》本。為何作附錄？先生於《增訂校注》本中有言：

> 劉舍人文心雕龍，向為學林所重。歷代之著錄、品評、群書之采摭、因習、前人之引證、考訂與夫序跋之多，版本之眾，均非其它詩文評論者所能比擬。惟散見各書，逐一翻檢，勢難周遍。今分別輯錄，取便省覽。其別著二篇、疑文數則及唐寫本校記，亦附後備考，不賢識小，且多漏誤，尚望博雅君子有以教之。（六二五頁）

先生作附錄一則求周遍；二則利於後人『取便省覽』；三則希博雅君子略過先生已受的坎坷而解決先生尚未解決的疑難。為求附錄之變化，今將各品類區別分列如下①。

甲、劉勰著作二篇

一九五八年《校注》本『劉勰著作二篇』即《增訂校注》本『別著第九』。《校注》本錄《梁建安王造剡山石城寺石像碑》、《滅惑論》原文，考訂一處，將《石像碑》文中『元匠思其契』依《老子》十章、七十九章改為『玄德思其契』。《增訂校注》本於正文前有說明：『舍人文集，隋志即未著錄，亡佚固已久矣。今輯得二篇，皆完整無闕，原集雖不復存，亦可窺全豹於一斑也』（一〇四九頁）。《增訂校注》本先錄《滅惑論》、次錄《石像碑》文，並於原文基礎上增考訂文字，在文首、文中或文尾附按語。如《滅惑論》題下引文：『唐釋神清北錄卷二法籍興篇』釋『滅惑』之義。又引宋釋德珪《北山錄注解隨函》卷上《滅惑》條

① 王更生教授曾有一文《歲久彌光的『龍學』泰斗——楊明照先生在『文心雕龍學』上的貢獻》，中有一九五八年《文心雕龍校注》與一九八二年《文心雕龍校注拾遺》附錄之比較，故此文不再作《拾遺》本附錄比較。參見曹順慶編《歲久彌光》，巴蜀書社，二〇〇〇年，第六十一頁—七十二頁。

『劉思協（當由勰字誤為思協二字）造滅惑論，破顧道士三破論』（一〇四九頁），以證舍人作文之由。《滅惑論》文中或改、或疑、或列異文處為七條，文末《附按》一則考證《三破論》作者顧歡之卒及所撰《三破論》均合在永明中，且在永明十一年之前；二則由《弘明集》、《出三藏記集》載《滅惑論》全文或子目知《滅惑論》當在成書於齊代的《弘明集》之前；三則以張融卒於齊明帝建武四年，道士盜用融名以欺世，故其成文年份當在永明十一年或建武四年後。此附按出自先生一九七九年《劉勰〈滅惑論〉撰年考》一文（見同年《古代文學理論研究叢刊》第一輯）。

《梁建安王造剡山石城寺石像碑》的發現是一趣事。史傳說劉勰『為文長於佛理，京師寺塔及名僧碑誌必請劉勰文』，先生依據此語，知曉劉勰於天監八、九年後在太末（今浙江衢縣）做過縣長，便推測這一地區存有劉勰刻石文字，後果於宋孔延之編的《會稽綴英總集》卷十六發現《剡山石城寺石像碑》文，此即先生一意外之收穫。文中校改注釋為十二處。文末附按考《梁書》卷二《武帝紀》中蕭偉封號由天監十七年三月改『建安王』為『南平王』，證舍人此文作於天監十五年三月至十七年三月。此外《增訂校注》本較《校注》本新增疑文六則，『皆非舍人書所宜有，文亦不類。述而存之，聊以志疑云爾』。（一〇六一頁）。

乙、歷代著錄與品評

此為《校注》本附錄二，至《增訂校注》本時已衍為二目（即著錄第一、品評第二）。著錄部分兩書分類、數目、部次皆不同。《校注》本分『總集』、『別集』、『集部』、『古文類』、『子雜類』、『詩文名選類』、『文說類』、『文史類』、『詩文評類』十類，共輯二十二種。《增訂校注》本除《校注》本所得，新增『雜文類』、『子類』、『詩文格評』三類，共十三類，輯得五十種，其中詩文評類由原來的三種增至十八種。《增訂校注》本再事補正，如《校注》本『入總集類者』載《隋書·經籍志》『文心彫龍……卷三四頁十三下』後改為『文心彫龍……卷三五頁二十下』，並附注：『彫為琢文本字，古多假雕為之。』（筆者查《隋書·經籍志》汲古閣琴川毛鳳苞氏審定宋本載『文心彫龍十卷』在『卷三五頁十三下』，存疑。）

品評部分《校注》本在其說明中指明為『四十有九家』，細數列目，得五十二家：總評全書者二十四家、分評各篇者二十八家。《增訂校注》本先生指明輯得『百有三家』，其中總評全書者達六十三家，較前增三十九家，分評各篇者達四十五家，增十七家。《增訂校注》本在各家名前附注朝代，錄原文，並作個別改動。如『沈約』改為『梁沈約』，『劉子玄』改為『劉知幾』（子玄為字，知幾為名，因避玄宗諱，當時皆書知幾），刪《校注》本『空海』條，補隋劉善經《四聲論》原文，將《校注》本引文出處不詳者皆一一補齊，如引明胡應麟《詩藪內編》語時《校注》本在後注『頁十四下』，引胡維新《兩京遺編序》時後注『頁三上』，《增訂校注》本後分別改為『卷十三頁九下』、『卷首頁三上』。先生對於品評各條亦施校注之功，附按於後，如引清李義鈞《緇山書院文話序》後附按：『昭明出世之年，文心書目垂成，李氏說誤。』（六五七頁）又清張曰班《尊西詩話》後按語：『張氏此文，多襲自都穆跋。都跋見後附錄七。』（六五六頁）資料浩繁但先生卻得易如掌中，以扼要之語指陳其誤。

丙、前人徵引

《校注》『前人徵引』條目化為《增訂校注》之『采摭第三』、『引證第五』。『采摭第三』此目改動較大。《校注》本以人名依時列次，《增訂校注》本以各書依時列次，並在書名下注朝代及著者名。《校注》本共輯得劉子玄、空海、劉存、徐鍇、李昉等計三十九家，《增訂校注》本在其基礎上刪『劉子玄、空海、徐鍇、黃庭堅』等十五家，再增三十二本書，總輯得自唐至明總五十六書。『因清世較近，書亦易得，則從略焉』，先生『取便省覽』以益後人之心於此可見。《增訂校注》本對采摭條目增刪補正之用心，如李昉《太平御覽》『堯咨四岳，舜命八元』條，《校注》本按《議對篇》文，《增訂校注》本正為《章表篇》文；又如王應麟《玉海》徵引條目，《增訂校注》本刪去二十七條；徐師曾《文體明辨總論》，《增訂校注》本刪去二十三條。

『引證第五』編列目次依《校注》『前人徵引』，首列名字，次列其著中《文心》同語，後按《文心》原篇，『引證』一百四十二家，其中十八條與《校注》本同，前文中『采摭第三』不錄『前人徵引』者多入『引證第五』，如『劉存』條、《校注》本有《諸子篇》、《檄移篇》、《銘箴篇》文，其中《諸子篇》文入『采摭』部分，《檄移篇》、《銘箴篇》文入『引證第五』，李昉《太平御覽》等併入『采摭』、『引證』不錄一文。或先生乃以人名、書名的重要性而將『前人徵引』化為了二類，便後人參稽吧！又《校注》本取材範圍自唐至明，明後不錄，而《增訂校注》本從唐直錄至近人駱鴻凱《文選學義例》，並在各家前注明朝代。先生對於經典、知名書目甚至是世所罕知的書籍，並搜遺探賾，此是『求周遍』之衷！

丁、群書襲用

此目即《增訂校注》本中『因習第四』。先生對於前人論述與《文心》相同者皆列於此，以述前人之『同心同理』，未有『掠美』、『乾沒』之嫌。《校注》本輯得自梁逮明者凡二十四書，《增訂校注》自梁至清得四十六書。兩書皆以書名為列次，下注朝代、著者。此目似前三目，皆在稱謂、引用材料方面多所補細，且在必要處增『附按』。如《孝經正義》條後附按『刑疏蓋轉錄詩關雎正義』，《吟窗雜錄》後附按：『吟窗雜錄原為蔡君謨孫名傳者所輯（見直齋書錄卷二二）。宋末麻沙本乃改易姓氏（題狀元陳應行編），重編卷第（由三十卷衍為五十卷）以眩人。四庫全書總目卷一九七提要曾辨其為偽（周春杜詩雙聲疊韻卷）。』先生於疑處必作考證，此番功夫乃真學問處！

戊、序跋

此目至《增訂校注》本列為『序跋第七』，收錄《文心》各版本序、跋，從序跋的不同看各朝前人之異論。《校注》本錄『錢惟善序至葉德輝跋』計三十一家，先生見者均錄原文，未見者如錢惟善序、馮允中序便只錄出處，而《增訂校注》本除增補《校注》本缺文，並在序前注明朝代、依時列次、文後增注、舉正。如先生補齊『元錢惟善序』後又說明兩版本的《四庫全書》所録錢氏所著的《江月松風集》皆漏收此序。又如明楊若題辭中涉及的『淈度、足藻、介正』等語皆明其出處——《法言·吾子》篇。又如最後一條饒宗頤談及《故宮週刊》第五十六期有宋版《文心雕龍》景片，先生證其非宋本，乃明弘治十七年馮允中刻於吳中者。最後借由讀者寓目序跋後，對《文心》各版本有所知悉，再列《文心雕龍隱秀篇補文質疑》（原載《文學評論叢刊》一九八〇年第七輯）文以便讀者查證。《隱秀篇》缺文為偽，自清代紀昀起便一再抉發論證，已成定識，詹鍈先生撰《文心雕龍隱秀篇補文的真偽問題》予以辯白，先生便作此文從論點、例證、體例、稱謂、風格和用字等五個方面論《隱秀篇》補文確為補撰。此文原是刊物論文，載於此，也為先生『取便省覽』之例證也。

己、版本

先生於搜集《文心》版本窮盡心力，足跡遍及全國各地，只要聽說哪裡有《文心》版本，必親自過目並詳為勘對，撰寫校記，使各版本優劣互呈，以饗後人。對於不能見到的版本，先生也備感惋惜之情，如《校注》本『唐人草書殘卷本』後寫：『惜為帝國主義掠奪，不得一睹原跡為恨耳！』（四四〇頁）如前所述，先生第一本《文心雕龍校注拾遺》經眼版本不過幾種，至二〇〇一年便已見八十種，可見先生好學究底的治研精神！

先生在《校注》本中悉心地將各版本設為『已見者』、『未見者』兩大類。已見者輯得寫本二種、單刻本十一種、叢書本四種、選本十一種，總計二十八種；未見者共計三十五種。兩者總得六十三家。《增訂校注》本在數量上明顯多於《校注》本，並在『已見者』諸本後抒發『書囊無底，善本難求，雖就收藏家言，然研治一書而欲披覽眾本者，亦不無同感』（一〇四一頁）之情。

《增訂校注》本亦設『已見者』、『未見者』兩大類。已見者輯得寫本十一種、單刻本二十七種、叢書本十種（注：單刻本、叢書本合為『刻本』目下）、選本十三種、校本十九種，總計八十種。未見者有寫本四種、刻本十六種、校本十七種，總計三十七種。兩者總得一百一十七家，較《校注》本幾增一倍。此數還不算各本復本，如僅『明梅慶生天啓二年校定本』，先生便說『見此本不下十許部』。

先生對於每一版本的時間、版式、行數、字數、款式都作了交代，對於各疑處皆作考訂，對於各版本信息也多作填補。《增訂校注》本在各版本名下標明現有藏地，如『明謝恆鈔本』北京圖書館藏、『唐人草書殘卷本』余攝有影印本、『清四庫全書薈要本』為台北世界書局景印本、『涵芬樓影印本』余藏，而先生藏《文心》版本更達二十一種，其中多有珍本，如『明梅慶生萬曆音注本』、『近人倫明校元至正本』等。

對於未得見者，先生也依次張目，以便後人稽考，並將所見處標明，如『明阮華山宋本』見於錢允治跋、『明朱謀㙔所見宋本』見於徐𤊹跋。各版本的真偽亦詳細列出，並佐以考實，如『元本』下，先生以《皕宋樓藏書志》有鐵崖五卷，卷末有與馮允中弘治十七年刻字相似，推測『天祿所藏為馮允中刻本，非元校也』。先生留下的諸多疑問，只待有識之士去解決了！

上述六類，皆《校注》本及《增訂校注》本共有，餘《增訂校注》本兩目『考訂第六』及『校記第十』為新增條目，分別考之。

庚、考訂第六

先生作此目，有感於：

> 文心彌綸群言，通曉匪易；傳世既久，脫誤亦多。昔賢書中，間有零星考訂。其徵事數典，正偽析疑，往往為明清注家所未具。特為輯錄，以便參稽。孰得孰失，必有能辨之者。（八八六頁）

明清之際，專為《文心》作校注者眾，然考訂只言片語者自宋以來為數亦眾，先生錄自宋洪興祖至近人駱鴻凱共七十五家。中有考字句者，如宋羅平：『文心雕龍云：「帝告之世，成累為頌。」咸黑，見呂氏春秋。按見古樂篇作成累，字之誤也。』（八八六頁）明董斯張：『廣博志聲樂一：「文心雕龍云：帝告之世，成累為頌」應是咸黑之誤。』（八九六頁）有釋典故者，如明胡侍：

『真珠船斷竹歌：「文心雕龍云：黃歌斷竹，質之至也。」又云：「二言肇於黃世，竹彈之謠是也。」按吳越春秋：「陳音曰：古者人民樸質，……死則裹以白茅，投於中野。孝子不忍見父母為禽獸所食，故作彈以守之，絕鳥獸之害。故歌曰：斷竹，續竹；飛土，逐害」。』（八九五頁）有究《文心》字義詞理者，如清閻若璩引山谷與王觀復書曰：『劉勰嘗論文章之難云：意翻空而意奇，文徵實而難工……故後生之論如此條。璩按：何屹瞻謂山谷引用劉語，亦失其本旨，蓋劉云：「方其搦翰，氣倍辭前；……何則？意翻空而意奇，言徵實而難巧也。」此乃謂為文者言不能足其志。』（八九八頁）又清何焯云，『彥和乃謂手為心使之難，山谷錯會也。』（八九九頁）

辛、校記第十

先生校注《文心》幾十載，曾在多處稱譽唐寫本之勝處，稱其為『今存《文心》最古最善之本也』①，在未得見原本時便已將其用於《文心校注》，如自《徵聖篇》至《諧隱篇》，在一九三四年《〈文心雕龍〉拾遺》中共七十八條校文，以唐寫本佐之者凡五十七條；一九三五年《〈文心雕龍〉校注拾遺》一百五十九條中出自唐寫本者凡七十條；一九三六年《〈文心雕龍〉校注拾遺》中校文共二百三十四條，中有唐寫本證之者凡九十七條。由上，先生早期手跡中運用唐寫本的篇幅在三分之一至二分之一間，且多從唐寫本，僅有幾處先生疑唐寫本誤，如《宗經篇》『洞性靈之奥區』，唐寫本作『區奥』；《祝盟篇》『故知信不由衷』唐寫本作『由不』；《雜文篇》『楊雄覃思文淵』『覃』唐寫本作『淡』，又『譓若參昂』『譓』唐寫本作『慧』等。先生閱潘重規教授《唐寫文心雕龍殘本合校》，覺益處甚多，然先生恐因此專著讀者得之不易，而其校文實有俾讀者參稽，便費心力以此條附錄載潘著校文作為『校記第十』，並在文末附其對趙萬里、鈴木虎雄同稱『嘉靖本』的按語：『趙萬里、鈴木虎雄兩家同稱之嘉靖本，蓋即四部叢刊景印者。細審此本乃萬曆七年張之象所刻，非嘉靖本也。余曾撰涵芬樓景印文心雕龍非嘉靖本一文論證其誤，載一九七九年中華文史論叢第二輯。』（二一一〇頁）

① 楊明照：《〈文心雕龍〉板本經眼錄》，王元化编《學術集林》卷十一，上海遠東出版社一九九七年版，第二百零六頁。

二、系列論文考索

今所發現先生研究《文心雕龍》相關的論文（未刊手跡及已發表者）達三十三篇（詳見前文）。先生在一九五八年《校注》本後記寫：『從前只在字句間和資料上注意，沒有從全書的思想內容進行探討，實在有點不慝於心。』（四七二頁）自此書後，先生也多致力於《文心》義理思想的闡發。觀諸文章，先生論文多關注劉勰其人及《文心》本著。

（一）『知人論世』——劉勰其人

『頌其詩，讀其書，不知其人，可乎？是以論其世也。』（《孟子·萬章下》）先生嘗言『誦詩讀書，當知其人』（《文心雕龍研究》），自校注後的研究轉向便是對《文心雕龍》作者作一究底，即《〈梁書劉勰傳〉箋注》（見《中華文史論叢》一九七九年第一輯，增補版為二〇〇〇年《增訂校注》本）。

甲、『勰』之音讀

『勰』原作『⿱劦思』，雖非僻字，但先生多次聽人讀為『思』音、『腮』音，故特意查證。由《爾雅·釋詁》下：『勰，和也。』《釋文》：『勰，音協。』《說文·劦部》：『⿱劦思，同思之龢古和字也，從劦思。』《玉篇·劦部》：『勰，乎頰反，同心之和也。』《廣韻·三十帖》：『勰，思也。』勰雖有偏旁『思』字，但不從『思』得聲，而應從《釋文》。

乙、『東莞莒人』

《梁書》、《南史》於劉勰皆有傳，然皆語焉不詳，故而各家有疑。先生對於劉勰的籍貫為今江蘇鎮江（即南朝京口）的看法是堅定的。《箋注》中認為劉勰祖先居於莒縣，而自『永嘉喪亂，其土也淪陷。渡江以後，明帝始僑立南東莞郡於南徐州，鎮京口。』（見《晉書》卷十五《地理志下》）『宋齊諸代因之』（見《南齊書》卷十四《郡志上》），又『爾時北方士庶之避難過江者，亦往往於此寓居』（《晉書》卷九一）。先生次引徐邈、慧皎事跡『並其明證』，又舉《文心雕龍》、《詩品》風格與《水經注》、《洛陽伽藍記》、《劉子》諸書不相侔，當時南北文學風格迥異，而如《四聲論》、《與王觀復書》、《諸子彙函》、《南雲門山讀書》、《修山東方志》等廣書耆舊，『無非誇示鄉賢耳』。

丙、『家貧』『不婚娶』

《梁書·劉勰傳》有『勰早孤，篤志好學，家貧，不婚娶，依沙門僧祐』句，學者大多以『家貧』與『不婚娶』連文，故認為劉勰不婚娶緣故為家貧。先生認為劉勰『早孤』而能『篤志好學』，非謂劉勰家境已至『家徒壁立』。先生以《宋書》周續之、《南齊書》褚伯玉、《梁書》劉訏、劉歊四人非寒素之家，然『終身不娶妻』：『婦入前門，伯玉從後門出』、『訏聞而逃匿』、『不娶、不仕』，知當時劉勰不婚娶定有別故。先生以為：『一言以蔽之，曰信佛。』而劉勰後年多依沙門，『與之處積十餘年』，劉勰信佛之篤還可從後文『時七廟饗薦，已用蔬果，而二郊農社，猶有犧牲。勰乃表言二郊與七廟同改』看出。更何況當時還有『僧祐避婚為僧之事』，故劉勰不婚娶不因家貧，而因信佛。

丁、劉勰生卒年考

劉勰生卒年因史籍不載，反引得言人人殊。先生於二〇〇〇年《增訂校注》本所録《〈梁書劉勰傳〉箋注》中寫劉勰『當生於宋明帝泰始二三年間。其卒也，上文已推定為大同四年或五年，一生歷宋、齊、梁三世，計得七十二三歲』（二八頁）。這一結論與先生早前看法是不同的。一九五八年《校注》本中先生推劉勰若『於天監十八年始事，歷三兩載告成，則出家當在普通二三年內。其卒亦在此兩年間或次年也』（一〇頁）。由『普通年間說』至『大同四、五年說』是由於資料的發現與考訂。一則是五本著作的發現（首見於李慶甲《劉勰卒年考》，《文學評論叢刊》第一輯），即南宋釋祖琇《隆興通論》卷八、釋志磐《佛祖統紀》卷三十七、釋本覺《釋氏通鑒》卷五、元釋念常《佛祖歷代通載》卷九、釋覺岸《釋氏稽古略》卷二皆說，劉勰自蕭統逝世後『表求出家』，而昭明太子卒於中大通三年，故劉勰卒年當在中大通三年後。先生又依《梁書·文學傳》『蓋以卒年為敘』（《增訂校注》本二十七頁）。然舍人列於謝幾卿之後、王籍之前，便又著重考索謝、王卒年，經考訂謝幾卿『蓋卒於大同四年之冬』、王籍之卒『必在大同二年謝徵卒之後，五年七月蕭繹未離荊州之前』，故劉勰當卒於『大同四年或五年』。

戊、『既業於儒，又染於佛』——劉勰的思想傾向

先生一九八〇年發表於《四川大學學報》的《文心雕龍校注前言》中對劉勰的思想以『既業於儒，又染於佛』八字述之。詳說如下：

> 劉勰的思想是複雜的、有矛盾的。既業於儒，又染於佛，在他的頭腦里，儒佛兩家思想都有。但二者之間既不能划等

號，也不能看成永遠是鐵板一塊，而是此起彼伏，互有消長的。當他在撰述《文心雕龍》之前寫《滅惑論》時，佛家思想居於主導地位，……當他夢見孔子後寫《文心雕龍》時，儒家思想居於主導地位，即是說取得支配地位的矛盾的主要方面是儒學的樸素唯物主義思想，他又必然站在儒家的立場上，來『述先哲之誥』，持論謹嚴，自成一家。①

有學者以《滅惑論》中的佛家思想指稱《文心》也為佛家思想之說未足以立。對於《文心雕龍》中劉勰的思想，學界素有儒導說、佛導說、道導說、三合說及玄學影響說。先生以《從〈文心雕龍〉原道序志兩篇看劉勰的思想》論及劉勰在《文心》中表現的思想為儒家思想，而且是古文學派的儒家思想。

（二）《文心雕龍》其著

除卻劉勰其人相關的論文，先生龍學研究或在《文心》，或在《文心》與他著，或在龍學研究現狀及問題等方面用力。

甲、『德』、『道』試解

『德』首見於《原道篇》『文之為德也大矣』句，此句因關涉全篇，故歷來諸家如楊慎、曹學佺、王惟儉、梅慶生、鍾惺、何焯、黃叔琳、紀昀等皆『避而不談，未著一字』，至范文瀾先生《注》簡化『文之為德』為『文德』，謂其本於《周易·小畜》象辭乃為始。先生撰文《〈文心雕龍〉原道篇『文之為德也』句試解》認為『文德』之說非是，舉《禮記·中庸》『中庸之為德』、『鬼神之為德』，《後漢書·孔融傳》『酒之為德久矣』句式與『文之為德』一致，並不能簡化。又二〇〇一年《補正》中增朱熹《中庸章句》：『程子曰：「鬼神天地之功用，而造化之跡也……為德，猶言性情功效。」』《隋書·文學傳序》：『然則文之為用其大矣哉！』（一頁）又《序志篇》『唯文章之用』、『其為文用』。故『文之為德』者，猶言文之功用或功效也。

『道』之義釋，分歧亦大，有儒道說（牟世金說），有佛道說（馬宏山說），有道家之『道』說（周振甫說），有《易》道說（周汝昌說）等。《文心雕龍》書中『道』字達四十九處，而先生作注處不過兩處，如《誇飾篇》『夫形而上者謂之道』條只引《易·繫辭》原文及孔穎達疏；《指瑕篇》『左思七諷，說孝而不以，反道若斯，余不足觀矣』先生按：『則七諷之「說孝不從」，當是違反「儒道」……足見舍人為重視「孝」者，故以「反道」評之。』又於文《從〈文心雕龍〉原道序志兩篇看劉勰的思想》

① 楊明照：《文心雕龍校注前言》，《四川大學學報（哲學社會科學版）》，一九八〇年第二期。

中論及『劉勰所原之道，則為自然之「道」』。『自然之道』在劉勰《原道》中便為天文、地文、人文三方面，即傍及萬品。由『道沿聖以垂文，聖因文而明道』句，劉勰構成『道—聖—文』之説，即『道』既然是通過聖人才成『文』，而聖人又是通過『文』來闡明『道』，因而《六經》就成為『旁通而無滯（涯），日用而不匱』的『道之文』。劉勰也因此確立了『文原於道』，先生以劉勰引用《周易》論文的材料認為這一觀點來源於《周易》，且聖文明道之『道』乃儒家聖人在經典中所闡明的『道』。如《宗經篇》『至道』、《雜文篇》『儒道』、《史傳篇》『王道』、《總術篇》『常道』，在先生眼中皆言『儒家之道』。先生以此論『佛道説』非是。

乙、陶詩不入《文心》品論之由

先生撰《〈文心雕龍〉研究中值得商榷的幾個問題》一文論劉勰不品論陶詩是因為『時代風尚所囿』。此文源於學界為劉勰辯白，或説『陶公當時已隱居息游』、『知者已鮮』，而《文心》成書後不及追加（劉永濟説），或云『《文心雕龍》一書有自己的體例，它不批評宋以後的作家』（湛之），或云『《文心雕龍》「原本殘缺」』（黃海章）。先生於此文中一一舉正，並引陶潛時人（如《宋書·謝靈運傳論》、《南齊書·文學傳論》、《詩品》、《文選》、《顏氏家訓》）對其的看法，論及《明詩篇》之標準『四言正體，則雅潤為本；五言流調，則清麗居宗』，而陶淵明『文取直達』，即使是贊其『文章不群』的昭明太子也僅選了陶淵明詩八首（陸機為五十二首，謝靈運為四十一首），陶詩不入《文心》品論，乃是『劉勰的時代局限的反映，確屬書中一疵』，毋需以《文心雕龍》『體例』等為其開脱與辯言。

丙、《文心雕龍》翻譯問題

先生雖然沒有專文論及《文心雕龍》翻譯問題，但在多處有所指出，筆者輯録於此。在《劉勰論構思》一文中言振甫將『吟詠之間，吐納珠玉之聲』譯為『想到吟詩唱歌，耳中頓時聽到珠圓玉潤的聲音』似與上下意不合。『吟詠』和『吐納』應該都是指『作家構思時本身醖釀作品的活動』；黃肅秋解『密則無際，疏則千里』為『有時候材料多到充滿整個空間，也有時候少得零零落落』，先生以為與劉勰原意『也不大合轍』，此處應承上句『是以意授于思，言授於意』句，乃謂文章『思、意、言三者結合得很緊密，就能完美無缺』；又如『結慮司契，垂帷制勝』句，郭晉稀把這兩句譯為『把思慮成熟的材料聯綴成文章，用筆墨寫下來，有如將軍的制定戰略戰策於帷帳之中，是可決勝於千里之外的』，將軍的運籌帷幄與作家的『結慮司契』可以説是風馬牛不相及，像這種譯法，『垂』字還沒著落哩！在《〈文心雕龍〉研究中值得商榷的幾個問題》中，先生便嘆道：『翻譯《文心雕龍》，比引用它的辭句更難。』《文心雕龍》中的一字一句，非極熟者必易誤解，況此書輾轉鈔刻，完本已不復存，善本還好，若遇不好的底本，怕是譯出來也將與舍人之意南轅北轍，未免造成『郢書燕說』之過。

丁、《文心雕龍》與《詩品》、《文選》

《隋書・經籍志》將此三書併入『總集』類，先生也曾談及過《文心》與其他二部之關係，尤其是未刊手跡《文心雕龍與詩品之比較》（後簡稱《比較》）的發現更表明先生在讀碩期間便關注此二著之間的聯繫。

其一，《文心雕龍》與《詩品》。

今人常稱《文心》、《詩品》為六朝文學批評之雙璧，一者『體大而慮周』，一者『思深而意遠』（章學誠《文史通義》），先生於《比較》一文記：『文心論文，詩品論詩，皆自成家言，各極其致。雖旨要不侔，藩籬有別；然彼此持論，頗有相覃及者。此類遂錄，則異同若揭矣。』此文議異同者凡四十一條，多以《詩品序》與《文心雕龍・明詩篇》等作比較，共分為兩大部分。一為三十二條持論相同者，如劉鍾對於物與性情，物與心、志的關係；『古詩』十九首命名；五言詩成篇於李陵河梁之作；品評人物（如曹植、郭景純、劉楨、阮籍、左思、嵇康、魏文帝、宋孝武帝等）；品評義理，如『賦』、『比』之意，音韻之發生（先生論劉鍾皆本於沈約『四聲八病』說）等。二為九條持論相異者，如對王劉（王粲、劉楨）之評，《文心》評王高於劉，先生取《詩品序》：『故知陳思為建安之傑，公幹仲宣為輔。』《文心・明詩》：『兼善則子建仲宣，偏美則太沖公幹。』又《才略》：『仲宣溢才，捷而能密，文多兼善，辭少瑕累，摘其詩賦，則七子之冠冕乎？』先生按：『沈約宋書謝靈運傳論云：「子建仲宣，以氣質為體，並標能擅美，獨映當時。」以子建與仲宣並舉，而謂其標能擅美，獨映當時，與舍人之說正合，記室云云，殊有未安。』其他多稱《詩品》所評失其允當，如將六朝時不知真偽的『夏歌』取為『五言濫觴』，稱陸機《文賦》『通而無貶』，置魏武帝於下品，魏文帝於中品等等，先生皆列史書旁證、《文心》別證明其失妥。然最為可惜的是此文先生僅留下了手稿，此後的論著中也並無相關述說。

其二，《文心雕龍》與《文選》。

先生早有校理《文選李善注》的打算，今得一殘餘紙片上載先生在一九七〇年底完成了原題為《文選集解》，後改為《文選李注校理》的著作，但此手稿已佚，只存一本最為原始的草稿——《文選李注校理戢證》，裡面內容多划去。據先生自述，他對《文選》的關注來自向宗魯先生的啓發。他對於《文心雕龍》與《文選》的關注早在《〈梁書劉勰傳〉箋注》中便已顯現。如『昭明太子好文學，深愛接之』條，先生按：『舍人深得文理者，與昭明相處既久，奇文共賞，疑義與析，必甚得君臣魚水之遇，其深被愛接也固宜。……又按昭明生於齊中興元年九月，時文心之書且垂成，而後來選樓所造者，往往與文心之「選文定篇」合；是文選一書，或亦受有舍人之影響也。近人駱鴻凱文選學一考之不審，乃謂「雕龍論文之言，又若為文選印證」。其然，豈其然乎？』（《增訂校注》一八頁）

先生認為《文選》編纂受《文心雕龍》重要影響在其『選文定篇』。如《文心雕龍·詮賦》篇：『觀夫荀結隱語，事數自環；宋發巧談，實始淫麗；枚乘菟園，舉要以會新；相如上林，繁類以成艷；賈誼鵩鳥，致辨於情理；子淵洞簫，窮變於聲貌；孟堅兩都，明絢元作朋約朱改御覽改以雅贍；張衡二京，迅發一作拔以宏富；子雲甘泉，構深瑋之風；延壽靈光，含飛動之勢；凡此十家，並辭賦之英傑也。』（《增訂文心雕龍校注》九六頁）劉勰所舉為《文選》皆錄。此外，先生曾在戶田浩曉《文心雕龍研究》一書的書評中曾言及『近年海內外已有論著專門辨析《文心》與《文選》之關係，然多囿於「選文定篇」的具體援證，缺少文論思想上的影響研討』①，而戶書『闡述了《文心》「神思」與《文選》「沈思」的理論內涵及其影響關係』。先生稱贊戶田浩曉對《文心》、《文選》及《南齊書》的考索，稱贊其《文選》『沈思』來自《南齊書》『神思』，而《南齊書》『神思』來自《文心》『神思』，從而證明《文心》對《文選》的影響，這一見解獨特而新穎。但據王發國回憶，一九六二年先生講授『神思』一詞時，只引蕭子顯《南齊書·文學傳論》，至一九八一年便增曹植《寶刀賦》『攄神思而造象』、宋宗炳《畫山水序》『萬趣融其神思』②。因此，戶田浩曉云『如果要尋找比《南齊書》「神思」一詞更早的用例，不管怎麼說也要追溯到《文心雕龍》的《神思》篇』③這句話仍需商榷。惜先生《文選李注校理》已佚，否則其中或有更為詳細的《文心》與《文選》之比較！

① 楊明照：《讀戶田浩曉〈文心雕龍研究〉》，《文學遺產》一九九二年第二期。

② 王發國：《先師之風 山高水長——沈痛悼念楊明照師逝世》，曹順慶編《文心永寄》，巴蜀書社二〇〇七年版，第一百四十七頁。

③ ［日］戶田浩曉：《文心雕龍研究》，曹旭譯，上海古籍出版社一九九二年版，第一〇〇頁。

（三）對龍學研究的舉正

先生研究《文心雕龍》用功之深，學界有目共睹；先生對界內學者的龍學研究近況也知之甚悉。先生遺稿中有大大小小的筆記本，中間一字一句摘抄著學術刊物上龍學的相關研究，對於有助於解惑的見解能夠接納，對於不同見解也往往能著文虛心求指教。先生的《范文瀾〈文心雕龍注〉舉正》、《評開明本范文瀾〈文心雕龍注〉》、《文心雕龍隱秀篇補文質疑》、《文心雕龍時序篇『皇齊』解》、《〈文心雕龍〉有重注必要》、《〈文心雕龍〉板本經眼錄》之『附錄』，《詹鍈〈文心雕龍義證〉指瑕》、《詹鍈〈文心雕龍義證〉發覆》（未刊稿）等文對龍學中出現的『校注』、『缺文』、『訛誤』等情況都一一舉正，恐失《文心》原貌，也防以訛傳訛，誤導讀者，可觀先生治學之赤誠、篤實！

三、楊明照先生《文心雕龍》課堂講義再現

先生自述：『我的教書生涯，是從一九三九年夏研究生院畢業後留校作助教開始的。教過的學校，有北平燕京大學和中國大學、成都燕京大學和四川大學（自一九四六年秋至現在）。』①先生自助教時起便教授『文心雕龍』一課，或名『文心雕龍導讀』。據王發國憶，先生教授《文心雕龍》有基礎研究和理論研究之分。王回憶：『他上課不帶書本、不挾帶講義，坐上講台，不稍休息，便滔滔不絕地背誦起《文心雕龍》「序志篇」的原文來……背誦一段原文之後，先生即開始校釋……他校刊文字，箋釋典故。在引證資料時，亦不看書，甚至也不略加思考，便衝口而出，背誦如流……楊師不僅能精准背誦《文心雕龍》原文，且連注釋校勘都能倒背如流……楊師的背誦授課，一直（原文為致）堅持了下來。據我保存至今的筆記統計，此次共講《文心雕龍》三十篇，它們的順序是：《序志》《原道》《神思》《情采》《物色》《知音》《熔裁》《章句》《附會》《練字》《麗辭》《聲律》《比興》《誇飾》《事類》《指瑕》《體性》《風骨》《通變》《定勢》《養氣》《隱秀》《總術》《時序》《才略》《程器》《徵聖》《宗經》《辨騷》《明詩》。』②上述為先生為川大中文系青年教師講授《文心雕龍》時的情景，現僅能從聽課學生的回憶中回復當時場景。此次發現的

① 高增德，丁東編：《世紀學人自述》第三卷，北京十月文藝出版社二〇〇〇年版，第三五三頁。

② 王發國：《先師之風 山高水長——沈痛悼念楊明照師逝世》，曹順慶編《文心永寄》，巴蜀書社二〇〇七年版，第一百四十四——一百四十五頁。

講義稿為先生一九六三年上期所用，題名為《文心雕龍研究口義》，即王發國老師說的第二次聽課的內容，兩相對比正合。（注：此本講義內容已涵蓋其餘三種，姑以此本為述。）講義共分為四個部分：課前說明；（一）劉勰的時代；（二）劉勰的生平；（三）劉勰的著作——《文心雕龍》。

此附先生課前說明中要求學生閱讀的參考書和閱讀篇目，以供今人參閱：

黃叔琳 輯注 養素堂元刻 通行本

紀昀 評 芸香堂元刻 翰墨園翻刻

李詳 補注 國粹學報 龍谿精舍叢書 上海排印本

黃侃 札記 中華書局

范文瀾 注 人民文學出版社

劉永濟 校釋 中華書局

振甫 選譯 新聞業務

趙仲邑 試譯 作品

陸侃如、牟世金 選譯 山東人民出版社

閱讀篇目：

序志 原道 神思 體性 風骨 通變 定勢

情采 熔裁 聲律 麗辭 比興 誇飾 隱秀

指瑕 附會 總術 時序 物色 知音 程器

（一）劉勰的時代

觀先生治學，由《文心雕龍》而知劉勰、知劉勰時代。觀先生教學，便以知世、知人先行，再引學生知《文心雕龍》！而『劉勰時代有關問題本來是很多，由於鐘點有限不可能面面俱到牽涉過廣……只能著重地將它關係最密切的兩個問題提出來講，即文學風尚和文藝理論批評』（手稿第三頁）。

甲、怎樣理解文風『浮詭』、『訛濫』？

劉勰將其時文風斥為『浮詭』、『訛濫』，怎樣去理解此二詞？先生沒有翻譯，實因一字轉譯反而容易遮蔽其義。先生的方法便是徵引史料，述而不作，文意卻能在讀者閱讀中自見。先生引蕭子顯《南齊書·文學傳論》、裴子野《雕蟲論》、鍾嶸《詩品序》等五家之說，以時人之說互證，歸納出三個共同之點：『第一，雕琢字句（造句要華麗，對偶要工整）；第二，講究聲律（聲律要調協）；第三，堆砌典故（隸事要確切）。』（手稿第五頁）這與前文所指《文心雕龍》今譯問題或有所啓示。

乙、文學理論批評與藝術理論批評

先生認為此兩者的發展是『相互影響、彼此關聯著的』（手稿第五頁），文學理論批評的發展『由略而詳，又疏而密，由空洞而深入，由零星而系統』（手稿第六頁），《文心雕龍》的出現一則是文學理論批評發展的一個階段，二則藝術也起了一定的影響。先生舉書畫兩種藝術，如齊代謝赫《古畫品》、梁代庾肩吾《書品》，分析他們某些論點的精神也與《文心雕龍》相通，『如謝赫的六法以「氣韻生動」為第一法；庾肩吾的九品以「工夫」與「天然」並具為第一品……這與劉勰的主張自然，《原道篇》之所由作和以之冠首的原因就在這裡』（手稿第六頁）。

（二）劉勰的生平

先生於此部分重點講了六個問題：第一，『東莞莒人』和『世居京口』；第二，『家貧』和『依沙門僧祐』；第三，『篤志好學』和『博通經論』；第四，『兼東宮通事舍人』和蕭統的『深愛接之』；第五，『為文長於佛理』和沈約的『謂為深得文理』；第六，『不婚娶』和『出家』。此六目已於前文中有所述，且內容相一致，此處不復贅錄。這都是先生將教學與科研相融合的結果，如其自述『邊學邊教，邊教邊學，所費去的備課時間雖然很多，但在學與教的過程中收穫卻不小……這樣不僅教學效果比較好，科研成果也隨之而出』[①]。教學相長之言由此可觀！

① 高增德，丁東編：《世紀學人自述》第三卷，北京十月文藝出版社二〇〇〇年版，第三五四頁。

在先生的講義中，《文心雕龍》不再是供人校注的古書，而是對於文學、時代創作、批評行之有效的文學理論著作。講稿中將全書打通，分為六部分講述。

（三）劉勰的著作——《文心雕龍》

第一是概述了《文心雕龍》成書之由。首先，劉勰寫作《文心雕龍》有『好名』（儒家向所重視的）、『迷信』（尊聖人之意、『對孔子心嚮往之』）的因素，也是欲『立家』的目的（由於『馬鄭諸儒，宏之已精。就有深解，未足立家』）。其次，『先秦以來日益繁富的文學作品和創作經驗需要加以總結』，『《典論·論文》以後「各照隅隙，鮮觀衢路」的文論有改作必要』，『有前代理論批評成果可以繼承……白手起家，劉勰要寫成一部優秀的文學理論批評巨著恐怕是不可想象的事吧』，而最重要的是『劉勰本人自己的努力』（手稿第二十五頁）。

第二是介紹劉勰在《文心雕龍》中所表現的文學主張，如『文原於道』，『徵聖、宗經』，『文學於社會的巨大社會作用和效果』，『文學對於時代社會現實的反映』（《文心》有評周代、建安、東晉之句），『文學與自然環境的關係』（《文心》中有《物色篇》，『感物吟志，莫非自然』這種理念緣於宋初以來的『山水方滋』），『作家應以才為主學為佐，不應偏各一方』，『文學內容與形式的關係』（依《情采篇》看來，二者是『缺一不可的』，且『內容更為重要』），『文學繼承和變革的關係』（依《通變篇》而言，文學有通有變故能久，否則便會僵化停滯不前。『望今制奇，參古定法』是劉勰對於『文學繼承和變革』提出的有效辦法）。《附會篇》言：『天才量學文，宜正體制。』第三部分便為先生對《文心雕龍》上半部二十篇的『文體』的論述，這一部分『所論敘的文體，大大小小不下六十餘種。從標題上共計了三十三體，從內容上看則為六十八體（《書記》一篇就包括了二十七體）』（手稿五十三頁）。《文心》較前人如曹丕、杜預、摯虞等人所分更加細密，劉勰在強調文體重要外，並進一步探索文體的淵源，而劉勰這種探索文體淵源的辦法是有所祖述的，如班固《漢書·藝文志·諸子略》、摯虞《文章流別論》、鍾嶸《詩品》。此外是對『文體義例』的辨析，即《序志篇》中的『原始以表末、釋名以章義、選文以定篇、敷理以舉統』（手稿五十二頁）。

第四部分，先生以『《文心雕龍》的下半部從《神思》到《物色》（要移在《附會》之後）十九篇』探討『《文心雕龍》的創作論』。先生稱作文之術猶如下棋，先通棋術，方能成為國手。劉勰在《文心雕龍·總術篇》表露『研術』是從事創作的重要步驟——『才之能通，必資曉術』；而《神思篇》提出了創作的四個先決條件『積學以儲寶，酌理以富才，研閱以窮照，馴致以懌（繹）

辭』；《附會篇》提供了創作時應該注意『必以情志為神明，事義為骨鯁，辭采為肌膚，宮商為聲氣……斯綴思之恆數也』。而劉勰眼中創作的最高境界是『視之則錦繪，聽之則絲簧，味之則甘腴，佩之則芬芳』。這三篇在先生的串解講說下，其創作論幾成一體，『既有其體系，又有其重點』！在此基礎上，先生由《程器篇》得出作家應具有的文德。劉勰所主張的文德非王充所倡的『文質並具』，而是『每個作者既要有器用又要有文采』（手稿六十七頁），要文行合一！此外，先生又列《神思》《鎔裁》《附會》《誇飾》《隱秀》五篇文章論述其對創作『構思』、『煉辭』、『煉意』、『藝術誇張感染』、『含蓄』等各方面特徵的重要性。《文心雕龍》創作論素難理解，然先生在講義中能拈一起三，將其視為整體，串聯一致，條分縷析，讀之猶若親聆！

第五部分，先生由《指瑕》《時序》《才略》《程器》《知音》五篇講述《文心雕龍》的批評論。對於這五篇，先生指出其各有重點。《指瑕》是對作品的批評，一是舉古人文章的瑕疵以示例，二是論近代作家的通病以垂戒；《時序》是對各個時代的批評（共十代，由陶唐至蕭齊）；《才略》是對作家作品的批評；《程器》是對作家文德的批評。而《知音》是批評理論的闡述，而且是五篇中最重要的一篇，大致講的是五個內容：一、文學批評是不容易的，『逢其知音，千載其一乎』；二、批評家有各種偏向——『賤同而思古、崇己而抑人、學淺而妄論』；三、批評家得正確之批評不易，或有『文情難鑒』，或有『知多偏好，人莫圓該』；四、批評家的修養和應有的標準，『將閱文情，先標六觀』，即『位體』、『置辭』、『通變』、『奇正』、『事義』、『宮商』；五、批評家應從具體的作品出發，『因為作家的思想感情是通過作品表現出來的，批評家要作出正確的評價，那就非通過作品不可』（手稿九十二頁）。

最後一部分，先生為此課程作總結——『《文心雕龍》在中國古典文學理論批評史上的地位和影響』。此部分實由論文系列未刊手跡《〇〇〇〇之價值》演化而來，在原來的『集宋齊以來文學理論批評的大成』、『開後世詩文評廣闊的道路』兩條之上再增『對文學家的影響』、『對史學家的影響』兩條，如黃庭堅勸其友人不可不讀《文心》；臧琳《經義雜記》稱其為三劉三絕之一；劉知幾《史通》對劉勰的推崇在於『不僅引用了《文心雕龍》的辭句（如《雜論·下》明引《才略篇》文），而且還規模了《文心雕龍》的文體。不僅承繼了《文心雕龍》的說法（如六家特重《左傳》《漢書》二家，二體推崇編年、紀行二體），而且還發展了《文心雕龍》的論點（如六家之於《國策》，浮詞之於助詞），就是著稱的史家三長之說，恐怕還是由《神思篇》的『積學以儲寶，酌理以富才，研閱以窮照』而來』（手稿九十八頁）；章學誠《文史通義》對《文心》的評價等。最後，先生說到《文心雕龍》

一書所存在的『局限缺點』一是在於其濃厚的儒家思想和傳統看法導致其探溯文體淵源時多認為出自五經；二是劉勰廣義的文學觀念反而阻礙了他對文學有更深入的認識；三是此書所運用的駢文文體要求行文偶化，『為了偶化就不免要增字、減字或是配句以相儷，同時又愛使用典故，有的至今還不得其解』（手稿九十九頁）。

先生『文心雕龍研究』課程從任教時開設，歷經數十年。經先生學生回憶和手稿發現，先生在教學中不斷地修改教學內容和體系，而《文心》這本『難啃』的『藝苑司南』在先生的講解下似乎列次排序，通曉易懂了許多。學生能知其世、論其人、曉其著，明其體例義理，皆是先生伏案備課，將自身的科研成果融入課堂教學之功。反復閱讀講義，先生對問題講解之深入淺出，對《文心》全書『脈絡』之熟悉，令人傾慕！《文心》一書，在先生的課堂上，實有『舉重若輕』之感！

行文至此，先生求學、治學、教學一生與《文心》之緣可見一斑。先生長婿曾談及：《文心》已融入先生的生活，他在膀胱癌手術後，因疼痛加劇而面壁背誦《文心》以減輕苦楚，叫人聽來亦驚亦敬。《文心雕龍》有言：『生也有涯，無涯惟智。』先生一生以『學不已』自勵：『知也無涯，學不可已。枕經藉書，多歷年紀，校理舊文，焚膏繼晷。勿怠勿荒，功沿漸靡。老有所成，庶寡過矣！』（先生座右銘）劉勰深歎知音其難哉，千載一逢；《文心》一書，流傳千載，可謂一遇楊師，此知音也矣！

二〇一九年九月十五日清寫畢　於川大東園十五棟

附録（鎮江圖書館『中國文心雕龍資料中心』藏先生一九三六年本科畢業論文所缺八之二頁内容）

席卷以方志固

黄校云席卷汪本作卷席案當作卷席始與上澣衣對嘉靖本作卷席後人蓋據詩文乙之耳

楚襄信讒而三閭忠烈依詩製騷云云

案漢書藝文志楚臣屈原離讒憂國皆作賦以風咸有惻隱古詩之義其後宋玉唐勒漢興枚乘司馬相如下及揚子雲競為侈麗閎衍之詞沒其風喻之義

詩刺道喪故興義銷亡

范注云故字疑衍案范説洮是詩刺道喪言其因興義銷亡論其果故以故字為之連續下於是賦頌先鳴故比體雲構辭語與此相同不言其衍未免厚彼薄此矣

信舊章實

范注云信當作倍案范説是也詩大雅假樂率由舊章

此則比貌之類也

案則字疑衍以上文此比聲之類也例之下文以物比理以聲比心以音比辯以容比物四句其語法亦一例

鳴謝

楊明照先生生前以勤奮的筆觸留下了數百萬字的各類著作，給我們提供了選擇的餘地，他的學術思想和教學經驗是學界的一份寶藏，這也是選編此書的基本指導思想。

四川大學文學與新聞學院曹順慶教授是這個冊子的最終審批者與支持者，正是他的積極推助，此冊子方能公開出版與發行。

楊先生的五兄弟，楊明恕老師雖已過世，但他的子輩和孫輩對出版這個冊子給予了不少的幫助。如二兒子楊步青、兒媳李素清、孫女楊若蘭均在我們寫作雜記時，給予了很多文字的幫助。

楊先生的隔代弟子（曹順慶的碩士）劉詩詩同學是這個冊子的幕後『主編』，以她的能力與熱情對該書能順利問世貢獻了自己的學識與修養，特別是她並非古代文論專業學生，對編輯中的一些難點她都能十分主動地設法解決，在自己的學業十分繁忙的情況下，毫無怨言，積極投入。楊先生在九泉之下足以開懷了！

川大文新學院老教授張志烈以八十四歲高齡，毫無怨言地對楊先生的文言作品給予點校，增加句讀，使編輯工作能順利進行。

楊先生的弟子武秀成、盧仁龍及原四川大學中文系教師、現暨南大學文學院教授王京州都在編者遇到難題時獻言獻策，給予了無私的幫助，讓編者在正確認識先生的學術思想方面有了捷徑。

作者的老同學、好朋友丁念祥之子丁黎先生是電腦照排的大專家，正是他通宵達旦的努力，讓所有編印工作得以趕在『楊明照一百一十週年誕辰學術研討會』之前完成。

楊先生的外孫王衛星在本書的寫作過程中出謀劃策，增補了不少資料，讓本書能夠更全面地呈現於世。

四川大學出版社歐風偃老師是本書的責編，在八九月高溫之中揮汗為該書的編排付出了辛勤的勞動。

總之，『余心有寄』者，眾多支持者也，如四川大學曹怡凡碩士同學為之打印年表的努力。限於篇幅，未能一一列出，方方面面的援助，都是本書問世的動力，編者謹致以誠摯的謝意！

後 記

本書共有先生未刊論著、講義小選、學思有寄三個部分，共九篇文章。其中五篇為手跡掃描件，另外四篇手跡因書寫格式和紙張的關係改用錄入形式。這個冊子的名字也經歷了三個過程：

一、《學不已齋雜著拾遺》；

二、《學不已齋拾遺》；

三、《余心有寄——楊明照先生未刊發論著選編》。

以上每一個書名，似乎都有意義。可是，前二者，總感到較為直白。直到八月下旬，讀到《序志篇》『文果載心，余心有寄』一句時，眼前一亮。這不就是先生在對我們作交代嗎？故將書名更改為『余心有寄』。

它的含義可能如下：從先生的角度來說，研究了七十年《文心雕龍》，用劉勰的原話來定書名，大不為過，既是同讀者面對面的交流，又是對後學們的信任和督促；從編者的角度來說，既是『有繼』——後人為先生繼續擴展其學術思想，也是繼承他的未竟事業；也是『有記』——後人整理手稿的工作，作一個彙報；還是『有寄』——給學界留下先生未刊文章的痕跡，對於後學們研究先生的成長過程，有些幫助，希望他們能站在前人的肩上，做得更好。

至此，書名定為：《余心有寄——楊明照先生未刊發論著選編》。願讀者諸君能從中讀出它的豐富內涵，有如正在聆聽先生講學一般！

從先生的手稿中，我們領悟到的不僅僅是先生的學術積纍過程，更重要的是學術大家的成長之路。每每細讀先生文章，浮躁之心便悠然而解，平靜下來，極想去推究先生在成才之路上的那些辛酸與苦澀。

本書的出版，但願能給學界進一步提供『楊明照學術思想』的形成過程。我們學識菲薄、目光短淺，隔行如隔山。心想的是沿波探源、振葉尋根，所選的文章，是否能表達出此意？尚待讀者諸君咀嚼與指正。

編者　二〇一九年八月